文庫 JA
.67〉

PSYCHO-PASS ASYLUM 1

吉上　亮
原作＝サイコパス製作委員会

早川書房
7422

CONTENTS

原作ストーリー原案 = 虚淵玄（ニトロプラス）
協力 = 戸堀賢治（ニトロプラス）

PSYCHO-PASS ASYLUM
1

PSYCHO-PASS LEGEND チェ・グソン

無窮花《ムグンファ》

第1部

1

　荷台を通して伝わる振動が大きくなった。整備された農道を外れたのだ。向かう先は分かっている。海岸線だ。北陸は日本海側に面し、完全に廃れた漁村の跡。その近くの複雑に切り立った岸壁に、上陸地点《ポイント》が設置されている。

　ここまで来れば、任務期間を完遂した対日工作員たちの祖国への帰還は、残すところ輸送船艇に乗り込んで国境を脱出するだけだ。平壌の官僚たちが計画したとおり、すべては進行する。今もまた、半世紀前から何ひとつ変わらず続く任務の反復であるはずだった。

（――俺はどうなるんだ）

なのに、これは例外中の例外だ。

対日工作員チェ・グソンは仲間と離れ、たったひとり、任期が残っているにもかかわらず帰路についている。特例として本国から派遣されてきた軍人たちに随伴されて。どう考えたっておかしい、とグソンはいっそう貧乏ゆすりを強めた。気づけば再び不安に苛《さいな》まれていた。こういう仕草を多くの人間は嫌うはずで、普段なら相乗りした仲間のひとりが舌打ちとともに悪態を吐くのが常だ。なのに誰ひとりとして一睨みさえしてこない。それどころか心配そうに声を掛けてくる奴までいた。

「チェ・グソン同志《ドンス》、お寒いですか？」

「……いや大丈夫。故郷へ帰還となって気が緩んだみたいです」グソンは無理やり笑みを浮かべた。「寒いわけはないのに寒気がする。風邪かなぁ」

トラックの荷台で高い背を折り曲げて小刻みに身体を震わすグソンは、羽織っているブルゾンのファスナーを引き上げた。首をすぼませ、表情を隠した。噤《つぐ》んだ口の深い場所で奥歯がカチカチと鳴る。

「この先は船旅です。身体に障《さわ》りがないとよいのですが……」

「まあ、大丈夫でしょう。向こうに着いたらゆっくり治します。心配はいりませんよ」

「ええ、それは……、そうですが……」

横に座った男——テシクは首肯《しゅこう》しつつも、心配は尽きないという様子だった。

道中はこんなことの繰り返しだった。彼が気遣うように尋ねるたび、グソンは警戒を裡に秘めてわずかに微笑み、二言、三言で退ける。お互い、手の内を探り合う奇妙な遣り取り。

そう、このやけに馬鹿丁寧な相手の態度が、グソンを不安にさせる一番の原因だった。もう止めよう。考えれば考えるほど疑心暗鬼で色相《いろ》が曇りそうだ。グソンは寝入るふりをして頭を俯かせ、じっと眸《ひとみ》を閉じた。

悲観思考《ネガティヴ》の堂々巡りをするべきじゃない、と自分に言い聞かせる。不安を抱くこと――ストレスを増大させることは、自分の命を縮める行為として忌《い》み嫌われるものだ。

五年にわたり潜入工作を続けてきた二一世紀末の日本において、精神《こころ》は数値化され、〈サイコ＝パス〉の通称で呼ばれている。

生体力場を走査《スキャン》し、各種身体情報や性格・行動傾向などを解析可能なサイマティックスキャン技術は、人間の精神を、〈サイコ＝パス〉として算出し、日本社会のすべての営みに反映させている。無論、人間ひとりひとりが数値化されても、単に一千万規模の情報がデータベースに記録されているに過ぎない。これだけなら日本が世界中が羨《うらや》む繁栄を手にすることはできなかった。

重要なのは楽園管理の機構《システム》だ。国民すべてのデータを参照し、各人に最適な行動選択を導くには、膨大な演算リソースが必要となる。

すべてを見通す女神の名を冠し、包括的生涯福祉支援システムの別称で呼ばれる新世代統治機構――〈シビュラシステム〉。

日本人たちは文字通り〈シビュラ〉にすべてを任せ、最適に調整された生活《ライフ》を享受する。完璧な平和と秩序を実現した理想社会。健全な精神が何より尊ばれ、誰もが幸福な生涯を過ごせる楽園――素晴らしい新世界は確かに実在している。日本は、海を隔てた世界の各地で繰り広げられる現在進行形の殺戮と無縁だった。だからこそ、祖国は命じるのだ――〈シビュラ〉を奪え。あの楽園を維持・管理する仕組みを手に入れろ、と。

グソンは〈シビュラ〉の在り処《あ か》を探るため、データの海を浚《さら》う情報部隊《ハッカー》の一員として派遣された。電脳空間《サイバースペース》への没入《ジャック・イン》などない地味な情報解析作業《ビズ》を毎日繰り返した。時折、〈シビュラ〉監視網である街頭スキャナの隙間を縫って、工作員たちが活動できる抜け道を作る支援部隊の仕事もやっていた。生き残るためのすべが少しでも欲しいからだった。〈シビュラ〉に管理される社会の仕組みを理解し頭に刻み込む。逃げ延びるための土地勘を身体に刻み込む。どちらも必要なことだ。

そうだ、俺は生き残るのだ。そうしなければならない理由がある。

故郷には、まだ小さい妹がいる。あいつのために自分はまだ生きて働かなきゃならない。負荷《ストレス》で心が濁りそうになったとき、グソンはあれこれ考えることをしない。思い出すべきは、たったひとつ、シンプルな指針でいい。いくつも色を混ぜればどうしたって濁ってしまうから、自分が持つべき心の色相だけを覚えていればいいのだ。

幻の音色が耳の奥で響いた。弦楽器が大胆に掻き鳴らされ、陽気で盛大な鐘の音が鳴る。夢想する情景が彩った。軽やかな衣のひらめきが宙に踊る。重なる音色は複雑だが、厳粛な規律をもって奏でられている。そこに踊る可憐な少女──。

「スソン」

その名前を呟いた瞬間、漂泊していた思考は地についた。心はひとつの色相に落ち着く。問題ない。今、俺の精神は健全だ。冷たい夜気を切るように顔を上げた。

車輌は停まり、先に降りていたテシクと視線が交わった。彼は微笑んだ。欠片《かけら》も敵意がない。むしろこちらが怯《ひる》んでしまいそうな恭《うやうや》しい態度。

「ご家族ですか？」

「妹ですよ。俺の──たった一人の家族なんです」

「きっとすぐにお会いできますよ、チェ・グソン同志。それでは船旅と参りましょう」

「ああ、頼みます」

グソンは彼の手を借りて海岸に下りた。祖国へ向かう船はすぐそこにいる。

夜の海には光を飲み込んだうねりしかなかった。あとは飛沫の音。潮の匂いは風に洗われ、微かな残滓《ざんし》が鼻に届くばかり。漁船に偽装した高速艇で北陸の廃漁村を出発してから結構な時間が経っている。月の隠れた夜は真っ暗い。

今、グソンを乗せた高速艇は基線から約二〇海里を越えたところで、一旦船速を落とし始めていた。

このあたりは、日本と朝鮮半島のどちらからも遠い。基線から約二二〜二四海里の国境海域は、殺戮海域《キルソーン》の異名を持つ。許可をもたない船籍が侵入すれば、所属を問わず即座に攻撃対象となり、撃沈されるためだ。

だが、この海域さえ突破して公海上に出れば、国境警備隊の無人フリゲート艦は手出しをしてこない。楽園の門番は領分をよく守る。

だからこそ、その突破のためにはコツがいる。

建国の指導者は、それを必然的犠牲、と呼んだ。

「時間です」とテシクがグソンを呼んだ。「こちらへ」

グソンはうなずき、彼の後に続いた。漁船を改造した船体はそう大きなものではない。急ぎ足で進めば、すぐに船尾に至る。

すでに準備は進められていた。船体後部に備えつけの小型の舟が切り離され、着水する。綱で繋がるのみとなった小舟は、水面に浮かぶ木の葉のように、ゆらゆらと揺れる。

「チェ・グソン同志。乗ってください」

「――え？」

急に全身の力が抜けた。咄嗟《とっさ》にデッキの縁にある鉄柵を摑んだから、何とか倒れずに済んだ。激しい動悸に息が切れた。視界がぐらぐらした。

「俺が……、乗るんですか、これに……」

喉がからからで声が掠れた。

「ええ」

テシクは表情一つ変えなかった。

必然的犠牲。それは殺戮海域を単独で航行し、哨戒中の無人フリゲート艦を可能な限り引きつけてから特攻する役目のことだ。勿論、生き残れない。最大利益のための最小犠牲。

「朝鮮人民共和国、万歳《マンセー》」

改造漁船の船尾に集まった男たちが、その言葉を次々に繰り返した。

「……朝鮮人民共和国、万歳」

グソンも小さく、呻《うめ》くように言った。船尾の梯子を伝って小舟まで降りて行く。テシクが介助してくれた。グソンは母船を絶望の面持ちで見上げた。

「もうすぐ殺戮海域を越えます」テシクの声が降ってきた。「このまま何事もなければ私たち全員が帰還できます。しかし――」

「レーダーにフリゲート艦を感知！　捕捉されています！　急速接近！」

デッキに飛び出してきた船員が険しい声で叫んだ。グソンにとって冷酷な死刑宣告に等しかった。船のあちこちで警笛が鳴った。間もなく改造漁船は今までの鈍行から一転し、速度を急激に上げ始めた。波を切り裂く激しい音。

(畜生!)

泡立つ飛沫が浴びせかけられる。グソンは小舟の縁に必死にしがみついた。

「フリゲート艦を目視! 一〇時の方向!」

兵士のひとりが叫んだ。

その方向をグソンも血走った目で凝視した。

光学隠蔽《ホロ》が解除されて出現する黒鉄《くろがね》の威容。全自動操縦で航行する最新鋭艦は驚くべき速度で接近してくる。

「――事態に対処しろ、必ずお守りするのだ」

この緊急事態にあってテシクは冷静さを失わず、それどころか、より研ぎ澄まされたように部下たちに指示を飛ばした。そして、グソンを壮烈な兵士の眼差しで見下ろした。

テシクは小舟と母船を繋ぐ綱を解いた。

(……終わりだ)

急加速を始めた母船との距離はすぐに開く。俺は囮《おとり》にされる。血飛沫に消える。

だが。

「チェ・グソン同志!」テシクが叫んだ。「殺戮海域《キルゾーン》の離脱まであとわずかです! 私たちが壁となり迎え撃ちます！　その舟を使い、おひとりで脱出してください！　すでにあなたをお迎えする大型船舶が公海まで出て来ております！」

「――え？」

　言っている意味がすぐに理解できず、ぽかんと口を開けた。

　直後に改造漁船が大きく舵を切った。船首がフリゲート艦を向く。ちょうど船尾にあるグソンを乗せた小型高速艇を、その船体で庇うように。激しい急旋回にグソンの身が崩れ、船底に背中を強《したた》かに打ちつけた。

　改造漁船は一気に速度を上げた。グソンも必死に小型高速艇のエンジンを始動させた。哨戒中の無人フリゲート艦はあの一隻だけではない。他の艦まで集結すれば今度こそ絶対に逃げられない。

「なぜだよ、おいッ!?」

　グソンはぐんぐん遠ざかる船影に叫んだ。

　射程圏内に入る。フリゲート艦の対人《エリミネーター》砲塔から集中電磁波が放たれた。甲板に出ていた兵士に直撃し、瞬時に体液が沸騰、電子レンジに突っ込まれた卵が辿る末路と同じく――弾け飛んだ。

「〈朝鮮人民共和国〉万歳！」

　しかし、同胞の死など意に介さないように船舶に残る軍人たちの合唱が聴こえた。それは異様な、近づけばすべてが巻き込まれる、混沌が渦巻く熱狂だった。互いの精神は挺身の愉悦に魂を共振させていた。グソンは逃げた。フリゲート艦からか、それとも同胞たちの熱狂からか。エンジンが焼けつき、焦げたにおいを発しても速度を緩めなかった。

改造漁船は巨大な銛《もり》となって無人フリゲート艦へ突っ込んでいった。警告音声が周辺海域に響き渡る。

《日本国の海岸線は封鎖されています。入国・出国をご希望の方は、正規の手順で税関を通過してください。繰り返します。日本国の——》

「万歳！」

《海岸線は封鎖されています——》

「万歳！〈朝鮮人民共和国〉万歳！」

《入国・出国をご希望の方は、正規の手順で——》

フリゲート艦の対人砲塔から集中電磁波が何度も照射され、甲板に立つ兵士たちを爆散させた。しかし改造漁船はなおも加速した。

フリゲート艦に搭載されたＡＩの状況判断が、ようやく実体弾による強制鎮圧に切り替わった。連装された機関砲が火を噴いた。だが、改造漁船の船首がフリゲート艦の船体に接触するほうがわずかに早かった。

炸裂が生じた。そこに仕込まれた爆裂は火焔を発し、瞬時に船体各所に詰め込まれた爆薬に引火した。一瞬、夜が明けた。轟沈する。無人フリゲート艦を巻き込み、テシクたちは共に冷たい水底に沈んでいく。

グソンは、自らの生存に支払われた対価の苛烈さに呆然とするしかなかった。訳が分からなかった。何ひとつとして。

アラームの音が鳴った。国境を越え、公海に至ったことを示す警笛。

それを聴くのはたったひとり。

（……冗談じゃないぞ……）

助かったという安堵はなく、ぞっと背筋が粟立つのを感じた。

自分は生き残った。そのために多くの工作員が犠牲になった。理由はわからない。訳の分からないものに自分の運命が左右されているという事実。それが今、何より怖かった。このまま身を委ね続けていたら、いつか致命的な結果に至るのではないか。そんな不吉な予感がした。答えを探すように眼が泳いだ。

見上げる空に星はない。ただ、うねる闇が混沌も何もかも飲み込むばかり。

2

〈朝鮮人民共和国《People's Republic of Korea》〉はユーラシア大陸の東端――朝鮮半島一帯を二〇四六年の建国以来、半世紀を超えて統治している政体だ。世界でごくわずかに残った国家のひとつだが、他国と外交関係を樹立していないため、国際法上の「国家」とは言えない。けれど海を隔てた隣国の日本もまた長らく鎖国政策を続け、国交を断絶しているから似たようなものだ。近代的な国家の枠組みは二一世紀の半ばに崩壊し、歴史のなかに刻まれた記述が残るだけの時代だ。誰もが独自の社会と秩序のなかで生きている。今そこで消えるかもしれない平穏が、明日も続くと希《ねが》って。

視点は空にあった。朝鮮人民共和国の実質的首都――平壌《ピョンヤン》の街並みを、グソンは地上四五階の高さから見下ろしている。この国にはふたつの都市がある。平安道《ピョンアンド》にある政治・文化都市の平壌と平安北道《ピョンアンプクド》にある軍事・工業都市の威化島《ウィファド》だ。

グソンがいる高麗ホテルは、この二つを繋ぐ鉄道路線の平壌駅に近い蒼光通りに、ツインタワーで聳《そび》え立っている。最上階の展望レストランの個室にひとり。こんな高みから、人々を見下ろしたことはなかった。

国境突破から数日が過ぎている。小型艇でひとり脱出したグソンは、公海で待機していた大型貨客船に回収された。三池淵《サムジヨン》号。外地に取り残された裕福な朝鮮人を、莫大な対価と引き換えに迎える豪奢な客船だった。港についてから時刻表に記されていない特別列車に乗せられ、平壌まで送られた。そして通されたのがこのホテルだ。外出は禁じられ、情報端末も取り上げられているが、それ以外は最上の待遇と言ってよい。グソンはポケットから手を出し、吸いつくような手触りのスーツズボンの生地を撫でた。気味が悪いほど滑らかな絹製で、サイズも完璧な逸品だった。労働党の高級官僚が身に着ける最上級品。宛がわれるすべてが分不相応で困惑した。特例の帰還。たったひとりの生還のために支払われた犠牲たち。何がこの国で起きているのか？

　思いつく限りに考えようとしたが無駄だった。もう五年、海の向こうの日本で暮らしていた。余計な情報は一切入ってこなかった。特に祖国の体制が揺らぐようなニュースは絶対に検閲される。気づいてみれば自分は、故郷であるこの国の現況をあまりに知らない。

　硝子の向こうに見下ろされる平壌の市街地は、夜の訪れに陰影を強め、闇の比率が増していた。整然と区画され、広さのわりに走る車輌の少ない道路と、連なる灰色の真新しいビル群。かと思えば、かつての建国闘争のさなかに蹂躙《じゅうりん》され、残骸を撤去したまま手つかずの地域もある。舗装も荒い路面を走るのは、旧社会主義国時代から引き継いだ無軌条電車《トロリー》で、拡がる暗がりのなか、集電器《パンタグラフ》に火花を散らせていた。

　そして東西に蛇行して流れる大同江《テドンガン》に分断された市街中心部には、突き立つ二つの塔が目についた。その間で沈む夕陽《せきよう》が揺らめいている。

　北岸に立つのは先軍思想塔《ソングンササンタプ》。国防の要所たる対中最前線の威化島《ウィファド》側——朝鮮人民軍の合同庁舎だ。グソンが所属する偵察総局の司令部もそこに置かれている。建造から半世紀が過ぎているため、老朽化が目立った。外壁のいたるところが黒ずんでいる。

一方で南岸に建つ統一思想塔《トンイルササンタブ》は真新しく、この都市で最も白く耀いていた。政治中枢である万景台《マンギョンテ》側――労働党の政務庁舎が高層を占め、下層には国内でゆいいつの大学府や幼少からのエリート教育を担う機関、党直轄の研究機関が収められている。建国五〇周年を記念して建造されたというニュースは聞いていたが、完成した威容は先軍思想塔をはるかに凌いでおり、目下の政局を物語っていた。

統一思想塔の裾野に沿って視線を下ろしていけば、街灯が点りはじめた川辺の広場に大勢の群衆が集まっていた。モニターを兼ねるガラス窓に触れて図像を拡大《ズームアップ》する。中等学校の制服に身を包んだ少年少女たち。誰もが傍らにパネルを抱えているから見当がつく。そろそろ開催時期のアリラン祭の練習だろう。高校に入学するまで学校に通えなかったグソンには縁遠いものだった。

図像の表示設定を初期化すると、再び都市の全景が戻った。清潔な街路。真新しいビルの堅牢さ。においのない都市。人口は六〇万人ほどで、住人たちのほとんどは万景台《マンギョンテ》派と言われる労働党幹部やその家族と関係者が占めている。

グソンも生まれはこの都市だ。女優だった母は誰にも頼れずひとりで自分を産んだ。逃げ去るように故郷である新義州《シンギシュ》に移り住んだから、グソンに平壌にいた記憶はない。自分の原風景といえば、土壁にビニールを張っただけの窓という粗末な家だ。玄関と台所と居間は一続きで布団は薄く汚く、虫が絶えないから蚊帳《かや》が一年中吊りっぱなしだった。いつも腹を空《す》かせて、か細い笛の音みたいな飼い犬の鳴き声。草は苦くて青臭かった。玉蜀黍《とうもろこし》の粥は薄くてほとんど水だ。しょっぱい白菜の汁はたまのごちそうだった。それが大多数の、特に国土の残り半分を構成し、貧困に喘《あえ》ぐ平安北道《ピョンアンプクド》の住人にとっての故郷だ。

　朝鮮人民共和国の国土の多くは農業に不向きで、乏しい生産力で何とかするしかない。狭い国土であっても最先端遺伝子改良による単一種の大量栽培により食糧の完全自給を確立した日本と大きく違う。純然たる国力の差が表れている。

　それでも市街を行く選ばれた《エリート》市民たちは笑顔を絶やさない。誰もがにこやかに会釈を交わし、子供たちは誇らしげに敬礼をして、背広姿の官僚や制服姿の軍人を見送っている。誰もが地味だが清潔な服を着て、幸福そのものといった顔をしている。つねにカメラで撮影されているような振る舞い。まるで誰もが映画に出演している群衆《エキストラ》だ。この演出過剰さ。それが平壌という街の日常風景だ。朝鮮民族を統一した偉大なる首領様に率いられる国。平安楽土として存在する我が祖国――そうした幻想を維持し続けることは、半世紀前の建国以来、全人民にとっての責務だった。

（すべては来たるべきシビュラ社会のために……、か）

　労働党は喧伝する。グソンのような対日工作員《ヨンウン》たちの挺身によって、我が国のサイマティックスキャン技術は日進月歩で発展を続けている。いずれは日本など歯牙にもかけない強国となるのだ、と。

　だが、五年の工作期間を経てグソンは、それが叶わない夢であると骨身に沁みていた。まるで技術特異点《シンギユラリテイ》の以前と以後と言えるほど、朝鮮人民共和国と日本の技術には歴然とした格差があった。女神の恩寵はこの国には存在しない。かつて絶対君主として君臨していた建国の父――金夢陽《キムモンヤン》終身大統領は、紛れもない独裁者で、あらゆる判断を下し、人民を導いた。だからこそ、不完全なサイマティックスキャン技術しか有さず、地続きで中国軍閥残党の脅威に曝《さら》され続ける窮地のなかで、祖国を存続させることができた。だから五年前に彼が没したことで、綱渡りの国家運営が危機を迎えたことも事実だ。

　しかし、帰ってきてわかるのは、何も変わっていないという現実だけ。変わったとしたら、五年前に、置き去りにしてしまった者たち――。

《チェ・グソン同志《ドンス》。食事の準備が整いました。大変お待たせして申し訳ございません。お飲み物は何にいたしましょうか？》

　ふいにガラスが曇り、通信枠《フェイスウインドウ》が表示された。スピーカー越しに響く張りのいい溌剌《はつらつ》とした男の声に薦められるまま、グソンは食前酒を選んだ。ほどなくして扉がノックされた。個室の鍵が開錠され、男が入ってくる。瀟洒《しようしや》なフルートグラスを二つと、大振りのシャンパン・ボトルを握っている。

　男は引き締まった身体に細身のスーツを着こなしていた。髪は固めてぴったり分けられており、精力的な顔つきをしている。近づくにつれて漂う香水《コロン》の匂い。給仕というより新進気鋭の政治家といった雰囲気だ。そんな彼の姿を見たとき、何かが引っかかった。

そして真っ白なクロスが敷かれたテーブルにフルートグラスが置かれ、男がグソンと顔を合わせるなりウィンクをしたとき、やっと気づいた。

「お前がこんな立派なナリをするなんて昔じゃ想像もつかなかったな。まあ、それは俺も同じか……、久しぶりじゃないか、チェ・グソン親旧《チング》」

その南朝鮮独特の言葉遣いを知っている。

「――ギュンテ、お前なのか」

男はニンマリと笑みを浮かべ、フルートグラスを軽くぶつけた。澄んだ音が鳴った。


ハン・ギュンテとの出逢いは平壌市内の大学付属高校だったから、もう一〇年以上前になる。一五歳のとき母が再婚し、グソンは平壌に移り住んだ。義父は、帰化日本人であり、侵略を繰り返す中国軍閥残党と国境を接する最前線で一兵卒から身を立てた。そして先軍思想塔での内勤となった彼に連れられ、母ともども威化島から平壌に越してきた。通常、地方間の移動は制限され、生まれた土地に紐付いて生涯を終えるから、珍しいことだった。

グソンの成績は優秀だった。高校でグソンは特待生として通っていた。生きるため、幼いころから培《つちか》ってきた技術《テク》を使って問題の事前入手や成績操作をしてきたからだ。

だが、あるとき調子に乗ってヘマをやらかした。いつもどおり、定期考査の問題入手を難なくこなした。容易すぎたことに気づけない間抜け。最初から囮《デコイ》として撒かれていた偽装データを引っこ抜き、端末で解凍しているとき罠に気づいたが遅かった。プログラムは強制的に端末のアクセスログを吸い上げ、サーバに転送した。

日毎にログの完全消去はしていたが、偽装データを所持した時点で誤魔化しは利かない。翌日、呼び出しを食らった。よくて停学、退学も十分にありえた。畜生、終わりだ。しかし教師たちからの質問は予想とまるで違った――〝君のアカウントと端末を悪用し、不正アクセスを試みた生徒がいたようだから、再設定を行いなさい。以後、注意するように〟。

寮に戻る途中でギュンテに出逢った。労働党宣伝扇動部の高級官僚を父に持つ特権階級《エリート》の子息だったが、成績はいつも落第寸前だった。そういうことをギュンテは初対面にもかかわらず話した。それから不正アクセスの懲罰で停学になったことを告げた。

グソンは警戒し、彼の意図を探った。返答は簡潔だった。

お前のことを庇う。だから今度は俺を助けてくれよ、腕利き《ホットドガー》。チェ・グソン親旧《チング》。

エリートの子息たちにありがちな脅迫めいた口調ではなく、一緒に悪戯《いたずら》をしでかそうと誘うみたいな近しさに好意を持った。二人は共犯者になった。ギュンテはその出自ゆえに、何かをしでかしても罰は軽く済んだ。グソンの手口は一層大胆になっていた。表向きは優等生が落第生を更生させたものと扱われた。ふたりで抱えた秘密は数えきれないほどになって、やがて深い友情で結ばれるようになった。

何度かギュンテに連れられ、彼の父親と食事をしたことがある。そのとき母のことを聞かされた。女優としての母をグソンはそれまで知らなかった。地方出身ながら類稀《たぐいまれ》な美貌と演技力、歌唱力により、一〇代半ばで瞬く間に銀幕を昇りつめた名女優。だがその栄華は花が散るより早くに消え去った。

その活躍に終止符を打ったのは、間違いなく自分だ。グソンは父親を知らない。母のチェ・オクは頑なに相手が誰であるか口を閉ざした。関係者すべてに対してもそうだったらしい。彼女は一七歳で妊娠して故郷の新義州に去り、貧困に喘いで、病を得た。

再婚相手の義父は叩き上げの軍人だったが知的で穏やかなひとで、母の病も含めて受け入れた。無類の本好きだった。自分が、ヒサシ・クロマ訳のウィリアム・ギブスンが好きなのは彼の影響だ。二年後に母と義父は女児を授かったが、それが母の人生最後の幸福だった。出産後、間もなく亡くなった。

そしてグソンは、母が自分を産んだときと同じ歳で幼い妹を育てることになった。ちょうどそのころ中国軍閥残党の攻勢が強まった。義父は威化島《ウィファド》に戻り、家をつねに空けざるを得なかった。グソンはギュンテに頼った。赤ん坊の妹を育児保育させるほどの金銭的な余裕はなかった。ギュンテは快諾してくれた。そして高校三年からは、ギュンテが親から宛がわれたマンションの部屋に妹とともに転がり込んだ。男二人に赤ん坊ひとりという奇妙な共同生活は、グソンが大学を中退するまで続いた。

互いに大学の専攻は別だった。ギュンテが高校時代の劣等生ぶりが嘘のように政治学科で優秀な成績を収める一方で、電子工学科に進んだグソンは成績を落としていった。付け焼刃でごまかしてきた限界《ツケ》がついに訪れた。理解すべきことのほとんどが理解できず、進級に失敗し、留年を繰り返した。ギュンテがストレートで卒業し、大学院に進学したとき、グソンはまだ基礎課程を修了できずにいた。奨学金など出るはずもなく高い学費は浪費され、自分への嫌悪ばかりが募った。そのうち、一緒に暮らしていられなくなった。

「――心配したんだぜ。お前が急に大学を辞めるって言ったきり、音沙汰がなくなったから」

ギュンテはグラスをあおり、酒を飲み干した。堂に入った飲み方だった。

「……すまん、父さんが戦死してな。妹のために働かないといけなくなった」

グソンはちびちびとやった。高級なことはわかるがそれだけだ。酒はいつも酔うためだけのものだった。この五年間でお互いがまったく別の人生を生きてきたことがよく分かる。

「俺に相談してくれりゃ、支援したのに」

今やギュンテは労働党の宣伝扇動部で要職に就く新鋭の高級官僚だった。上等に仕立てられたスーツの胸には、建国の父たる金夢陽《キムモンヤン》の顔が刻まれた党員バッジ。

「そりゃ……、わかってたけど」

小さな《チンケ》プライドの問題だった。付き合う上で最低限のラインを超え、施されるだけの関係になったら友情が依存になる。緩やかに腐り果てるのが厭《いや》だった。

「何の相談もなく出て行って悪かったと思ってるよ」

「軍に行ったと聞いて驚いたけどな。まあいいさ、こうして再会できた。それにしても、落ち着かないって顔してるな。堂々としてろよ。——なあ、お前がいたからここで飯が食えるんだぜ」

ギュンテは窓際から移動してきて、グソンの肩に腕を回す。

「俺のおかげ……」

「そうさ。俺は案内されてきたお方を丁重にもてなせ、と上から仰《おお》せつかってる」

「……俺は軍属だぞ」

「官僚機構の縄張り争いなんてクソ喰らえだ。軍だって一枚岩じゃない。俺たちに協力してくれる良識ある人間もいるさ」ギュンテはさらに酒を注文した。「……ところで、さ。国境脱出は大変だったな。日本って国はすべてが機械任せで慈悲がない……」

ふいに投じられたことばに緊張した。

「——何のはなしだ」

「安心しろ、お前が対日工作に従事していたことは共有済みだ。隠さなくていいぞ」

だとすれば、訊かなければならないことがある。

「……ならギュンテ、俺を帰還させるために、あれだけの人員が犠牲になった理由を知っているのか？」

「知っている」ギュンテが表情を硬くし首肯した。「だが、その理由は教えられない」

「なぜだ……」

「真実を知らずにいるという事実だけが、お前を守る唯一の方法だからだ。お前が生き残った理由を語るには最適な場所と時間が必要だ。それは、今じゃない。もう少しだけ待ってくれ。五年とは言わん、一ヶ月でいい。駄目かい……」

「……卑怯だな」グソンは肩の力を緩めた。安堵は、自分がこの先も危害を加えられないと確信できたからか。それとも相手がギュンテであるからか。「そう言われちまったら、問い詰めようがない。口が上手くなったよ、本当にさ……」

「すまんな」ギュンテが頭を下げた。「けど、お前が無事で本当によかった……」

やがて個室に料理が届けられた。豪勢で量が多かった。肉の大皿と金属製の器に盛られた汁冷麵《ムルレンミョン》。

「本当は精のつく犬肉鍋《ポシンタン》を用意したかったんだがね。ここ最近、物資流通に滞《とどこお》りが生じているからアヒル《オリ》の焼肉《コギ》にさせた」

「ああ、構わないよ、犬肉鍋は苦手だ。……それにしても、食糧の生産体制、また悪化したのか？」

「いや、軍閥の動きが、再び活発化しているのが原因だ」

　ギュンテが手際よく肉を焼きながら話したが、その剣呑《けんのん》な内容に、グソンは啜《すす》り始めた冷麺の箸を止めた。

「まさか、威化島《ウィファド》が戦時下に？」

　朝鮮人民共和国のもうひとつの都市、白頭山《ペクトウサン》を源流として黄海へと流れる鴨緑江《アムノックカン》の中洲に位置する威化島は、対中最前線の軍事都市である。かつての旧社会主義国家時代には、経済特区として中国の国境に接していた同地は、朝鮮人民共和国の建国後も何度となく渡河を試みてくる軍閥連中との戦闘を繰り返してきた。安定状態が長く続いていたと言われていたが、五年前のクーデタ未遂以来、きな臭さが立ち込めているらしい。

　鴨緑江に沿って展開していた国境警備第六軍団が中央政府に反旗を翻したのは二〇九四年のことだ。対中国境線での騒擾《そうじょう》は国防体制を揺るがしかねない大事だから速やかに鎮圧された。体制には影響はないと労働党は喧伝した。しかしグソンの義父は、クーデタ部隊が決起の際に威化島の司令部へ放った砲弾の炸裂に運悪く巻き込まれた。そしてグソンの人生は、このクーデタ未遂を契機に、まるで別のものに変わってしまった。

「実際の状況については何とも言えん。最近は情報の分断も頻発しているからな。両都市間の通信手段は、防諜のため軍用・民生を問わず、すべて光ケーブルによる物理的通信網に限られているのに、そいつが切断されていたという報告《ケース》もある。ただ、一朝一夕で敵が雪崩《なだ》れ込んでくるってことはないはずだよ。外敵による危機的状況にあるわけじゃない――ってのが労働党の判断だ」

「……そうであって欲しいな、帰ってすぐに祖国が滅ぶのはご免だよ」

「だが、逼迫《ひっぱく》しているのは事実だ」

ギュンテが纏《まと》う空気が、さっと緊迫の色を帯びた。見てみろよ、と彼は立ち上がり、窓際に寄る。グソンも続いた。陽は完全に暮れ、夜に浸された平壌の姿が見渡せた。

「今、この国の発電量は約二百三十四万kWだ。圧倒的に足りていない。施設も老朽化しているし燃料も乏しい。このままだとジリ貧だ。大統領が死んで五年が経った。最高指導者の地位は空白のまま、旧態依然としたやり方を踏襲することだけが美徳になっている。このままじゃ……、いつか、必ず破綻のときがやってくる」

五年前には見たことがないギュンテの佇《たたず》まい、言葉遣い、考え方――急にかつての親友の姿が遠のいた気がした。

「この国じゃ今でも生まれがすべてを左右している。かつて建国のときは誰もが平等だったはずなのに。都市間の往来は制限され、生まれが平壌なら天国、威化島なら地獄――これが現実だ。変えるべき悪習なんだ。すべての人民を、朝鮮人民共和国の国民にする必要がある。そうやって、この国をより強くしていく必要があると……、そう思わないか？」

「それは、同意するが……」

グソンは自分が辿ってきた過去を思い出す。栄光を掴もうとして翼をもがれた母。極貧のなかで育った幼い日々。それとは真逆に生きてきたギュンテを羨まないはずはないが、恨みもしない。ただもし、二つの地方などなく、すべてがひとつの国であったら、そこで暮らす誰もが同胞だと思える社会——それを夢見ないはずもなかった。

「俺は考える。技術は、人が生み出したものは、つねにより良く更新され、生まれ変わっていかなければならない。今のこの国では、お前たちが命がけで掴んできたものを活かすための基礎《インフラ》が決定的に足りていない。そのことが問題なんだ……」

ギュンテはそれっきり黙った。グソンも親友が秘めていた内面の激しさにあてられ、すぐに言葉が出てこなかった。

再び平壌の市街を見つめた。暗闇の多い街だ。日本の——東京の煌《きら》びやかさに比べれば、はるかに小さく、穴だらけの夜景。都市の中心に耀く一対の灯り——朽ちかけてまだらな照明の先軍思想塔《ソングンササンタプ》と、煌々と光を放つ統一思想塔《トンイルササンタプ》。旧時代の残滓と、前進を続ける社会の新たな象徴——そういう喧伝を口にするたびに空虚さが増す気がした。何度も言い聞かせなければ消えて行ってしまう幻のような願い。それは、往々にして夢と呼ばれる。

二つの塔の間に何があるのだろう。見下ろす先には大同江の暗く、射す陽の光もない真っ黒な水面があるだけだ。

「俺たちの国は──、なくなったりしないよな」

ふいに浮かんだ問いは、切実さを帯びていた。グソンにとって祖国が存在し続けることを願うのは、自分自身のためというより、たった一人の肉親である妹のためだった。

「なくならない」ギュンテが近づき、肩を組んできた。「そして、なくさせない。スソンちゃんのためにもな」

「……ああ」

チェ・スソン。それが妹の名前だった。グソンにとって、最後に残った血の繋がりある家族を愛しく思うのは当然だ。妹にはグソンが喪った家族のすべてが宿っていた。容姿は日本人である父の影響を色濃く受け継いでいたが、ふと笑ったときに母の面影を覗かせるのだ。妹と接するたび、何か喜ばせてあげたとき、思い出はいつもそこに浮かび上がった。

そして妹には天賦の才があった。

「スソンちゃんの歌と踊り、本当に上手くなったよ……」

「知ってるのか」

「お前があの子を金星《クムソン》学院に入れたこともな。対日工作への従事はそのためだろ。五年前、お前がどこに行ったのかは分からなかったが、あの子はせめて助けたかったから後見役を買って出た。俺にとっても娘みたいなもんだったしな……」

「……すまん」

「ありがとうって言えよ、こういうときは」

　グソンは妹に最高の教育環境を与えたかった。クーデタの影響は停滞していた対日工作を活性化させた。九四年度の潜入工作活動は過去最大の規模で、グソンのように能力に若干劣るところがあっても潜り込めた。所属が決まった時点で高額が振り込まれるようになったから、すぐに妹のために使った。あれから五年。直接顔を合わせることはできていないが、時折得られる手紙には、入学した金星学院のことがよく書かれていた。添付される成績表は申し分なかった。

「そうだ、忘れてた……」ギュンテは額をぴしゃりと叩いた。「お前を驚かせようと思って、今度のアリラン祭の出演者を呼んでおいたんだ。マス・ゲームのクライマックスで筆頭を任された舞踊手なんだが、こいつがすごい。……見惚れるぜ」

　ニヤリと笑う顔には、さきほどまでの官僚然とした色は少しもなく、グソンにとって見慣れたものだった。

「ふうん」

「よし、入ってくれ！」

　ギュンテが手を叩き、合図をするなり、個室の扉が開いた。グソンは何の気なしにそっちを見た。そして、唖然として息をするのを忘れた。

少女は、鶯《うぐいす》を思わせる鮮やかな黄色の裳《チマ》襦《チョゴリ》を着ていた。

結われた黒い髪は艶やかで、そこから覗く利発そうな白い額が眩しかった。楚々《そそ》とした動作で入室してくる。緩やかで挙動に無駄がない。グソンの傍まで寄ってくると大きくお辞儀し、そのまま顔を伏せた。

「――お久しゅうございます、グソン兄様《オラボニ》」

「あ、ああ……」

グソンは、ただうなずくしかない。急な再会に頭が真っ白になっていた。顔を伏せたままのスソンと、椅子に座って笑みを浮かべているギュンテを交互に何度も見返した。

「久しぶりだね……、スソン」

ようやくそれだけ言った。声が震えてしまった。不覚にも胸が詰まりそうになる。

「顔を、上げてくれるかい」

「――はい」

面を上げたスソンの美貌に息を呑んだ。五年の歳月は幼かった子供を美しい少女に成長させていた。舞歌のための見事な化粧が施されており、黒々とした眸はより大きく際立ち、薄紅を差した頰は花弁よりも柔らかそうだった。

グソンは席を立ち、膝を着いて妹を抱き上げた。背が伸びていた。一八〇以上あるグソンからすれば小柄だが、同年代では大きい方だろう。手足は長く身体は細くしなやかだった。幼子同然に担ぎ上げられて恥じらいを見せたが、それより喜びに満ちた笑みは記憶のなかにあるとおりだった。

「すまなかった……、お前を五年もひとりぼっちにしてしまった」

「……私こそ、どれだけ感謝しても足りません。グソン兄様のおかげでたくさんのことを学べました」

ほら、とスソンは床に降り立つと、絨毯を花紋席《ファムンソッ》に見立て、しばし舞った。呈才《チョンジエ》のひとつ春鶯舞《チュネンム》だ。朝鮮王朝時代に創作された宮中舞踊。

狭い空間のなかだけで舞い、自らの心象風景を表現する。しなやかに躍動する両腕、手先で薄布を泳がせる。春に鶯が、見るも鮮やかな翼を広げ、愉悦の色彩を解き放つように。かと思えば花散った枝に一羽、ひっそりと佇む寂しさが束の間に顔を出し、再び歓喜のただなかに舞い戻った。

息を呑んだ。驚きと、それに勝る誇らしさで。

「……ありがとう、素晴らしい舞だった」

グソンは拍手をした。スソンが開花させた才能を喜んだ。彼女が表象させた心の裡を知って、眼に薄《うっす》らと涙が滲んだ。凜然とした面持ちのなかにわずかに覗く寂寥。どれだけ才能があろうとも、六歳の子供にひとりで学べというのは酷だった。

「すまない……、すまなかった、スソン。俺はもう……、どこへも行かないから」

再び妹を抱きしめた。スソンは舞い終わった直後の忘我できょとんとしていたが、間もなくグソンの想いを理解し、やはり泣いた。小さな子供のように、わんわん泣いた。

「グソン兄様……、グソン、おにいちゃん《オッパ》……」

呼び方が昔のとおりに戻っていた。流す涙で化粧が崩れるのをグソンは拭ってやった。離れた時間の分だけ強く、強く抱きしめた。何物にも換えがたい真実の価値がそこにあった。今やっと、心の底から、故郷に戻ってきたと思えた。

3

窓枠越しに街路を見やると、今日も平壌は賑やかだった。グソンは車中にスソンとあった。運転席にはギュンテ。市街地を抜け、大同江《テドンガン》の中洲にある綾羅島《ルンラド》へ向かっている。外へ出るのは久しぶりだ。高麗ホテルで宛がわれたのは、やはり分不相応な極上のスイート。そこで仕事もさせられた。対日工作での報告は出向いてきた偵察総局の人間に行った。医療団がやってきて血液から何からの検査が実施された。

そうして帰還から一ヶ月が過ぎた今日は、二ヶ月にわたって開催されるアリラン祭でも、特に盛大に催される日だ。そこで、お前にしかできない大事な仕事がある、とギュンテに言われた。それこそが真実が明らかになるに相応《ふさわ》しい瞬間と見て、間違いなかった。

「――アリラン祭も佳境だな」

グソンは街路に溢れる群衆を見て、呟いた。

「ええ、みなさん楽しそう……」

隣に座るスソンがうなずいた。今日のアリラン祭にスソンは出演する。ホテル暮らしの間、スソンはグソンとともにいた。学院に登校している時以外はずっと一緒だった。

今、スソンの化粧は薄く、年相応のあどけなさが表に出ている。白いブラウスに赤く大きなスカーフ、紺のスカートを身に着けた制服姿だ。着替えや化粧は会場の控室で行う。出演者の多くは自宅からそのままの格好で来るのだから、かなり上の待遇だ。

「兄様、あの方たちは……」

スソンが窓の外を指差す。視線の先、旅行というには多すぎる、中身がぎっしり詰まった巨大な荷物を背負う人々が歩道に多くいた。

「ああ、彼らは行商に来ているんだろう」

アリラン祭の間、全人民が順繰りに招待される。普段は規制によって移動できない各地の住人たちが一斉に動く。平壌への往復の旅路にはいくらか寄り道もできるから、地元で手に入らない物品を購入する。あるいはその客目当てに、このときだけ手広く商売をやる連中も大勢いる。国の公式な経済活動に含まれない闇市場だが、人民間で相互扶助をやらせるため、労働党も黙認しているのが実情だ。

いつもは空白だらけの平壌の街並みも、この二ヶ月の間だけは人間の密度が上がる。この盛況ぶりなら、威化島《ウィファド》の政情不安定というのも杞憂《きゆう》だったのだろうか。少なくとも、不穏な気配はない。叛逆者を取り締まる人民保安員の姿も、ほとんど見受けられなかった。

そのとき、閉めた窓越しにも響く爆発音がした。

「今のは――」

スソンが大きい眼をぱちぱちしながら、少し不安そうに言った。

「蛤《はまぐり》のガソリン焼きだろう」グソンが優しく言った。「あれがけっこう旨いんだ」

街路の片隅で小さな爆発めいた燃焼がある。漁師たちが売り捌《さば》く蛤をコンクリートの地面に放って、スタンドから給油してきたガソリンをかけて焼いて食うからだ。

「――昔、灯油でやって失敗したよな」運転席のギュンテが笑った。「油なら同じだって言うからやったら、ひどい味だった」

「俺が止めなきゃ、スソンに食わせるつもりだったろ」

「嘘つけ」

「本当だ」

「なら、スソンちゃんに聞こうぜ」

「……私は食べずに済みましたから、どちらも悪くありません」

スソンはちょっと驚いた顔をしてから首を横に振った。昔に戻ったような気がした。子供を育てたこともない男ふたりが悪戦苦闘した結果、色々と失敗をやらかしたとき、スソンはいつもこういう反応をしてくれた。すべてを笑って済ませてくれた。

「――だそうだぞ、グソン兄様《ヒョンニム》」

「……分かったよ、ギュンテおじさん《アジョシ》」

「それだと、俺の方が歳を食ってることになる」

「もうそんな歳だろ」

「歳は同じだ……、もう三〇になるかと思うと、おじさんって言葉が気になるんだよ」

ギュンテはハンドルから手を離し腕組みした。車輛は自動運転設定に即座に切り替わる。

「なあ、スソンちゃん。俺も兄様《オラボニ》って呼んでくれないか……」

「申し訳ございません、ギュンテおじさま。兄様は――グソン兄様だけですから」

スソンが悪戯っぽく笑って寄りかかってきた。スソンの頭がすぐ傍にあって、花の香りが匂った。そういう仕草は、覚えている限りされたことがなかった。

「何ともうらやましい限りだね、まったくさ」

ギュンテは、再びハンドルを握り、アクセルを踏み込んだ。車は加速した。市街地を抜けて大同江に架かる鉄橋に差し掛かる。対岸に絢爛な耀きを放つドームが見えた。

綾羅島《ルンラド》。大同江に浮かぶ中洲のなかで、地球温暖化に伴った水位上昇による水没を免れたゆいいつの場所だ。

アリラン祭は、その綾羅島にある九・六リパブリック・スタジアムで開催される。一五万人を収容可能な多目的競技場には、すでに多くの観覧客たちが詰めかけている。

スソンを出演者控室に送り、グソンは正面後方のいわゆる貴賓席に案内された。かなり後方で、ほとんど最後列といっていい座席。居並ぶ官僚たちの頭を視界の下限に収め、アリーナ全体が見渡せる。アリラン祭は一般的な観劇と違い、後方の座席ほどグレードが高いとされる。というのも個々の演技を観るより、全体を見渡しながら完璧に律動する集団演技と、演目に応じて刻々と描画を変えるマス・ゲームを楽しむからだ。

言ってみればここは最上級の席だ。グソンはいまだ慣れない特別待遇に緊張しつつ、座った。ギュンテがパンフレットを渡してきた。厚く発色のいい紙にホロ投影の層《レイヤー》を印刷加工した贅沢な仕様。グソンの視線を感知し、説明を開始する。

プログラムの時間は八〇分ほど。主軸として通されているのは抗中パルチザン活動から朝鮮人民共和国の建国、五族共和、そして現在に至るまでの歴史だ。

軍人・市民・子供を問わず出演する総計一〇万人の演者。朝鮮民謡《アリラン》の調べとともに一大叙情詩が紡がれる。出演者は、平壌と威化島双方の出身者が同数に調整され、演技集団を構成している。そして観客の皆さまも演技者でございます——、とパンフレットは締めくくる。舞う者も観る者も、すべて祖国に敬意を払い、互いを愛し連帯する国民として、完璧な律動を通じ、平安楽土を目指し進軍いたしましょう、と鼓舞してくる。

これまでグソンは何度かアリラン祭を観覧したことはあったが、序文の触りがいつもと違うように思えた。たとえばこれまで敬意の対象は、祖国ではなく大統領首領様だったはず。国民は同志、あるいは人民と表記されてきた。

だが、それらの違いは瑣末なことだ。グソンにとっては、スソンの出番が気になった。プログラムのクライマックスで、筆頭舞踊手のひとりとして名が記されている。それだけで胸の裡がじんわりとした。

ここまで来れたのだ、という感慨が湧いた。

「もうすぐ開演だぜ、グソン」ギュンテが肩を叩いてきた。「連中も到着したようだしな」

視線で合図をしている。貴賓席に着席する客のなかに、スーツ姿になっても兵士が持つ独特の屈強な圧力を放つ軍人の一団が訪れていた。威化島の軍令部に所属する対中戦線の従事者たちの姿を見つけ、労働党の高級官僚の間に硬い空気が流れたが、彼らがアリラン祭に訪れているなら、向こうが戦時下に陥っているということはないはずだ。

ふと賓客のなかに自分を見つめる視線がいくつもあることにグソンは気づいた。官僚の側にも、軍人の側にも、そして通路を行き交う国家安全保衛部の人員らしき連中からも。

〝真実を知らずにいるという事実だけが、お前を守る唯一の方法だからだ〟――ギュンテの言葉が蘇る。自分が生き残った理由が語られるに最適な場所と時間は、ここで間違いない。だとすれば彼らも知っているのだろうか。チェ・グソンが生かされた――その理由を。

だが、それらの視線もすぐに気にならなくなった。

場内の照明がすべて落ち、開演の報せが響いた。そしてギュンテがグソンの耳もとで囁く。一世一代の悪戯をやらかそうとするような、茶目っけある声色。

「お待たせいたしました、チェ・グソン同志《ドンス》。――これより新世界をご覧いただけますぞ」

そして宴が、始まる。


二〇四六年九月六日という日付は、朝鮮人民共和国で生まれた者なら、両親の名前より先に覚えなければならない。なぜなら、初代にして終身大統領金夢陽《キムモンヤン》が平壌近郊の万景台で建国を宣言した日だからだ。それゆえ、この日を名前の由来とする九・六リパブリック・スタジアムで開催されるアリラン祭のマス・ゲームは、〈20460906〉の数字の列が象《かたど》られることで始まる。

アリーナに無数の人間が横たわっている。衣装は様々で年齢もばらばらだった。誰もかれも銃を握ったまま微動だにしない。辛うじて動くのは数人の男のみ。緩慢な動作で——無論そうした演技だから、挙動のすべてに緊張が漲《みなぎ》っている——斃《たお》れた者たちの間を進んだ。小山のようなオブジェクトが組んであり、ホログラフィック技術で岩肌は峻厳としていた。銃を杖に山頂まで登った。そこで男のひとりが叫んだ。今この瞬間に国が生まれた、と。すると彼を礼賛するように、うつ伏せで横たわっていた周囲の屍《しかばね》たちがくるりと反転した。黄土色の布地は強められた照明を受けて、夜明けの雲海のように黄金に輝いた。

そしてアリーナは暗転する。背景パネルは飛沫《しぶ》いたように波立って図像を変化させていく。学生たちが、文字通り通路もない密集状態のなかでパネルを掲げ、表に裏にと返しながら図像を刻々と切り替えていった——〈20201019〉。

その数字の列を見たとき、グソンは眼を疑った。

〈20120415〉じゃない。すでにアリラン祭は今までと異なっている。本来ならここから、建国の父〝金夢陽〟の誕生と生い立ちが語られるはずだが、そこは簡単なナレーションで済まされた。時間にして数分程度。これから展開する場面《シーン》への繋ぎ程度の扱いだった。そしてこれからが本番だ、と言わんばかりに音楽は重みを増して響き渡った。

〈20201019〉の数字の列が意味するものはひとつだ。

観客たちの緊張が一斉に高まるのが、肌理に感じられた。感情の連帯はグソンも含む場内すべての人間に速やかに共有されていく。これから来るものに、備えた。

突如、舞台に注ぐ照明が紅《あけ》に染まった。夕焼けよりずっと濃く、ぎらついて禍々《まがまが》しい。間髪いれず耳を聾《ろう》するような爆音が、そこかしこで鳴動した。赤色《せきしょく》の灯りの下、逃げ惑う者たちは多種多様だった。黄色人種《モンゴロイド》も白人種《コーカソイド》も黒人種《ネグロイド》も入り乱れていた。故郷を喪い、この国に逃げ込んできた難民たちが演じていた。

二〇二〇年のその日、世界を牽引していた中国の経済崩壊が起こった。膨張に膨張を重ねた泡沫《バブル》経済の炸裂は、壮絶な衝撃となって世界中に波及した。そして地獄の世紀が始まった。中国の地方軍閥と中央政府が殺し合った内紛は、国境紛争へと拡大し、インドとパキスタンを巻き込んだ。やがて蜂起した各地のムスリムたちも巻き込み、泥沼化した戦争は三〇年近くにわたって続き、アジア地域は膨大な骸《むくろ》を積み上げた。

だが、それは世界中で起きた殺戮の一例に過ぎない。世界はさらなる混沌《ケイオス》へと突き進んだ。欧州でも虐殺があり、紛争があった。人々は難民と化して大陸を彷徨《さまよ》った。

終わりなき非正規戦。比喩ではなく世界中が戦場になった。そんな激烈な時代は、朝鮮半島も例外ではない。旧大韓民国は〈元〉を基軸通貨とするアジア統一通貨に参加していたために、早期に内戦地帯と化した。殺戮から逃げ惑う韓国国民たちが臨津江《リムジンガン》を渡り、国境地帯に敷かれた鉄条網に押し寄せた。

南から大挙してきた難民たちは、北の圧政下の民衆とともに義勇軍を編成し、対中パルチザンを展開した。やがて民衆と朝鮮人民軍による革命が起こった。それが後の朝鮮人民共和国建国のきっかけとなった。人々は国を求めた。今なお続く地獄の辺土で生きるため、国家という枠組みを。今の世界は、人間が自由に暮らすには殺伐としすぎている。

語られるのは国家の成り立ちだ。大統領金夢陽は、建国の歴史に連なる一個人に過ぎなかった。多くの名前が列挙され、その挺身と後に遺したものが語られた。かつて名もなき英雄として葬られた者たちの名誉の復権は、終身大統領の脱神格化との等価交換《トレードオフ》だ。もしかしたら、彼もそれを求めていたのかもしれなかった。神格化の果て、乾いた土に振り撒かれる血の購《あがな》いを、彼は多くの決断によって、もたらすことになったのだから。

〈20460906〉

年号は始まりに戻り、そして進んでいく。共和国の建国宣言。大統領への就任演説で、金夢陽は五族共和を唱えた。すなわち三八度線で分断されてきた南北に、延辺《ヨンビョン》自治州三地方の朝鮮民族と、世界各地から逃げ延びてきた難民たち。そして撃滅すべき敵とされた中華民族。誰であれ、建国の理念に共鳴する者は受け入れると彼は熱弁した。故郷を失った者たちが、奪われた者たちが、ここで新たに故郷を作るのだ、と人々を鼓舞した。

グソンは自分たちの世代が幸運であることを知っている。

かつてこの国で生きる権利は、戦って勝ち取るものだった。目指すべき理想に邁進《まいしん》する大統領は徹底して平等だった。出身地方を問わず兵役を課した。誰もが平等で平和に暮らせる平安楽土のため、武器を取り戦うことを命じた。女子供も関係なく永住権を得るため戦わされた。多くが死んだ。流された血。斃れた無数の死骸で川が氾濫《はんらん》するほどに。

それよりずっと後にグソンたちは生まれた。だが、それでもなおこの国は、完全な平和を手に入れたことがない。闘争は形を変えながら、今も継続されている。統一と先軍の思想は、平壌に突き立つ二塔となって、この国を貫いている。

独自のサイマティックスキャン技術〈한《ハン》〉も、そのために開発された。体制に疑問を持てば何者であれ罰せられ、処刑された。秩序は勝ち取るものから維持するものへ変わった。

〈한〉は、朝鮮人民共和国が独自に開発・運用するサイマティックスキャン技術の通称だ。

建国間もなくから、労働党と軍部双方に優越する大統領直轄の国防委員会のもとで、対日工作に基づくデータの収集を偵察総局が行い、労働党の国家安全保衛部の各種専門機関が共同して運用と技術改良の研究を行ってきた。

実用化された〈한〉の機能は極めて単純《シンプル》だ。現体制への恭順《しろ》と叛意《くろ》という二つの心理傾向を判別するだけ。反社会的存在を見つけ出すための保安システム。もし叛意が確認されれば国家安全保衛部の人員に連れ去られ、然るべき処置が執られる。正か負かの単純《ワン・ビット》な社会。だから多くの人民が間引かれ、殺された。秩序を守るための粛清に次ぐ粛清——。

いつしか、大統領は老いていた。顔に幾重にも皺が刻まれ、傷跡は数えきれなかった。ほとんど閉ざされたような細い眼の奥で、それでも闘志に燃える光だけが爛々《らんらん》としていた。理想の成就を、現実に掴み続けるため、夢を、夢で終わらせないために。

そして彼は立っている。

干上がった川の跡。硬く踏み固められた土の地面にはわずかな足草しか残っていない。灰白色の地面に打ち込まれたいくつもの木の柱と、その間に等間隔に突き立てられた仮設の絞首台は、墓標のように、どこまでもどこまでも連なっていた。

『殺せ』

老人は命じた。〈한〉が濁り切った者。救いようのない邪悪を宿した者たちを処刑しろ。

軍人の手により引きずられていく裸の人間たちは、全身が膨れていた。殴打されていない箇所はひとつもない。木箱の上に立たされた。猿轡《さるぐつわ》が嵌められ、腕は後ろ手に縛られた。縄の輪が首にきつく絞められた。表情に死への絶望はない。それを表現するはずの顔はあまりに損壊し、腫れ上がっていたから。

準備が終わるなり木箱は次々と引き抜かれていった。軍人たちの挙動に無駄はない。熟練した職人を思わせる手際の良さ。

吊るされた者たちは死に物狂いでもがいた。足はけっして地面に届かない。悶《もだ》え苦しみ、死んでいった。

すぐ横で木の柱にまとめて括りつけられた人間たちが、ライフルに頭を撃ち抜かれて処刑されていった。そのとき、一発の弾丸が狙いを逸れて猿轡を切り裂くだけに終わった。死を待つ罪人は泣き喚《わめ》いた。助命を懇願した。背後で首吊り死体が糞便を垂れ流している。

大統領は顔を歪めた。手でそっと顔を覆って黙した。身体を震わせた。そして兵士のひとりからライフルを受け取って、引き金を引いた。

『静かにしろ、皆の精神が濁る』

こんな展開は一度も見たことがなかった。

グソンは席から動けない。横に座るギュンテや周囲の軍人・官僚たちは、アリーナで上演される歌劇を見つめている。じっと、不安が入り混じりながらも、期待を抱くように。時折、彼らは視線を手首に移す。時間を確認するように。そこには〈화《ハン》〉の携帯端末が巻かれている。誰かが低く呻《うめ》き、誰かが安堵の息を吐く。何を見ているのか、誰の精神を解析しているのか。今ここで、自分だけが何も知らずに状況に放り出されている。

その動揺が面に出ていたのか、ギュンテが顔を近づけ、言った。

「方針転換だ。五年前から準備は進んでいたんだが、例の第六軍のクーデタ未遂のせいでずっと塩漬けにされていた。それがようやく叶ったんだ」

覚えている限り、アリラン祭のすべての場面は、金夢陽の八面六臂《はちめんろっぴ》の活躍によって描かれる。一〇代後半にして偉大なカリスマを持った指導者となり、ゲリラを率いて政権打倒を成し遂げるのがお決まりの展開だった。それが今年は、まるで違う。

ギュンテが属する宣伝扇動部は、その名の通り、統一思想の浸透のため数々のキャンペーンを企画する。そこで盛んに用いられた象徴《シンボル》が、建国の父たる金夢陽だった。彼はすべてを司《つかさど》る超越的存在として扱われてきたが、今や、その神格は取り払われていた。脱神格化すれば、間違いなく体制に揺らぎが生じる。妥当な判断とは思えず、急に不安が増した。しかし観客たちを見やったが、誰もが真剣に見入っていた。演者すべてに共感している。濁りのない祖国への信頼と憧憬。

「なあ、ギュンテ、こういう展開にしたのは……」

「大丈夫だ、安心しろ」ギュンテが手を摑んできた。強い力。硬く、硬く。「俺は俺の為すべきことをする。そしてお前にも為すべきことがある。俺を信じろ、ここからすべてがよくなっていく」

〈20940708〉

　再び舞台が暗転する。情景は先ほどの場面と同じだった。変わったのはそこに立つ人々。人民軍の制服を模した衣装に身を包んでいた。赤、藍、浅黄色に、そして真っ白と様々な色彩のチマ。つば広の戦笠《チョンリプ》で顔の上半分を隠している。演者たちはすべて女性だった。

「——グソン」ギュンテが双眼鏡を渡してきた。「やっとだぜ、スソンちゃんの晴れ舞台だ。ここから先は完全新作の場面だ。全員が金星学院の在学生・卒業生で構成されている。言っとくが、プロデュースは俺だが、スソンちゃんは実力で役を勝ち取ったんだぜ」

「あ、ああ……」

グソンは双眼鏡を受け取った。ギュンテの顔に笑みが浮かんでいた。万感の様子だ。

双眼鏡越しにアリーナを見下ろすと、スソンはすぐに見つかった。赤いチマを着ており、不織布《フェルト》の戦笠から覗く顔は美々しかった。

両手に短剣を持っている。剣舞《コンム》だ。はるか昔の新羅時代にまで遡る宮中舞踊のひとつだ。主に宮中宴礼で演じられる舞で、この国最大の祭りで演じるに相応しい。

「題材は第六軍のクーデタだ、──始まるぞ」

ギュンテの言葉に、グソンは再び双眼鏡を手に取った。

アリーナでは静止したままだった演者たちが舞い始めた。縦横斜めと列の組み合わせが幾重にも連なって、幾何学模様の隊列を描く。誰もが優れた容姿をしており、手足は細く長く優美に、しかし、たっぷりと余裕をもたせたチョゴリの下で、強靭に鍛え抜かれた筋肉が躍動しているのが分かる。その一糸乱れぬ律動は、金星学院がどれほど過酷な訓練を課し、彼女たちがそれに応えてきたのかを如実に語っていた。静中動の美意識が追求され、動作の機微に節制された美しさが宿っている。

グソンはスソンを追った。動作は緩やかだが、実際の移動量・運動量は大きい。少し気を抜くと視界の外に消えてしまうから、いつしかグソンは彼女の動きを追うことにだけ意識を集中した。

すると控えめだった音楽が突如、強まった。

《おまえたちは祖国のために自ら奉仕することを誓っているか》

会場に厳粛に響くのは亡き大統領の声だ。演説や番組出演など無数に録音された音声データのアーカイヴから引き抜かれ、加工が施された指導者の呼びかけに、観客たちは厳粛に居住まいを正す。

そして舞踊手たちは二組の動作に分かれた。一方が被っていた戦笠を放った。緻密に化粧が施された顔は無貌と表現すべきほどに白い。双眸も口唇も化粧に覆われているからだ。

《はい、この身、わが命は祖国のために》

その一方で、スソンは戦笠を被ったままだった。伏せた舞踊手たちの顔に、戦笠が暗く影を落とし、真っ黒に塗りつぶしている。スソンは短剣を手にした腕を上下に緩やかに振った。まるで威嚇しているような動作だ。しかし白貌の舞い手たちは泰然自若として慌てることはない。一層、緩やかに途切れることのない動作を続ける。

するとスソンが業を煮やしたように、相手に襲いかかる動作で大きく挙動した。他の者も続いた。すばやく闊達な舞の動作。膝を沈め、地を這うように接近したかと思えば、相手と接触する直前にさっと腰を軸に回転し、伸び上がった。剣の切先が相手に突き刺さるほど間際に迫る。だが、白貌の側も腰を大きく後ろに引き、危なげない動作で避けた。そのまま回転動作に移り、返す一刀を放つ。ガチャン！　と剣戟《けんげき》を思わせる金属音が盛大に鳴る。剣と剣は、ほんのわずかな間合いで止められているから、響く音は演奏楽器によるものだ。

徐々に速まっていく拍節に合わせ、スソンは繰り返される回転を軸としながら上体を屈め、反《そ》らし、ダイナミックに舞う。筵風擡《ヨンプンテ》と呼ばれる朝鮮剣舞の特徴たる絢爛な動作。いつしかスソンは躍動の中心に立ち、堂々と、見惚れるほどの凄烈な舞踊を披露する。

見事だった。思わず拍手しそうになって、危うく止めた。この演舞はひりつくような緊張感のなかで披露されている。だからグソンは心のなかで喝采した。身内贔屓《びいき》ではない。純然たる事実として、スソンは舞台でぶつかり合う二つの熱狂の渦の片方を司っていた。陰と陽。煮え滾《たぎ》る感情の奔出。気を抜けば押し潰されてしまうほどの戦慄を全身で味わった。紛れもなく彼女は今、祖国を滅ぼしかねない脅威そのものと化している。

そこにいるのは一二歳のあどけない少女ではない。一級の舞踊家だ。音と心と身体を織り上げ研ぎ澄まし、裡より生じる心理を表象させている。

そう、まさしく――〝한《ハン》〟。

言葉にすれば〝恨み〟となるが、それほど単純に還元されえない複雑な感情を、スソンの舞は余すことなく表現している。

これこそが〈한〉だ。犠牲にされてきた者たちのけっして消えることのない恨みを、この場に居合わせた者たちすべてが追体験する。スソンを通して、グソンは土に沁み込んだ血の臭いを知る。強いられた痛みを知る。故郷を求め、消えていった命の嘆きを知る。

拍節は一層速まり、高揚は最高潮に達しようとした。

そうだ、これでいい――横でギュンテがぼそっと呟くのを聞いた。スソンに夢中になって振り返らなかったが、今の自分と同じような顔をしていることだろう。

「――ありがとな」

ふとそんな言葉がこぼれた。妹に対して、親友に対して、父や母に、あるいは自ら犠牲となって自分を生かした者たちに対しての感謝だった。

するとギュンテの息が漏れ聞こえた。苦笑しているようだった。

「……気にしなくていい。俺が、お前たちをこの国で一番幸せにしてやる……」

冗談か本気か、多分、本気なのだろうと思った。

グソンはこの後の人生のことを考えた。まず自分が、なぜ犠牲を払ってまで生かされ、帰国させられたのか理由を知る。おそらく悪いものではないはずだ。そして対日工作の任務完了の報酬を受け取り、軍を除隊する。しばらくはのんびりしよう。スソンのために時間を使いたい。そう、まずは何より五年間も寂しい思いをさせてきた妹に、家族とともに暮らす時間を与えたい。これほどの、素晴らしい成長を遂げたお前に――。

そのとき、終幕を迎えるはずだったスソンの舞が乱れた。剣と剣が本当にぶつかり合い、彼女の顔が切迫の色を帯びた。さっと何かから逃れるように飛び退いた。ミスではない。

もっと緊急的な動作。グソンは双眼鏡ではなく、裸眼でアリーナを俯瞰する。思った通り、全体の挙動に狂いが生じていた。

何だ。何かが起こっている。不吉な予感に足が貧乏揺すりを始める。

スソンはなおも速度を上げて舞っている。白貌の相手と激しく剣戟を交わす。刃と刃がぶつかり合って火花を上げる。音を掻き鳴らす。必死に互いの位置を入れ替えながら舞踏する。周りも同じだ。統制された律動は消え、一対一で激しく舞い踊っている。

そして、はっと気づいた。

これは舞っているのではない。これは──。

グソンが事態を理解し、ギュンテに訴えようとしたが遅かった。

悲鳴が上がった。ぱっと花咲くように鮮血が散った。真っ白なチョゴリを着た舞踊手の喉笛に、相手の剣が突き刺さった。どさりと倒れ、痙攣のたびに血が噴き出し、剣を手にした白貌の舞踊手の顔に浴びせかかった。そして彼女はそのまま、すぐ横で目の前の惨劇に棒立ちになった舞踊手の腹を、短剣で切り裂いた。腹圧に押され内臓がずるりと漏れ出てしまう。背後から、別の白貌の女が短剣を突き込み、心臓を刺し貫いた。茫然としたまま絶命する。

グソンは反射的に立ち上がった。アリーナへ駆けつけるため、前の席の背を蹴って飛び越えようとした。だが、それを阻《はば》むように一団が振り向く。彼らは手に拳銃を握っている。

リコイルスプリングが銃身の上に存在する古めかしい形状。消音器つき。朝鮮人民軍に支給される64式拳銃だ。ベースになったFNブローニングM1900は、一九〇九年に民族活動家の安重根《アンジュンクン》が、初代韓国統監の伊藤博文暗殺に用いた曰くつきの銃でもある。

咄嗟のことにグソンは動けない。仲間だぞ。グソンは、自分と同じ軍属の同胞から銃口を向けられていることに驚愕した。いや、そもそも、なぜこの場で軍部が銃を抜いている。いいいや、それをすべきは、殺戮が行われているアリーナであろうが！

「威化島万歳《ウィファドマンセー》！」

背広姿の軍人が叫んだ。引き金が絞られる。撃発される32口径ACP弾丸。

「グソン！」

横から飛び出してきたギュンテに飛びつかれ、そのまま階段状になった貴賓席の通路を転がり落ちる。背を床に強かに打ちつけ、思わず呻いた。直後にグソンがいた位置では、流れ弾を食らった労働党の高級官僚が斃れ、事態に対処するため銃を抜いた軍人・官僚たちが互いに睨み合った。敵と味方の区別がつけられずに緊迫する。

グソンの周りに、官僚と軍人を問わず集団が盾になるように集まった。

「おい、ギュンテ――」

訊ねようとした言葉は観客席からの悲鳴に遮《さえぎ》られた。行商人に扮していた連中が荷物を解き、中から短機関銃を取り出すと、次々に周囲の観客たちを射殺する。

それが混戦の合図となり、そこらじゅうで銃撃戦が始まった。グソンを囲って立つ男たちも応戦するが、背面から襲いかかってきた自動小銃の掃射に切り裂かれ、血飛沫を上げて崩れ落ちた。武装した行商人たちの一部が貴賓席に突っ込んでくる。

「チェ・グソン同志を脱出させるんだ！　連中の目標は彼だ。命に代えてもお守りしろ！」

呆然と立ちつくすグソンをギュンテが掴み、手すりを乗り越え、アリーナに二人で飛び降りる。間一髪だった。投げ込まれた強手榴弾が炸裂し、轟音とともに血と肉片が降り注ぐなかを駆け抜けた。

「何が起こってる!?」

「……おそらく軍部側のクーデタだ。畜生……〈환《ハン》〉が機能不全さえ――」

ギュンテが顔を歪めた。グソンには彼の言葉の意味が咄嗟に理解できなかったが、問い質《ただ》す余裕もない。アリーナに展開している兵士たちが、グソンの姿を見つけるや否や銃を構える。だがグソンも軍属であり、対日工作では命の遣り取りを何度も繰り返してきた。低姿勢で接近しタックルを仕掛け、転倒させる。そのまま相手が挿していたナイフを奪い取ると、大腿部裏の主要な血管を切り裂き、間髪いれずに刃を心臓に捻じ込んだ。それから58式小銃を奪い取る。

……九・六リパブリック・スタジアムは阿鼻叫喚の地獄と化している。

アリーナでは舞踊手同士が切り刻み合っていた。そこに控室から押し出されるように、絢爛な衣装の子供たちが「お父さん《アボジ》！」「お母さん《オモニ》！」と泣き叫びながらステージ上に逃げてくる。殺戮を続ける白貌の舞踊手は子供らに気づくと、攻撃の手を緩めた。走り寄ってくる彼らに向き直る。そして子供のひとりの腕を斬り飛ばした。

激痛にのた打ち回る子供の絶叫。痛い痛い痛い《アッパアッパアッパ》お父さんお父さんお父さん《アッパアッパ》。舞踊手のひとりがうるさいと叱りつけるように首を刎《は》ねた。最初、子供たちはその凶行に理解が追いつかなかった。しかし噴水のように飛び散る血に塗《まみ》れたとき、恐怖は一斉に伝播した。蜘蛛の子を散らしたように四方八方に逃げたが、警備に配置されていた兵士たちが安全装置を解除し、全自動《フルオート》の銃身で薙《な》ぎ払った。放たれた無数の弾丸が子供たちの頭にぽっかりと穴を開けた。瞳に虚無だけを宿した、小さな骸がいくつも転がった。

観覧席で次の出番を待っていた市民には男も女もあった。人民服に拳法着や体操着、労働服を纏った様々な姿があるが、武装した行商人たちが誰彼構わず射殺した。ゲリラ戦の常套たる浸透作戦の威力を存分に発揮するように、殺戮の旋風が吹き荒れる。

グソンはギュンテとともに、混沌の坩堝《るつぼ》と化したアリーナを駆け抜けた。剣を振りかざす白貌の舞踊手や、小銃を携《たずさ》えた兵士たちが阻もうとするなら、即座に射殺した。

妹《スソン》を助ける以外に何も考えられない。

殺戮の渦の中心でスソンは今や、前後左右に敵を置いて必死に逃げ惑っている。

「……っ、兄様っ、来ては駄目ですっ、このひとたちは――」

グソンたちに気づき、スソンが叫んだ。模型のはずの剣が本物だった。チョゴリの裾、戦笠に添えられた羽、肌や髪に迫る幾多の剣の切先――スソンの身体能力は非凡だったが、敵の数が多すぎる。腰を沈めて接近する白貌の舞踊手が振るう一撃がスソンの足を切りつけた。鮮血と悲鳴。腱を断たれ、崩れ落ちる。そこに剣が殺到する。

「スソンっ！」

グソンは密集した剣のなかに強引に割り込んだ。スソンに抱きつき、掬《すく》い上げる。間一髪で間に合う。背中を切りつけられたが、これぐらい軽傷だ。そのまま白貌たちの包囲網を強引に突破しようとする。

「兄様っ、危ないっ」

追いすがってきた白貌たちが、剣の切先をグソンに突き込んできた。だが連続する発砲音に彼女たちは斃された。ギュンテが護身用の自動式《オートマチック》拳銃で射殺したのだ。

「スソンちゃんと一緒にスタジアムを脱出しろ！」ギュンテが車のキーを投げて寄越す。

「俺はここで時間を稼ぐ、早く行け！」

兵士たちが混戦のさなか、グソンたちに気づき集団で接近してくる。

「だが、お前――」

「逃げろッ！」

ギュンテはグソンを突き飛ばし、通路に押し込んだ。

「俺たちの国はなくさせない。そのためにお前は生き残らなけりゃならない。お前だけは換えが利かないんだ。それに――」ギュンテが笑った。「スソンちゃんを死なせるな。彼女は俺とお前の子供だ。希望だろ、生きていれば機会《チャンス》がある」

「……わかった」

グソンはギュンテの言葉に従い、扉を施錠した。スソンを抱え、バックヤードの通路をひた走る。党幹部用の専用通路を抜けて地下駐車場を目指す。

「兄様っ!? ギュンテさんがっ！」

スソンが叫んだ。グソンは沈黙のまま走り続けた。けっして振り向かなかった。国境脱出のときと同じように。違いは守らなければならない相手がいること。そして、この遁走の果てに、帰りつく故郷があるという保障が何一つ存在しないであろうこと。

4

数時間前、車の窓越しに見たはずの街の盛況さは、跡形もなく消えていた。

代わりにあるのは人民同士の殺し合い。九・六リパブリック・スタジアムを襲った殺戮の旋風は綾羅島を越え、大同江の流れに乗ったかのように平壌の街中に拡がっていた。

グソンはギュンテの車輌で綾羅島から市街地に出たが、一旦路地裏に停車せざるを得なくなった。交通管制システムの干渉だ。軍の緊急車輌を優先し、一般車輌には走行制限をかけている。ギュンテは、この事態が軍部のクーデタだと言った。だが、すでに平壌は無秩序の混沌へ飲み込まれつつある。このまま路肩に止まって事態の収束を待つなど自殺行為だ。留まっていれば、いずれ暴徒に見つかり殺されるだろう。

車載の携帯端末で都市内の情報を収集し、脱出ルートを検討するが——。

(何だこれは……)

平壌市民が公共SNS〈光明《クァンミョン》〉にアップする画像や動画を見て、グソンは低く呻いた。映っていたのは市内の主要幹線道路だ。平壌の街路樹は柳が多い。細くしなやかな枝が大きくしなっている。死体が吊るされているのだ。いくつも、どこまでも。柳の木の根元には害虫防止の白い石灰が塗られているが、蠅や蛆《うじ》が屍肉を求め、絶え間なく湧いていた。次の犠牲者を吊るす連中は誰もが、狂気に酔うというより不安げだ。その静かな狂乱が余計に恐ろしい。

他に映っていたのは、スタジアムの虐殺とはまた違う一方的な蹂躙の数々だった。会場から逃げ出した群衆が平壌市民に囲まれ、次々と殺されている。殴殺、刺殺、扼殺、轢殺と、枚挙に暇がないほど私刑《リンチ》行為が横行している。

治安維持部隊も出動していた。人民保安員たちがサイマティックスキャンに基づく〈𤇆《ハン》〉の数値を計測し、鎮圧対象とされた人間たちを片っ端から射殺している。ほとんど皆殺しに近かった。この混乱状況ではすべてが敵も同然だった。すぐ横で誰かが処刑されるたびに、体制への恐怖と拒絶が媒介されているのだ。

敵も味方も関係ない混沌の渦が生じていた。すべてのいのちが、その渦のなかに引きずり込まれようとしている。次の動画に切り替えたとき予想は的中した。互いに相手を反動分子と罵《ののし》りながら、保安員と兵士が銃撃戦をしている。

他の市街の様子も同じだった。やがて誰彼構わず殺し合いを始めた。

どうすべきか。判断を下すのに十分な時間はない。少なくとも平壌市内に残ることはできない。外に出なければならないが、もはや車輛は使えない。徒歩で、どうやって抜ける？

武装はわずかで、都市内を強行突破することは不可能だ。グソンは日本潜入時のことを思い出す。街頭スキャナによる監視網。執行兵器を手に追跡してくる公安局員と捜査用無人機《ドローン》から逃れるため、どうやって逃走ルートを確保したか？

利用したのはデータの差異《ディファレンス》だ。現行の地図に存在しない廃棄された区画や街路、地下道を仔細に地図化《マッピング》した。それだ。グソンは平壌市街地の地図を表示させた——過去と現在の二枚の地図。その平面的・立体的構造の差異を探す。差分検出エージェントの起動。

解析時間がとてつもなく長く感じられた。焦燥。まだか、まだか――。

そして、あった。利用可能な脱出ルートは存在する。

携帯端末を懐に仕舞い、後部座席を振り返った。

「スソン、出発する。傷は痛むかい……」

「……だいじょうぶです」スソンが弱々しく答えた。応急処置を施し、鎮痛薬を投与したため意識が朦朧としている。「ごめんなさい……、わたし、足手まといに……」

「いいんだ、お前はよくやった……。しばらく眠っていなさい」

グソンは腕を伸ばし、スソンの身体を固定するシートベルトのロックを解除した。頭を撫でる。スソンは安心したように目を瞑《つむ》った。薬が効いたのだ。ダッシュボードに入っていた護身用の70式拳銃をポケットに突っ込み、運転席を出て後部座席の扉を開けた。スソンを担ぎ上げ、周囲を見回す。ここはまだ静かだった。日本の路地裏が浮かぶ。絢爛なホロに彩られる都市で、そこだけ画素が抜け落ちたように誰にも認識されない陥没。

だが、ここは日本じゃない。〈シビュラ〉による統治はない。女神の慈悲はどこにもない。ただ無秩序な暴力が押し寄せて、最悪へと下っていく地獄の辺土。

平壌地下鉄は、旧社会主義国時代の遺構のひとつだ。建国闘争時の混乱以降、各所で崩落があったとして封鎖され、現在に至っている。入り口を封鎖していた鉄柵には高電圧注意の標示があったが、通電されていなかった。錠前を破壊し、侵入するのは容易だった。ホームへと至るエスカレーターは、底知れないほど深く長い。旧世紀には核シェルターとしての利用も想定され、地上から一〇〇mを優に超す大深度まで一直線だ。照明はほとんど機能しておらず、懐中電灯で一歩先を確認しては奈落の底へと降りていく。

だが、地上よりはマシだった。銃声は聴こえない。何の物音もしない静寂。

携帯端末のディスプレイに飛び交う情報によれば、平壌には戒厳令が敷かれている。ギュンテは威化島に拠点を置く軍部のクーデタと言っていた。しかし正確には、平安北道《ピョンアンプクド》の住人たちによる一斉蜂起と表現すべきだろう。あるいは現体制に不満を抱く者たちすべての爆発。ゲリラ兵と化した彼らは、行商人に偽装して大量の武器を平壌に持ち込んだ。

だが妙なのは、なぜクーデタが発覚しなかったのか、だ。

〈환《ハン》〉によって、反動思想を抱く連中は、叛乱組織を形成しようとする段階で露見する。五年前のクーデタ未遂もそれで鎮圧された。もし〈환〉のデータが故意に隠蔽されていたのだとしたら、万景台側にも裏切り者がいるはずだ。〈환〉の運用には、労働党中枢部の国家安全保衛部が関わっている。他にも疑うべき組織はいくらでもあった。考えるほど疑心暗鬼になる。信用できるのはギュンテだけだ。見知らぬ相手は殺さなければならない。自分を生かすために、大切な誰かを生かすために。だが、それで後に何が残る？　そうやって敵を排除しすぎて、結局は世界のどこでも、終わりのない殺戮合戦に陥った。屍の泥

沼に自ら沈んでいった。

（……ギュンテ、お前は無事なのか。俺を生き残らせて、何をさせたいんだ……）

地下に降りるにつれ、通信帯域が弱まり、そして圏外になった。完全な孤立。脅威は遠のいたが、一切の繋がりも途切れた。あるのは背負った温もりだけ。

いつまでも暗闇を進んでいく不安感。本当に地上に戻れるのかという恐怖に怯えないわけではない。だが、グソンは背中の重みに感謝した。これがなかったらとっくに生きることを放棄していた。生きて、この地獄から逃れて——、その先のことを考える。

——スソン、日本に行ったら何をしたい？

囁いても答えはなく、浅い呼吸の音だけ。きっと舞踊と歌唱を披露することだと答えるだろう。アリラン祭の舞台が甦る。台無しにされてしまった晴れ舞台を、今度こそ完遂させてやりたい。無粋な邪魔の入らない、平和などこかで。

例えば日本——神殿のように耀く東京の夜景を思い浮かべた。あの世界最後の繁栄のなかで、スソンが優美に舞い踊る姿はどれだけ美しいだろう。

（日本に逃げる……か）

可能性はゼロに等しいが、それしかないように思えた。早晩、この国は潰《つい》えるだろう。現在の騒擾がさらなる混沌を呼び込むからだ。国境警備の軍が消え、首都で内乱状態が起こるなら、中国軍閥残党たちは易々と渡河し、侵攻してくる。そして殺戮はどこまでも続く。この国の人間である限り、やがて自分たちも亡者の群れに加わるだろう。

グソンはスソンを背負い、エスカレーターの最後の一段を降りた。懐中電灯で前方を確認しながら進んだ。そしてホームから線路へ降りようとしたとき――線路が震え始め、どんどん強まっていく。続いて吹き込んでくる強い風。そして鼓膜を震わす、嘶《いなな》くような警笛の音。

「まさか――」

直後に金属が擦れ合い、火花を散らす甲高いブレーキの音とともに、大質量が突っ込んできた。廃棄されたはずの地下鉄車輛が、闇の奥底から現れた怪物の双眸のように、グソンたちを強く照らし出す。

「――さっすが、狙い通りだや、兄ちゃん！　地上がああなっちまえば、逃げ場はここしかないって思うもんなあ……」

暗中から、黒頭巾に薄汚れた人民服姿の人間たちを従え、巨軀の男が現れた。石膏像のようにぬめっとした白い肌に、鍛え抜かれた筋肉が稜線を描いている。黒のサングラスの下、口許がいやらしく歪み、唾を飛ばす。

咄嗟に拳銃を引き抜こうとしたが遅かった。反応する間もない機敏さで距離を詰められ、首筋に何かを注射された。途端に身体の自由が利かなくなる。神経系に作用する薬物。

スソン――。どさりと地面に倒れ、額を線路に打ちつけた。巨軀の男が哄笑を上げ、スソンを引き剝がそうとした。抵抗しようと腕を伸ばしたが、軽く払われ、硬い爪先の蹴りを鳩尾《みぞおち》に叩き込まれた。執拗に、何度も。あまりに躊躇《ためら》いのない暴力。明らかに、力を振るうこと自体を好んでいる。

肋骨がへし折れ、呼吸が困難に。意識が遠のいていく——。

「止めろ、ヒョウン！　それ以上はいけない」

鉄道車輛の砕けたフロントガラスから別の男の声が張った。すると、巨軀——ヒョウンの暴力が途端に止んだ。そして手を叩き、陽気に叫んだ。

「わかったよ、兄ちゃん。さあさ、お客様！　これから、俺たちが人生で最高のおもてなしをしてやるぜえ、楽しみにしておくんなっ！」

†

……ごおごおと流れる水の音。足に触れ、這い回るような感触に目を覚ます。

視界は狭く、うっすら靄《もや》がかかっている。目覚めるには早い時間に、眠りから醒めてしまったときの微睡《まどろ》みにあるようで、すべてが薄い皮膜を介して知覚されるようだった。意識がだんだんはっきりしていくと、水音は実はもっとささやかだった。床にはたえず水が流されているようだった。そして顔が何かで覆われていることに気づいた。何とか視線を動かし、空間を把握しようと試みる。

地下鉄駅のホームを壁で分断した部屋のようだった。白と黒のタイルが組み合わさってモザイク模様を描く床。壁の下部には客の乗降のために煉瓦で仕切られたアーチ状のくり抜きがあったが、コンクリートで埋められている。壁面上部から天井への繋がりは緩やかな弧を描き、建国闘争を賛美する漆喰画《フレスコ》が整然と連なっていた。その社会主義リアリズムを思わせる宮殿めいた豪奢さは、薄明かりのなかで霊廟のように寒々しい。天井に吊るされた華美なシャンデリアの先端には、剝き出しの配線で巻きつけられた裸電球が、照明として灯されていた。

その下で、ランニングにくたびれた作業ズボンの男が立ち小便をしていた。男は身体を軽く揺すると排尿を止め、壁に備えつけられた姿見で身だしなみを確認し、すだれになった髪を弄《いじ》っている。

そして、鏡に映り込んだ自分の姿を見て、グソンは驚愕した。

全裸に剝かれ、錆びた鉄椅子に革のベルトで拘束されている。腕は結束バンドで後ろ手に縛られ、足には鎖に繫がった鉄輪を嵌められている。顔は……、これは何だ？　二つの穴をくり抜いた鉄仮面らしきものが覆っている。視界が狭いのはそのせいだった。がちっと歯で硬い感触を嚙んだ。仮面の内側から伸びた金属板が口に突っ込まれている。

「……ああ、起きたかい？」

男が振り返った。ポケットからハンカチを取り出し、手を拭う。

「失敬。まだしばらくは起きないと思っていたからね。やはり日本に出張るとなると鍛え方が違う。しかし薬が残っているうちに起きてしまうと、厄介なんだがな……」

グソンは叫ぼうとして金属板が喉に入り、激しくえずいた。

「ああもう……」男は狼狽《ろうばい》しながら近づいてくる。「それは〈飢餓の舌〉と言ってね。かなりの骨董品なんだ。気道は確保されるが、ものは食べられないし水も飲めない。もちろん舌を噛み切ることはできないよ。何しろ拷問器具だからね」

男は労《いた》わるようにグソンの背中を撫でた。声といい表情といい、人畜無害な外見をしていた。たるんだ腹でランニングの前が大きく膨らんでいる。だがグソンは、男が告げた言葉を聞き逃していない。拷問。床を浸す水の理由を想像すると吐き気がした。

男の声には聞き覚えがあった。あの鉄道車輛から、狂人めいた巨軀の男に、指示を飛ばしていたのがこいつだ。身を捩るが、鉄椅子は地面に固定され、びくともしない。

(妹をどこへやった⁉)

そう叫ぼうとしても意味不明の息が吐かれるだけだが、男は、こちらの考えを読み取ったように破顔した。

「まあまあ落ち着こう、チェ・グソン同志《ドンス》。大丈夫さ、妹ちゃんには別の場所で治療を施した。拷問官ってのは医療術にも通暁《つうぎょう》していてね、そこらの医者より腕は達者さ。それよ

り、まずは自己紹介をさせてほしい。――私はパン・ヒウォン。〈흰〉の研究と開発を行う第一四部隊の作業班長《チャゴパンジャン》をしていた。今は……そうさな、革命成就のため、ちょっとしたお手伝いをしている」

こいつが裏切り者だ。グソンは直感した。クーデタを画策した連中が〈흰〉によって検知されなかった理由はこれだ。その管理者自体がデータを破棄していたのなら――。

「おおっと、君は何か勘違いをしているみたいだな。確かにクーデタを画策した威化島派に知恵を貸したがね……、地上で起こっていること、あの事態が何を意味しているか、君は分かってるだろ？」

（――心理汚染《サイコ・ハザード》）

グソンは、現在進行中の事態を形容するに相応しい言葉を心中で呟いた。

ヒウォンはグソンの視線の動きでそれを察した。

「そう、地上の騒擾は心理汚染が引き起こしたものだ。これは君たち対日工作部隊の報告にあったシビュラ社会――というより、物事の判断を社会に委託した人間たちに不可避な脆弱性《セキュリティホール》の発露ということだね……、心理汚染は負の感情を連鎖的に拡散させ、あたかも基底クラスのプロパティ変更が一瞬で多重継承されたクラスに作用するように、社会構成員たち全員の心理傾向を即座に置き換える。生き残るため、すべての他人《てき》を抹殺せよ――。地上で爆発的に拡がる殺戮状態は時間経過によって沈静化せず、むしろ悪化の一途を辿る。

違うかい？」

対日工作時、グソンら情報解析部隊は、こうした社会の脆弱性《ぜいじやく》について報告したことがある。〈シビュラ〉統治下において、徹底した生体情報解析技術に基づく機械的判断は、絶対的に正しいものと合意される。朝鮮人民共和国も、〈둬〉を始めとする体制側の判断がつねに正しいと認識されている点では同じようなものだ。こうした精神形質は調和を第一とする社会秩序の維持に有利に働く半面、致命的な脆弱性も内包する。社会体制を揺るがす叛意が一定の規模まで拡大すれば、あとは増殖拡散を繰り返し、その崩壊が確定してしまう。

「すべてのはじまりは五年前のクーデタ未遂に遡る」

ヒウォンは言う。クーデタ未遂以来、〈둬〉の違反者が飛躍的に増加した。地下鉄を改造した研究施設は強制収容所も斯《か》くやというほど、保衛部から送り込まれてくる懲罰対象で溢れ返った。人民だけではない。労働党の官僚たちからも大量の違反者が出た。当初、幹部たちは出世がしやすくなると喜んだが、そのうち、ひょっとすると現体制を揺るがす途方もない事態が進行しているんじゃないかと考え始めた。

「――五年前のクーデタ自体は、蜂起こそ失敗したが、ある意味で成功していた。革命思想は残存・伝播し、人民たちは望むと望まざるとにかかわらず蝕《むしば》まれていった。社会を構成する基底クラスに、従順から叛逆へと設定《プロパティ》の書き換えが起こった――そうでなければ説明がつかないほど叛逆者の数は激増した……」

　そして。

「この国の官僚機構は、それぞれ独自に対処を始めた。官僚組織というのは縄張り意識が強い。〈환〉が実質的に機能しなくなり、敵味方の判別がつかなくなれば尚更だ。労働党はお得意の宣伝扇動《プロパガンダ》を活用しようとした。アリラン祭を、祖国を崇拝する儀式へと作り替える。国家と元首を切り離し、叛逆の意志は個人に向けさせる。この国は建国以来、ずっと独裁者に耐えてきたのだと都合よく物語を組み替え、五族共和のもとで真の朝鮮人民共和国の再建を目指そう、大同団結しよう、と呼びかける。連中の表現を使うなら――穏当で段階的な体制の改革がそれで果たされるというわけだ。だがね、世の中そんな思った通りに運べば不幸はない。チェ・グソン同志。君は地面に置かれた煉瓦を剝がし、その裏側を見たことがあるかい」

　グソンは沈黙した。思い出すのは過去の記憶。煉瓦の下には怖気《おぞけ》が奔《はし》るほど大量の虫たちが這い回っている。べったりと煉瓦の裏に張り付いた団子虫。びっしりと足を生やした百足《むかで》。ぶよぶよとした蚯蚓《みみず》。むかし、自分はそれを漁り、食べて生き延びた頃があった。今では忘れてしまったはずの遠い昔に。

　ヒウォンは語る。朝鮮人民共和国は、ユーラシア大陸という腐った大地に置かれた巨大で不恰好な煉瓦である、と。刻まれた五族共和の夢。その美しい言葉の下に隠れ潜んでいたのは、いつだって敵対し合い、殺し合いを始めようとする無数の人間たちの憎悪である。

建国以来、大統領はずっとその不都合な事実を抑えつけようと、粛清を繰り返した。

叛逆するものはすべて殺せ。皆の精神を濁らせてはならない。

だが、犠牲になった者たちの恨みは死んでも消えない。処刑の度に憎悪は、遺された者たちを媒介に周囲の人間たちへ伝播する。精神の奥底に巣食っていく。それは建国以来、長らく醸成され続けてきた叛逆の意志。五年前のクーデタ未遂が起爆剤だった。どうあろうと鎮火不能な憎悪の延焼は爆発的に拡大し、威化島派のクーデタへと突き進んだ。

そして誰もが独自の判断で突っ走った結果──、すべては灰燼《かいじん》に帰そうとしている。

「労働党も人民軍も、お偉方はみんな今ごろ震え上がっているんだろうな。自分が思う通りに社会は書き換えられると考えていたんだろうが、とんだ間抜けさ。殺戮はスタジアムから都市規模に膨れ上がり、いずれは平壌だけじゃなく、威化島にまで、国中に拡がるだろう。そしてみんな殺し合って死んでしまう。何ていうか……、すごく、清々する」

この男は普通に物事を語っているようで、ひどく歪んでいた。話していると、ぐらぐらと視界が揺さぶられる。腐り切った汚物が放つ悪臭をもろに嗅がされたように。

猛烈な吐き気に襲われ、激しくえずいた。

「おおっと、君にはまだ死んでもらっちゃ困る」

鉄仮面を外され、口に溜まった鉄臭い唾と、せり上がってきた酸っぱい胃液を吐き捨てた。ヒウォンの憎悪の臭いが一層強く漂ってきた。

「……お前は、何をしたいんだ……」

グソンはこの男の意図が読めなかった。革命に連座しているといいながら、クーデタによる殺戮が暴走し、この国を滅ぼしてしまうことを歓迎している。無秩序の肯定。破滅への礼賛。一体、お前は何がしたいんだ。

「そうさな、——少し昔話をさせてくれるかな」

ヒウォンはパイプ椅子を持ってくるとグソンの対面に置き、腰を下ろした。背の側を前にして腕と顔を載せる。二重の顎がたるんだ。

「——知ってのとおり、この朝鮮人民共和国は全人民の平等を掲げる統一国家だ。しかし必ず多数は少数に優越する。建国から間もなくして各セクションに人員を割り振っていくとき、汚れ仕事というのはどうしてもたらい回しにされた挙句に押しつけられる」

一四部隊。国家安全保衛部隷下サイマティックスキャン技術検証部隊の正式名称は、旧強制収容所の一四管理所に由来する、とヒウォンは言った。

「地下に生まれた者は日の目を見ずに死んでいく。私の父は強制収容所で保衛員として働いていたが、新たな国に変わったことで、選択の余地なく地下へと送り込まれた。だが、不満はなかったそうだ。……何しろ、課せられる仕事はほとんど同じものだったからだ」

新たな国家が樹立されたとき、かつての強制収容所は地下の実験施設に押し込まれた。

絶望種と呼ばれていた囚人たちは実験の検体に、保衛員たちは研究の作業員に鞍替えさせられた。そして保衛部から下賜《かし》されるサイマティックスキャン技術の情報を元に、〈환〉の参照データベースの構築が徹底された。体制を憎悪し、叛逆意志に染まり切った人間たちを大量生産しなければならなかった。すなわち、残虐行為の、より積極的な執行。

「……そのための拷問か」

「実験体に国家への憎悪を、必要に応じたかたちで的確に宿らせなければならない。考え得るすべての苦痛をもたらす技術が考案され、実践された。私も幼いころから父を手伝わされたな。箸より鉗子《かんし》の使い方を覚えるほうが先だった……」

もっともこれは父の趣味のせいもあったんだがね、とヒウォンはため息をついた。

「正直うんざりだったよ。私は父と違って嗜虐趣味はなかったが、地下に生まれた以上、他の何者にもなれやしない。報告となれば官僚連中は、いつも汚れ役の私たちを蔑《さげす》み、忌み嫌った。糊のきいた軍服や完璧な仕立てのスーツで綺麗に着飾った連中が闊歩する地上からは隔絶され、私たちは来る日も来る日も、人体を刻み、脳を弄り回す。いつか〈환〉の技術が完璧になればお役御免——だが、そんな日は来ない。生まれてから死ぬまで、私たちの人生はこれしかない」

「……だから裏切ったのか」

「手を組む相手は誰でも良かったさ。この国を、私たちの暗黒を終わらせてくれる相手であるならば。——君は朝鮮人民共和国の由来を知ってるかい？」

グソンは首を横に振った。

「一九四五年九月六日から一一日までの六日間、太平洋戦争の終結後に無政府状態となるのを防ぎ、民衆を保護するため設立された臨時政府があった。それは大国間の新たな戦争によってすぐさま分断され消滅、二つの国に引き裂かれた。しかし、そこで芽生えた微かな希望、幻の共和国《リパブリック》——朝鮮人民共和国。統一朝鮮を願う夢は歴史の隅っこで生き続けた。そして一世紀後に、それは実現したのだと誰かが言う。私には理解できない。何も変わってなどいない。かつても、今も、これからも——私たちは歴史の暗部として、誰にも語られない理想社会のごみ溜めとして使い捨てられる。——威化島の連中が私たちに何を命じていたか分かるかい？」

グソンは沈黙した。相手の底知れない憎悪に圧倒され、そして理解する。自分が今ここにいることが、その命令の結果であることを。

「新秩序のための首刈り処刑人だ。執行対象は……、言うまでもないだろ」

ヒウォンは笑った。眼は冷たく、何の感情も宿していなかった。

それから、グソンの背後に回って何かを蹴っ飛ばした。籠からこぼれた果物のように、ごろごろと幾つもの球体が、グソンの足許に転がってきた。生首だった。眼がくり抜かれ眼底が露出し、開けっ放しの口には歯も舌もない。ただ真っ黒な口蓋があるだけ。

言葉が出ない。何も答えられない。

「過ちについて考えても仕方がないぞ。他の奴らもそうだった。自分が何か罪を犯したのかと泣き叫ぶ。しかし違う、君たちは生まれながらにして罪の子だ。私たちは豊富な人体実験の経験に基づく、無駄のない拷問と処刑を執り行う。肉体的・精神的苦痛をもって罪人を必ず抹殺する。今回の、そして最後の執行対象は君だ、チェ・グソン同志」

ヒウォンは鉄椅子の配置を調整し、ちょうど壁に備えつけられた姿鏡の真正面になるようにした。壁に触れて何かを操作した。そして鏡のなかに、同じように拷問椅子に拘束された人影が映った。見紛うはずがない。

そこにいるのは妹――チェ・スソン。

『……兄様は、そこにおられるのですね……』

スピーカー越しに鏡の向こうの声がした。

「囚人には拷問実行の前に、これからやるぞ、と脅しつけて罪の自白を促した。なあ、チェ・グソン同志――、なぜ君は罰を受けなければならない……」

「俺が仲間を犠牲にして帰還したからか!? 聞いてくれ、俺は何も知らされずに――」

必死に罪を自白しようとした。

「残念だが違う。それは事実であって真実ではない。仕方ない奴だな」ヒウォンはため息をついた。「これでは、チェ・スソンの献身が報われないじゃないか、困ったな……」

ヒウォンが無線機を取り出し、何事か指示を飛ばした。鏡の向こうでスソンが怯えた。だが、やがて慄《おのの》く感情を鎮め、屹然《きつぜん》とした表情でこちらと向き合った。

『……わかり、ました……。私が……、……なら、兄様……、たすけて――』

言葉のところどころがノイズに飛んだ。

「健気《けなげ》だろ、自己犠牲の精神は、この国を建国する礎《いしずえ》になった同胞たちの美徳だ。彼女はそれを受け継いでいる……」

「止めろ！　妹は何も関係ないっ！」

「そうだよ、何も関係ない」ヒウォンはグソンを拘束する鉄の首輪《ギャロット》の締め付けを強めた。叫ぼうとして息が詰まった。「拘束は強めておかないとな。何しろ、これから先、君はひいときわ暴れるだろうから」

「何を……する気だ」

「とっくに分かってんだろ、王子様《ベイビー》。肉体的・精神的苦痛をもって罪人を必ず抹殺すると言ったじゃないか。まず君には、君のせいで起こる悲劇を見届けてもらう」

背後に控えていたのであろう男たちの屈強な手が、グソンの顔を摑んだ。妙なかたちのヘッドセットを被せられ、フックになった金具によって瞼《まぶた》を強制的に開きっぱなしにされる。眼が乾く。ヒウォンが目薬を垂らしてくる。畜生、止めろ！　お前たちがやろうとしているとすべてを止めろ！

　鏡の向こうに、黒い頭巾を被って顔を隠し、脚は撥水《はっすい》性のゴム長靴、しかしそれ以外は全裸の男たちが整列した。人種は様々だった。全員が軍属らしい逞しい体つき。彼らが肉の壁を作り、背後のスソンを隠した。

「スナッフ・フィルムを見たことがあるかい……」

　ヒウォンが気楽な調子で訊いてきた。頭を棍棒で殴られたような衝撃が奔った。グソンは身体中を無茶苦茶に振った。鏡の向こうで起こるはずの行為を、止めなければならない。

「昔、私は何度も撮らされた。親父は目をつけた囚人を犯し、堕ろさせるのが好きだった。だが、犯すだけで終わらせるときは、カメラの前に、こう……四つん這いにさせ、後ろから犯したまま首を落とさせる。それから私に横から撮影するように命じる。父は血の海を渡って、支えを失って突っ伏した少女の肩を摑んで起こして——」

　ヒウォンは喉の奥を器用に使い、ぐぼっ、ぐぼっという擬音を鳴らした。

　グソンは呼吸を忘れた。

　ヒウォンが指をパチンと鳴らすと、鏡を隔てた向こうが暗転した。

　そして照明が突如、一気に点灯した。いくつものカクテルライト。同時に滑稽なほど能天気なダンスミュージックが大音量で流れ始める。

「準備は万端——、ということで《オーケーレッツゴー》始めよう」

ヒウォンが合図をすると、一斉に男たちが左右の列に分かれ、半円を描いた。ちょうど中央に花道のような一直線が引かれる。色鮮やかな光《カクテル》のすべてがそこに集中する。

拷問椅子は消えている。代わりに滑《ぬめ》るほど白い肌に屈強な体軀の男。頭巾の代わりに黒のサングラス、にやつくだらしない口もと——パン・ヒョウンが、抱えていた何かを高らかに掲げた。観客であるお前によく見えるようにしてやろう、と言わんばかりに。

生贄《いけにえ》に捧げられる華奢《きやしや》な動物を幻視——殺到する腕、腕、腕。まるで肉の鎖のように蠢《うごめ》き、チェ・スソンの細くしなやかな手足を掴む。スソンが絶望に顔を染め、泣き叫んだ。チョゴリが無茶苦茶に切り裂かれた。下着を引き千切られ、薄い乳房、引き締まった腹、茂みのない下腹部が露わになる。スソンは暴れ、ヒョウンが思わず取り落とすと、男のひとりが懲罰するようにスソンの頭を木の棒で殴り昏倒させる。床に引き倒されたスソンの腹にヒョウンが蹴りを何度も叩き込む。男たちは取り囲み、合唱する。畜生《シーバ》。畜生《シーバ》。畜生《シー》、クソあばずれ《バラマ》。

グソンは血反吐をまき散らすほど叫んだ。

「止めろォォォォォォォォォォォォォォォォォォォ!!」

絶叫にヒウォンが心地よさそうに耳を傾ける。指を鳴らす。音楽は、より陽気《ポップ》さを増す。

服をすべてはぎ取られたスソンが、絶望に震える瞳を向けてくる——嫌だ——ヒョウンの容赦ない鉄拳が顔に叩き込まれる。血飛沫が飛ぶ——嘘だ——弱々しい声で彼女が兄の名前を呼ぶ——止めろ、止めてくれ——。

『兄様《オラボニ》……、グソン、にいさ《オッ》——』

男たちの円陣から四人が進み出る。それぞれがスソンの両手両脚を摑んだ。強引に股を開かせた。まだ幼い少女の陰部が余すことなく晒《さら》された。そして、ヒョウンは剛直した馬のように巨大な陰茎をそそり立たせ、スソンの明らかに不釣合いな小さい穴に宛がった。直後に男たちはスソンの身体を無慈悲に引き下ろした。串刺しの刑に処されたようにスソンの全身がビクリと痙攣し、間もなく錯乱したように、かっと開いた口から激しい悲鳴を上げた。

凌辱が始まった。苦痛を与えるだけの嗜虐に酔う、異形の性の熱狂。降り注ぐ白濁。ヒョウンが引き抜き、ぽっかりとした穴に男たちが代わる代わる突き込む。犠牲になったスソンの身体も、心も蹂躙されていく。

『にいさまぁ《オッパ》……にいさまぁ《オッパ》……にーさーまーあーアーあーアーあーアーあー《オーパーアー》』

壊れた蓄音機のように虚《うつ》ろな声が口から零《こぼ》れ、そこに新たな暴虐が蓋をし、喉を蹂躙した。肉の玩具を与えられた喜色満面の男たちにすべてを弄《もてあそ》ばれていく。前と後ろを同時に貫かれ、手で摑ませる男もいれば髪に巻きつける男もいた。眼に突き込もうとしてさすがにヒョウンが男をぶん殴った。

『馬鹿野郎《シーバルケッセキ》！　それは後で俺がやる。テメエは脚の傷口でシゴいとけ！』

ヒョウンが手本として、断たれた腱の傷口で陰茎をごしごし擦った。峻烈な痛みにスソンが長く弧を引く叫びを上げた。男が後に続いた。誰もが容赦なく、自分の垂れ流す欲望に忠実だった。余すことなく食い散らかされる。

惨状にグソンは絶叫するしかなかった。とっくに心は壊れていた。

反吐をぶちまけた。堪えられなかった。視界がぐらぐらして何も分からなくなっていく。

「おいおい、チェ・グソン……、これで終わりと思うなよ。君はまだ何もされてないじゃないか……、肉体的・精神的拷問だと言ったろう？」

ヒウォンがいつの間にか小箱のようなものを手にして、またぐらの間にいた。

「ここからは私の仕事だ」ヒウォンが剥き出しになったグソンの陰茎を摑んだ。「……駄目だなあ、あの光景で昂奮してくれると助かったんだがね。勃《た》ってないと面倒だよ」

「ふざけるなァ！　悪魔がっ！　死ね！　殺してやる！　絶対に殺してやるぞっ!!」

「うん、そうだ。もっと怒るといい。感情が高ぶると――、ちっ、まだふにゃちんだ」

ヒウォンが男に命じ、注射器を持ってこさせた。太腿の血管を探り当て、ずぶりと針を突き刺し、中身を流し込んだ。薬物《オルム》のおぞましい感触が、血を伝い全身を侵していく。

グソンは抵抗しようとしたが無駄だった。椅子は鋼鉄の枷《かせ》となってグソンの動きの一切を封じている。ただヒウォンの望む一点だけが屹立した。

ヒウォンが喝采の口笛を吹いた。血がどくどくと流れ込み膨張する陰茎は、小さな箱の下部にくり抜かれた穴に通される。

そしてヒウォンは箱の天頂部を外し、手を突っ込んだ。

押し出された刃が箱の中を上から下にスライドし、グソンのペニスを、すっぱり切断した。箱が抜かれた。真っ赤な射精めいた鮮血の迸《ほとばし》りが、ヒウォンの顔を直撃する。彼は構うことなく次の作業に移った。バーナーで切断面を焼かれる。陰毛に引火し、焦げた臭いが立ち昇る。ヒウォンは陰嚢の皮を切り裂き、鉗子とメスを器用に操って、右、左と睾《タ》丸《マ》を摘出した。

「さあ、お前の罪を答えてみろ、チェ・グソン！」

ヒウォンが叫んだ。

意識が消し飛ぶほどのすさまじい出血と致命に至る痛みが、焔となって全身に燃え移る。あらゆる思考は激痛に塗りつぶされる――残ったのは、かすかな、ねがいだけ。

「たすけ、て、ください……」

「この期に及んで命乞いかい……、いや、違うな――」

「……おれ……、ころしても、いい、どうなってもいいから……、……スソンだけは――」

「ほう――、こいつはこいつは……」ヒウォンが感心したように目を細めた。「驚いたな。ここまでやられて、他人を思いやれる奴なんて初めてだよ……、よしよし」

それから慈悲深い神父のように、ヒウォンは血まみれの顔で、憐れむように微笑した。

「たすけ、て——」

グソンは拘束を解かれ、自らが流した血の海に崩れ落ちた。掠れた声を絞った。血が泡になって跳ねた。ヒウォンが見下ろしている。手をかざし、労わるように頭を撫でてくる。

ヒウォンはポケットをまさぐり煙草を取り出す。着火。一服。豊山犬《プンサンケ》の芳香。かつて南北朝鮮が交換し合った猟犬の品種に由来する銘柄。

「もしかしたら君は、今ここでの選択や行動の結果、奇跡を勝ち取り、苦痛に耐え忍ぶ彼女をぎりぎりのところで助けられると思っているかもしれない。……だが、それはありえないことなんだ。とっくの昔にすべての決着はついている。……鏡を隔てたこちらと向こうは流れる時間が違う。君は一二時間も眠っていたんだ。それだけあればどんな人間だって壊れるさ。今、君がいるのは選択を迫られている岐路《ポイント》ではなく、とっくの昔に済まされた選択の果てにある場所だ。その意味で、君と祖国は深く結びついたと言えるだろう。どちらも後は結果を受け入れるだけの終着駅《ラスト・スタンド》にいるのだから」

顔を、熱いものが滴った。それは透明で、グソンの裡より溢れ、身体を包む屍衣のような流血の海に溶け込んだ。泥濘《でいねい》の中で、もうそれ以上、何も考えられなかった。

視界のあらゆるものが霞《かす》み、暗くなっていった。ヒウォンがグソンを担ぎ、ホームから線路へと繋がる階段を降りた。そして壁で区切られていたホームの向こう側へ至った。

そこには肢体が横たわっている。

首はある。けれど無惨に打ち棄てられ、微塵も動かない、妹の姿。

わずかに残った希望の灯が、ふっと掻き消される。

「すべては過ぎ去った。もう遅いんだ。この子はね、強靭な意志を宿していた。そうだな……、数値の測定上だと、三時間ほどは保ったな。だが、それまでだ。あの凌辱の三度目の反復。そこで完全に発狂した。後に残るのは、肉の残骸さ。

チェ・グソン同志《ドンス》、もし君たちと今ではなく、もっとずっと前に出会っていたら、私にも心変わりがあったかもしれない。互いに自らを犠牲にしてでも救おうとする、愛の業。いや、たらればの話は止めよう。すべては終わってしまい、取り戻せない。後は破滅するだけ。わかんないな……、全部わからなくなってしまったよ。なあ、チェ・グソン。私たちが国を愛さなかったから、国は私たちを愛さなかったのかい？　それとも国が愛してくれなかったから、私たちは国を愛せなかったのかな？」

いや、難しい話は止めよう、とヒウォンは首を振った。

「もう疲れた。俺たちが、こんな糞蠅になったのと同じ理由で、君たちも今、こういう目に遭ってるんだ。……つまりはとても不運だったんだ。私たちはどちらも」

世界はとても理不尽だ、とヒウォンは告げた。

そして腰に佩《は》いていた牛刀を抜いた。その切っ先をグソンの首筋に宛がう。とてつもなく鋭利で、刃に触れただけで皮膚が裂けて血の玉が浮かんだ。

抵抗の意志はない。ただあるのは魂を灼く、罪の痛みだけで。

ごめん、ごめんな……スソン。

俺は何の力にもなれなかった。役立たずで、無能なままで、ずっと——。

「さようなら、チェ・グソン。亡国の——、王子」

そのとき。

すべての照明が一斉に落とされ、炸裂とともに急速に何者かが接近。閃光のたびに浮かび上がる黒影。自らを統一《トンイル》派と叫ぶ完全武装の兵士たちが、怒濤の勢いで突っ込んでくる。

ヒウォンが、煙草を根元まで吸い、万感の想いを宿した晴れやかな笑顔で、煙とともに呟いた。

「——朝鮮人民共和国、糞喰らえ《シーバルケッセキ》」

亜音速で迫る弾丸。彼の頭が吹き飛ばされた。この街で今日、失われた多くのいのちと同じように、あっさりと無慈悲に。血と脳漿の混じり合ったものが、グソンの顔にへばりついた。容赦は微塵もなかった。

真っ暗闇に雪崩れ込む銃声は遠く、はるかかなたの出来事のようで。

誰かがグソンを担ぎ起こした。助け出された。それだけは分かった。

その男はヘルメットを外し、激しく慟哭《どうこく》した。

耳もとで叫ぶ大きな、近しい声。涙に咽《むせ》ぶ声。聞き違えようもない。

なぜ。

なぜ、お前がそんなに泣くんだ。


なあ、答えてくれ、泣いてばかりじゃ分からないよ。

ギュンテ。どうしてお前は、そんな取り返しのつかない過ちを犯した顔をするんだ？

●

日本列島の基線から二四海里。数多の同胞の血を飲み込んできた殺戮海域《キルゾーン》を、一隻の大型貨客船が悠然と航行していく。周辺海域を哨戒する無人フリゲート艦が攻撃を加えてくることもない。三池淵《サムジヨン》号は正式な手順を経て日本国の玄関口——長崎へと向かっていた。

乗客は、誰もが着のみ着のままで慌てて逃げ出してきたという疲労感に満ちている。

「結論からお話しすれば、事態は鎮圧されました。残存する国民による民主的手続きを経て、新体制が発足いたします」

「……それに伴い、不適格な人民は国外退去。希望者は日本への難民として扱う。下手に処刑すれば再びあの惨劇が起こる。まあ、二度と懲《こ》り懲《ご》りでしょうねぇ、あんなの……」

「党は、無血の改革を成し遂げるつもりでした……」

「結局、平壌市内じゃ三〇万人強、国内全土を合わせれば一〇〇万を超える死者が出たそうじゃないですか……。新生した朝鮮人民共和国で生きてくのは、さぞ大変だろうなあ」

「……公式発表と異なります。デマに踊らされるべきではないかと」

「ご冗談、──お前の端末からデータを抜いてきてるんだよ、嘘を吐くな」

「……口を慎むんだ、グソン。今の発言はお前にとって不利益をもたらす……」

「なら、すべてを話せよ、ハン・ギュンテ。それとも反動分子の俺に話す言葉は何もないとでも言うつもりか……」

　三池淵号の後部甲板に立つ人影。鉄製の手すりを背にしたギュンテは、俯いたまま、顔に落ちた影で表情をなかば隠していた。グソンは腰を屈め、眼を細めてギュンテの顔を見上げ、笑んだ。互いに親愛の情は少しもない。溢れる憎悪と取り返しのつかない後悔。言葉の応酬がすべて、ナイフで切りつけるような痛々しさに満ちている。

「……わかった」ギュンテがうなずき、口を切った。「……グソン、お前は金夢陽《キムモンヤン》の血を引いていたんだ。玉《オク》さんが、けっして相手を語らなかったのは、そのためだ。彼は行脚《あんぎゃ》のたび、後継者候補《バックアップ》を産ませては秘匿してきた……お前も、その数多いる中のひとりだった」

「建国の父《アボニム》が俺の親父《アボジ》……か。笑えないな、本当に――。大統領《VIP》なら何でもできたろうに、どうして母さんは貧困に喘いだよ……。やっと幸せになれた矢先に死んじまった」

「大統領は誰に対しても平等を貫いた。たとえそれが、自分の血を分けた子どもでも……」

グソンは唾を海に吐き捨てた。

「はン、中華流なら蠱毒《こどく》かい……。数を拵《こしら》えとけば丈夫なものだけ生き残る。自然淘汰か、奴《やっこ》さん、本当に冷徹だ……」

「死の間際にこの事実は公開された。後継者が必要になったとき、擁立すべき人間たちのリストが残された。――クーデタ未遂以来、体制転覆を目論む叛乱は不可避になった。この危機から祖国を守るには、新たな指導者が必要だったんだ。かつて不完全なサイマティックスキャン技術を〝金夢陽〟という存在が補い、国家政体を確立させたように……」

「だが、リストは漏れていたんだな」

「……ああ」

クーデタ未遂を端緒とする叛逆意志の蔓延《まんえん》。党内に浸透した協力者たちによって、リストは威化島派に把握された。そして国家安全保衛部内で憤懣《ふんまん》を抱えていた拷問部隊を利用し、拉致と暗殺を命じた。後継候補者は次々と殺害される。労働党が確保しても叛逆思想に汚染されていた。さらに各組織は、独自の候補者を擁立しようと謀略を張り巡らせた。

すぐ傍に中国軍閥残党がいるのに、疑心暗鬼ばかりを膨らませ、権力争いに明け暮れた。

ギュンテは、訪れた亡国の危機に対抗する超党派に参加していた。統一派《トンイル》――かつての対中パルチザンが人種や出自を問わず、建国闘争に尽力したように。存亡の危機を新秩序構築の機会とする。半世紀を経て動脈硬化を起こした官僚組織を排除・再編し、国家の新陳代謝を目指す。そのために――、

「……俺たち統一派には、お前が必要だったんだ、グソン」

「それが俺の生かされた理由ってわけかい……。日本に派遣されていたから叛逆意志の伝播を免れ、拷問部隊も日本には行けないから安全も確保できていた。国境脱出のときからずっと俺は道化か……、言われるがまま、さぞ滑稽に見えたろうな」

「違う、それは……、違うんだ」ギュンテが首を横に振り、呻いた。「……犠牲になった同志たちは、お前に希望を――」

「誰がなぁ……」グソンはギュンテに詰め寄った。胸ぐらを摑み、手すりに強く押しつけた。「そんなことを頼んだよッ⁉　俺は……、ただ奪われたものを取り戻せれば、それでよかったんだ……、なのに、すべてを奪われちまった。お前たちに……あの国に……スソンは精神《ココロ》を粉々にされたんだ……」

グソンは呻いた。ギュンテを突き飛ばすように離し、手すりに背を預け、うずくまった。額を覆う掌。爪がこめかみに食い込み、血をにじませた。耳の奥、頭の裡から響く幻聴――

——にいさま《オッパ》、にいさま《オッパ》、にいさま《オッパ》——それしか今のあいつは言えない。遠い昔、破滅に堕ちる前のどこか一点で、時が止まり、永遠に反復するみたいに。

「日本に行ったってなぁ、女神《シビユラ》は絶対に受け入れてくれない。俺だってそうさ。何人も殺しちまった。今でもそうだ……！　スソンの心が取り戻せるなら俺は誰だって殺すさ。どんな罪だって犯すさ。なあ、ギュンテ？　てめえを殺してやろうか、このクソ野郎《シーバルケッセキ》！」

吠えた。上背も体格も勝るギュンテのほうが、気圧《けお》されていた。狂犬病に侵され牙を剝き出しにした野良犬を相手にするように、心底、怯えていた。

「……落ち着くんだ、グソン……、お前はパン・ヒウォンからの拷問を通じて、憎悪を伝播されてしまっているんだ。薬物治療と心理療法《セラピー》を施せば——」

「俺の苦しみを奪おうとするんじゃないっ！　お前は……、まだ奪い足りないのか!?」

　グソンは滾る憎しみを隠そうとしなかった。これが俺の痛み。被《こうむ》るべき罰。それを誰かに奪われたくなどない。これ以上、何ひとつとして手放すつもりはない。

「……測れよ」

「それは……」

「〈恨《ハン》〉を測れって言っているんだよっ！」

「……真っ黒だ」ギュンテが首を振った。ゆっくりと悲嘆に暮れて。「だが、俺がお前を故郷で暮らせるようにする。何とかしてやる……」

「なかったんだよ、俺の故郷なんてとっくの昔に、消えてた」

　グソンは、もう遠くて影もかたちもない朝鮮半島を見やった。この穏やかな海上からでは、同族殺しが生み出す嘆きも、焼かれる死体の煙ひとつ見えやしない。すべてが彼岸の出来事。そうとも、俺はもうあの国を祖国と思えない。

「……俺は、考えもつかなかった。あんなことになるなんて……。ただ、お前たちを誰より幸せにしたかった。スソンちゃんがアリラン祭で喝采を浴びて……、お前が新指導者だって高らかに謳い上げて――」

「理想の国なんてのは妄想《パラノイア》の産物さ……」

「違う！　まだ国が消えたわけじゃない。なあ……、グソン。やり直そうぜ。昔みたいに俺と暮らそう。スソンちゃんの介護だってする。一緒に幸せになろう。祖国を取り戻すんだ……」

　理解という名の冷たい諦観。どうしようもない断絶。何かがプツンと音を立て、切れた。

「……俺たちは、お前を幸せにするための道具じゃない……」

　真実への理解が振るう容赦ない一撃に、幾多の耀く事実《おもいで》が砕け散って、鋭利に尖る無数の破片に散らばった。それがあらゆる悲劇に対する最終回答だった。

「グソン、俺は――」

「失せろ、二度と姿を見せるんじゃねぇ……、次に会ったら絶対に殺してやる」

グソンは踵《きびす》を返した。客船にある小型艇を探そう。そしてスソンを連れて逃げる。このまま長崎に上陸しても、入国審査で跳ねられる。大陸《じごく》に送り返される。すでに殺戮海域は抜けた。ならば抜け道はある。俺はスソンを生かさなければならない。ばらばらに千切られた夢の断片を拾い集めるんだ。故郷が、女神がおまえを愛さないというなら、俺が、おまえを愛してやる。俺だけなんだ、おまえを本当に愛しているのは。

「――グソン、俺は、お前とスソンちゃんが大好きだった」

背後からギュンテの声がした。

「こんなことになって本当にすまなかったと思ってる。どうすれば過ちを償えるかと考えた。お前と話して――、やっとそれが分かったよ」

カチャリと、運命の歯車と歯車が隙間なく嚙み合って駆動する音。贖われた血で濡れる土に立つ墓標。そこに吊るされた死体を啄《ついば》む禿鷹の群れ。万歳《マンセー》、万歳《マンセー》、万歳《マンセー》。

「――ギュンテ」

振り向いた。

「さよなら、俺の、たったひとりの大切な――親友《チング》」

こめかみに突きつけられた銃口の撃発。止める間もなく頭蓋骨を砕き、脳内に侵入した弾丸は脳組織をズタズタに引き裂いた。吹き出す血の量はさほどでもなく、だが、ひとつのいのちを奪い取るには十分すぎた。

客船が旋回し、大きく動いた。ひときわ強い突風が吹いた。制御を失った肉の残骸は重力に絡め取られた。思わず手を伸ばした。届かない。為すすべもなく海へと墜落していった。どこまでも、どこまでも。

歌が知らず、こぼれた。

それはずっとむかし、母が口ずさんだ歌。

――臨津江《リムジンガン》　その流れ《フルマ》　恨み《ウォナン》をのせて《シッコ》流れるか《フルニャ》

第2部

——臨津江《イムジンガン》　空《ハヌル》高く《ノピ》　虹《ムジゲ》の架かる《ソヌン》日《ナル》
響くのは、今は亡き故郷を偲《しの》ぶ歌。

甘やかな歌声は、仕事《ビズ》の間、溜まりっぱなしの鬱屈《ストレス》を癒してくれる。

逃がし屋《アウティスト》＝チェ・グソンは、多用途二輪《ムルティストラーダ》を駆って東京地下の廃棄下水路を進んでいる。

運ぶのは、法秩序からの離脱を望む客。つまり包括的生涯福祉支援システム〈シビュラ〉の庇護を捨てた人間だ。


やがて水位が上がり始めた位置で、グソンは単車を停めた。海水面上昇で浸水し、半世紀前に廃棄された場所に香るのは、潮《うみ》の匂いだ。グソンは、客にそのまま待機するように命じ、単車から降りた。ヘルメットを外して首を軽く振る。この八年間、伸びっ放しの長い髪が躍る。高出力の軍用懐中電灯を取り出すと、セレクターを弄《いじく》り、湿ったコンクリートの壁面に光を照射した。

生じるのは、紫外線に反応し、青白く耀く描線《ライン》。旧い合図《サイン》だ。ここは、対日工作員たちが秘密裏に活動するために利用していた経路だ。いや、その残骸というべきか。彼らを送り出す国は、もう地球上から消え去って久しい。

「――お客さん、離脱完了《ジャック・アウト》ですよ。ここから先は廃棄区画だ」

「……これで一安心だな。……くそ畜生、公安局め、もうすぐ復讐が果たされるはずだったのに」

後部席《タンデムシート》から降車したのは、三〇代半ばの男だ。グソンと同型のヘルメットを脱いで、返却した。逞《たくま》しい身体をしていたが、視線は忙《せわ》しない。シャツの前は黒々とした返り血に染まっていた。〈サイコ＝パス〉を測るまでもない。傷害か殺人の現行犯。だが、運ぶ荷物の素性《すじょう》など、逃がし屋には些細なことだ。別にいる依頼主から金を貰えれば、それでいい。

「そりゃ、残念でしたねえ」

興味がないことを隠さないどころか、嘲弄《ちょうろう》も露わな口調で答えると、客が恨みがましい顔を向けてきた。グソンは苦笑いをしてしまう。

「別にあんたの復讐を笑ったわけじゃありませんよ。その前、一安心って言葉が気になりましてね。こいつはちょっとした忠告です」

グソンは、繫留《けいりゅう》してある小舟を引き寄せ、船底に放り出されていた櫂《オール》を取り出した。

「ねえ、お客さん。あんたはこれから秩序の〈外〉に行くんだ。そこには何があると思います？　残酷この上ない自然の法則のみ。守ってくれる法はない。女神《シビュラ》の導きも届かない。あんたは気を引き締めるべきだ。覚悟をするべきなんですよ」

「覚悟……」

「どうするかを決めるのは自分の意志だけ。どうなっても、全ては自分の責任だ」

グソンは櫂を客に手渡し、暗く澱《よど》んだ水面に浮かぶ小舟に乗ることを促《うなが》した。

客は、舟を漕ぎ始めた。ぎこちなく、おっかなびっくり、まるで赤ん坊が初めて二本の足で立ち上がるときのようで、微笑ましい。

「ああ、そうだ」少しずつ遠ざかり、闇の奥へと進んでいく舟に向かって、グソンは声を張り上げた。「ひとつだけアドバイスをしときますよ」

客が振り返る。視線はグソンを越えて、分厚いコンクリートの向こうにある地上――自ら捨て去った――を名残惜しんでいるのだろうか。グソンは、そういう未練に苦笑しつつ、立てた人差し指を銃口に見立て、自分のこめかみに突きつけた。

「――自分の死は自分の手に握りしめておくべきですよ、こいつはマジに」

やがて小舟は闇に飲まれた。何処《どこ》へ向かうのかは知らない。地下の暗闇を進んだ先にロクでもないものが待ち受けているかもしれないが、人間が背負える人生は、ひとりにつきひとつだけ。後は彼次第だ。

ちょうど耳の奥で響く歌が終わった。心地よい余韻を楽しんだ。グソンは、再び多用途二輪に跨《またが》り出発する。

1

埠頭に佇《たたず》むと、ちょうど東京の夜景を見下ろせる。水面に反射する絢爛なホログラムの幻影は、波に押し流されて歪み、細かな光の欠片《かけら》になって砕け散った。段々と消えていく照明たち。夜の海が静けさを取り戻すにつれて、街は眠りに就いていく。

それでもなお、不夜城めいて輝きを発し、闇夜に突き立つのは、繁栄の象徴たる塔――厚生省ノナタワー。巨大な神の柱のごとき威容は、神殿のような街を睥睨《へいげい》し続けている。

「――無事に逃がしましたよ。ま、これからの人生については知りませんがね」

グソンは、手にした携帯端末を操作しながら囁いた。痩身に纏《まと》った革のジャケットは密度が高くしなやかで、吐く息が白い冬の季節に相応《ふさわ》しい。

「……ええ、報酬は現金《ゲンナマ》即決でお願いしますよ。逃がし屋のくせに、金に逃げられたとくりゃあ笑い話にもならない」

耳に装着された通信器《インカム》が返答する。今宵の、そして懇意にしている依頼人の声。

《わかっているよ、チェ・グソン。実は、さ。すぐそこまで来ているんだけど》
するといと積み上げられた貨物コンテナの隙間から、男が現れた。

都市の灯りが消え、地上が暗くなれば、夜空の月は耀きを増す。流麗な容姿の青年は、月光を一身に浴び、白銀の髪も、真っ白で洒脱《しゃだつ》な服も、その輪郭にうっすら青みを帯びていた。まるで自ら光を放っているかのようで、眩《まばゆ》い。


「マキシマのダンナ」グソンは含んだ笑いをした。「驚いたな。近くまで来ていたとは」

「現金《ゲンナマ》に身体を張る君にとって、早いに越したことはないだろ？」

「そりゃ確かに」


グソンはマキシマが差し出した紙袋を手に取った。申し分ない厚み。提示通りの金額。

「亡国仕込み、さすがの逃がしの手腕《テク》……。あっさり公安局の追跡を振り切ったね」

「俺ら対日工作員は、逃げるのに長《た》けてましたから。見敵即殺《サーチ&エリミネート》を潜り抜け、〈シビュラ〉の秘密を探るんだ。簡単にゃ捕まりませんよ。――で、さっきのお客さん、この後は……」

「さあね、社会に対して革命を起こしたいって言うから色々と手助けしてみたけど……、期待外れだったな。何人か殺したところで怖気《おじけ》づいてしまった……。後の始末は、泉宮寺さんがやりたいって聞かなくてさ。任せたよ」

「……ああ、あの好きモノ《フェティッシュ》爺さん」

前にマキシマの依頼を受け、都内の豪邸への帰路を手配した享楽老人を思い出す。つまり凝り性《アーティスト》の殺人狂が、地下貯水槽を改造した処刑場で、迷い込んだ獲物を狩るわけか。

「面白いよ。君も会ってみるといい」

「遠慮しときます、命が惜しい」

マキシマは、やれやれと肩をすくめた。それから彼は、埠頭の岸壁に腰を下ろすと足をぶらぶらさせた。両手はコンクリートむき出しの地面を撫でる。頤《おとがい》を上げ、後ろに流した髪が潮風に遊ぶ感触をくすぐったそうに楽しんでいた。

だから、この男は異常だ。突発的な暴威や享楽殺人に耽《ふけ》るイカレた連中と深く関わり続けている——そもそもマキシマが発端であることが多いらしい——くせに、いつも悠然として、余裕がある。鬱屈などとは無縁の、清涼とさえ思えるほどの。

だが、近づけば分かる。密度が濃く、危うい快楽的な殺しの雰囲気を、見えない外套のように纏っている。いずれ破滅に向かって突き進む予感がする。混沌を生み出す渦のような男。そこに引きずり込まれるのは御免だ。マキシマは、べらぼうに高い報酬をくれる得意先だが、警戒はけっして解いてはならない。

「ところで〈外〉から来た君の眼には、この社会はどう視える？」

ふいにマキシマと視線が合った。極上の微笑み。投げかけられる問い。彼の指差す先には、眠りに落ちた東京——最後の法治国家。文明都市。健《すこ》やかな毎日を過ごすために誰もが躍起でいる楽園。自分が喪った祖国とは、何もかもが違う場所──。

「そうだなあ、──すばらしい新世界、とか？」

「オルダス・ハクスリー……、『すばらしい新世界』……、いいね。好きなの？」

「昔、父の本棚で見かけたっきり、題名《タイトル》くらいだけ」

「おやおや」

「内容《ナカミ》、難しくって、すぐに投げ出しちまいました」

マキシマが少しむくれた顔をした。子供っぽい仕草さえ、サマになるのが憎らしい。

「それは勿体《もったい》ないなあ……、次に会う時に貸そうか」

「ご依頼があるなら、そのときに」

「じゃあ、何かあったら電話するよ、ご苦労さま」

「ええ、それじゃ、また」

グソンは、マキシマに背を向け、歩き出した。必要なのは現金《ゲンナマ》だけだ。生きていくために、生かしていくために、金を稼ぎ続けなければならない。

そして帰宅の途を辿った。

細かな雨が降り始め、夜空の月が、わずかに霞《かす》んで、朧《おぼろ》だ。

埠頭を出発したグソンの単車は、旧浦安市街へ向かった。廃棄された高架鉄道に併走する高架道路を駆け抜け、荒川《アラカワ》を渡ったところで地上へ降りる。誰もいない海浜公園の木々は、海水面上昇による塩害で枯れ果てていた。白んだ土は雨を含み、いつもより柔らかい。再び道路に出ると、ひび割れたアスファルトの隙間から這い出すのは、太く逞しい木の根っこ。廃棄区画の住人たちと同じで、しぶとく、逞しく生き抜いている。それらを踏みつけ、車体をがたがた揺らして走るのは、旧式のトラックやバンだ。何度も修繕が重ねられた跡がある。廃棄区画住人向けのオンボロな交通手段——旧世紀に二酸化炭素排出量規制とやらで棄てられたはずの車輛たち。それでも高級品である。住人の移動《アシ》の基本は徒歩で、車輛を所持できるのは、一部の金持ちの趣味人くらいなものだ。

グソンが操る単車も、この地区の元締めをしている顔役からの賃貸《リース》だ。ドゥカティの多用途二輪《ムルティストラーダ》。高額だが、収集する走行情報《データ》に応じ、舗装路《オン》から荒れ地《オフ》まで走行設定《コンディション》が自動で切り替わる逸品だ。今も併走する車輛を悠々と追い抜いていく。

橋を渡ると、霧雨の向こうに揺れる灯りの下、ざわめきが聴こえてくる。

浦安廃棄区画の中心街路。歩道も車道もお構いなしというように、粗末なテント小屋やテーブルと椅子の組み合わせが、そこかしこに立ち並んでいる。グソンは速度を落とし、屋台街を進んだ。メットのバイザーを上げると、油と香辛料の匂いが飛び込んでくる。猥雑な生活の臭いだ。

目的の小さな屋台は、大通りから少し外れ、行き止まりになった小道の奥にある。鉄パイプを組み合わせ、白い幌を被せただけの粗末な屋台。風雨にさらされ黒ずんでおり、嵐が来れば吹き飛ばされそうだった。

バイクを屋台の間近で停めた。施錠と盗難防止用の小型高圧電流発生器を起動させた。脱いだヘルメットを脇に抱え、屋台の前に立つ。正面に垂らされた透明ビニールは厚く、汚れて曇っていた。磨《す》りガラスのような不透明さの向こうから、手招きされている。

ビニールを潜ると、内部は熱気でむっとしていた。天井は低い。東洋人にしては背の高いグソンでは、幌の内側が間近だ。油と煙でひどくべとついている。

長方形の鍋に火入れをされ、黄金に澄んだ出汁《だし》から漂う湯気の向こう、黙々と作業をする老人に声をかけた。

「失礼します、顔役《コンシェル》」

「ああ、グソン。仕事は上々かい……」

店主は調理の手を止めて屈んだ腰を上げた。小柄な老人だ。禿頭にネットを被っている。目は細く、顔に刻まれた皺のひとつと化しており、片目は白く濁って光がない。

「ええ、滞《とどこお》りなく」グソンは、札束からいくらか引き抜いて店主に渡した。「単車の使用料です。お受け取りください」

「ひぃ、ふぅ、みぃ……、ちょいとばかし多いな」

「感謝の気持ちです。俺みたいなヤクザな仕事をしてますと、収入が不安定でいけない。

先月は支払いを待ってくださって、本当に助かりました」

「お前さんは、上納金《アガリ》が遅れることはあっても、この八年で誤魔化したのは一度もないからな。その正直さは、得難いもんだが、それを衝かれて利用されないように気をつけろよ」

「用心しときます」グソンは苦笑いを浮かべた。「騙し騙され、弱肉強食——大陸は本当にクソでしたからね。人間を人間と思わない畜生どもしか、いやしなかった……」

「人間には秩序《ルール》が必要さ」

「身に染みてます。それがないと……地獄だ」

そうやって故郷も滅んだ。世界中の国が滅んだ。

「今はシビュラ社会から逃げてくる奴らばかりだから、お前さんたちみたいな、海外からの密入国は、ちょっと珍しかったね」

「感謝しています、顔役」グソンは両手を膝に置いて頭を下げた。「あなたのおかげで俺たちは暮らしていける」

「そう頭を下げるなよ。お互い、持ちつ持たれつ……」

顔役の本名をグソンは知らない。多分、浦安地区の誰も知らない。シビュラによる秩序が完成する以前の時代を知る者。この廃棄区画の住人たちの代表であり調停者。一種の王。

「まあ、今日は御苦労さま、呑んでくかい……」

「……すみません、妹の世話があるもんで」

「酒は男の甲斐性だぜ」顔役が喉の奥で嗤《わら》った。

「妹ちゃん、何歳になるんだっけ」

「もうすぐ二十歳です」

「過保護……、子離れが必要だな、お兄さん」

「ええ、まあ……もうちょっとで外に出られるようには、ね」

気もそぞろに席を立った。

そして、屋台を出ようとすると、顔役が思い出したように告げた。

「――そうだ、チェ・グソン。付き合う相手はちゃんと考えろよ」

それは言外に、マキシマとの仕事《ビズ》を諫《いさ》める言葉。マキシマは、廃棄区画を根城にしているとはいえ、この区画の住人ではない。何処に住んでいるのか知らないが、何となく、定住せず、気ままに各地を彷徨《さまよ》っている印象があった。そういう自由人《インディ》は、秩序の外に身を置き続けているから、法というものを軽んじる。顔役は、ひとつの秩序を象徴する立場だ。警戒は当然だった。

だが、グソンにも危険を冒す理由がある。

マキシマの持ち込む仕事は、どれも破格の報酬だ。断れるわけもない。

（仕方ないだろ……、妹《スソン》のためには金が必要なんだ。奪われたものすべてを取り戻してやるためには……）

グソンはポケットに手を入れ、冷たさを増す夜気のなかを歩いた。吐く息は白い。大通りに出ると、酒と油が空気で攪拌《かくはん》されているみたいで気分が悪くなる。どいつもこいつもなけなしの金を、宵越しの銭は持たないって具合に、ぱーっと散財する。

今、自分の懐にはそれができる金がある。酒の力を借りて、過去の記憶たちを細かく千切り、色紙が舞うように解き放つ。微睡《まどろ》むような酩酊のなかで、夢心地にそいつらを見つめりゃ……、きっと快い。だが、そんな慰め、自分には許されない。

通りに面した商店街跡。錆びて穴だらけのアーケードの下を進んだ。粗末な暗幕で仕切っただけの店舗の前を通りがかる。客を待って、ボアつき長外套《ロング・コート》姿でたむろする売女《バイタ》たちの間を進んだ。彼女たちが咥《くわ》えた煙草の芳香を鼻腔が捉えて、うっすら聴こえる喘《あえ》ぎ声を耳にしたとき、猛烈な吐き気を催した。駄目だ、こいつは――グソンは堪《たま》らず駈け出した。路地裏に入って、吐いた。物を食ってないから酸っぱい反吐《へど》。喉がひりひりする。血が混じっているじゃないか、畜生。

けれど同時に、苦しみに身を折るとき、そこに一抹の幸福を感じる。犯してしまった罪に対して、正しく罰が下されていると思えるから。

贖《あがな》うんだ。血を金に換えて。幸せになっていいのは、俺じゃない――スソンだけだ。

幸福になれるはずだった世界は、もうない。そこには、きっと行けない。

故郷は消えた。拷問と凌辱――地下の怪物たちに貪《むさぼ》られ、穢《けが》された兄と妹が国を追い出され、親友が海の藻屑となってから間もなく、朝鮮人民共和国は、半世紀にわたる統治に終止符を打った。雪崩《なだれ》となって襲来した中国軍閥残党に徹底的に蹂躪《じゅうりん》されたのだ。それから先はお決まりの末路《パターン》。内戦。虐殺。核の炸裂。すべてが消えた。

真実を知った日。グソンは、精神《こころ》を砕かれ身動きひとつできないスソンを連れ、長崎の入国管理局へ向かう三池淵号《サムジヨン》から脱出した。非常用の小型舟艇。内海は穏やかで、かつての工作部隊が遺した上陸ポイントから、密入国した。

海岸に降り立ち、船艇は爆破した。サバイバルキットに含まれていた折り畳み自転車で、寂れた道をひたすら北上した。中国／近畿／中部地方――棄てられた村や街をいくつも通り過ぎた。大都市は避けて、移動し続けた。あのとき、どれだけの時間を走り通したか、よく覚えていない。ただ必死に、スソンをベルトでしっかり固定し、二人分の重みに抗《あらが》いながら進み続けた。前へ、前へ――振り返ったら、迫りくる過去に押しつぶされそうで、恐ろしかった。

ようやく首都圏に入り、東京の夜景を視界に収めたとき、誘蛾灯に魅かれるように、ふらふらと吸い寄せられそうになって、危ういところで踏みとどまった。シビュラ社会は、自分たちを迎え入れてはくれない。灯に焼かれる翅虫みたいに弾《はじ》かれて、焼け焦げて、死体を晒《さら》すだけだ。密入国者。重度に濁った精神色相《サイコ＝パス》。背負ってしまったもの《タグ》は、あまりに重い。結局、流れ着いたのは、東京の湾岸部――浦安と呼ばれていた地域に拡がる廃棄区画だ。ギブスンの千葉市《チバ・シティ》より東京のほうが近い座標。湾を挟んですぐが東京の市街地だから、流れ者も多い。そんな、シビュラ社会から弾かれた流浪人たちの住処《アジール》。

夜明け前、深闇のなかを、グソンは帰宅した。浦安廃棄区画のなかでも旧舞浜住宅街を挟んで海岸寄り。地盤沈下でぬかるんだ泥は磯臭い。

工作員時代に培《つちか》った技術《テク》を頼りに、逃がし屋《アウティスト》の仕事を始めたのは、この廃棄区画に流れついて間もなくの頃だ。対日工作員たちが秘密裏に行動するための経路《ルート》――街頭スキャナの監視網の狭間。破棄された地下道。地上と地下――都市の狭間を縦横無尽に動き回り、楽園にいられなくなった潜在犯たちを逃がした。そうやって金を稼いで、ようやく家を買った。湾岸沿い《ベイサイド》。巨大な地下室のある物件――元はテーマパークに隣接した複合商業施設《ショッピングモール》。大層な防犯機構《セキュリティ》はあったから、自前で改造し、城塞のように防備を整えた。

すべては、たったひとりの、愛しい姫を護るため。

グソンは、顔役の紹介で必死に働き、スソンの介護をした。すっかり人形みたいになってしまった妹は、自分がいなければ何もできない、生きていくことができないのだ。

眠りについたスソンの傍らで、よく囁いたものだ。

邪悪な世界からお前を助け、守るものに俺をさせてくれ。俺はお前のほんとうの騎士になり、壁となり、城となり、お前を護り続けるから。一生、いつまでも。

愛してる。スソン——何度、そういう言葉を口にしたか、思い出せない。

グソンは、有刺鉄線を幾重にも巻きつけた鉄柵に近づき、携帯端末を操作して施錠を解除した。鉄柵がゴウンと重い音を立てて左右に開かれ、あるじの帰宅を迎えた。今日は、よい日だ。柵に触れ、高圧電流に焼け焦げた盗人の死体を捨てなくてよいのだから。

敷地内に入ると、鉄柵はすぐに閉まった。静寂に大きな音が響いたが、それを聞く人間は皆無だ。昔は高架湾岸鉄道の駅からデッキで繋がる利便性の高い施設だったというが、今や、どの階のテナントも商品ひとつなく、がらんとしている。大量消費社会の末路は、通路に吊り下げられた案内板の、夢の国へといざなう空虚な謳い文句だけ。

グソンは業務用の搬入エレベーターの電子制御式の施錠を解除し、内部に乗り込むと、地下へ向かった。物資搬入口は、防犯設備の施工時にコンクリートを流し込んで塞がせているから、地上と地下を行き来する手段はエレベーター以外にない。

B1のフロアに降りるとエレベーターの電源を落とし、鉄格子の引き戸を閉じた。鎖を巻いて鍵をかける。スソンが誤って外に出ないよう、気をつけないといけないから。

グソンの居室は、エレベーターホールすぐの守衛室だ。プラスティック製の骨組み。経年劣化で黄変した有機硝子《アクリル》の間仕切り。寝床も兼ねる人工皮革《ウルトラスエード》の長椅子《ソファ》以外に、調度品らしいものは何もない。そして毛布《ブランケット》を脇に抱え、冷蔵保管庫へ向かう。

仕入れた枝肉を解体《バラ》して部位ごとに保管していた金属架《メタルラック》には、大量のサーバマシンが並んでいる。二二世紀らしからぬ旧態依然《クラシカル》な間取りのなかを進んでいった。強烈に空調が効いて外より温度が低い。一年中ここは冷たい。霊廟みたいだ。グソンは部屋奥の机に向かい、毛布にくるまり、椅子に座った。

机にはノート大のタブレットPCが据えられている。タッチパネルの中央に触れると指紋認証が行われた。デスクトップ画面に移行するなり、すぐにブラウザが立ち上がった。巡回履歴《パターン》に基づき、匿名化された多くの人間が訪れるSNS〈コミュフィールド〉へ自動接続された。再び認証画面が表示される。利用者《ユーザ》は匿名化されるとはいえ、アカウントの認証は必須だ。グソンは、仮想空間へ没入《ジャック・イン》するため、机に置かれた装具《ギア》を頭に被った。引き出しからグローブを取り出し、手に嵌《は》めた。生体認証《バイオメトリクス》は短縮《スキップ》。グソンは初回ログイン時に、非合法に購入した誰かさん《アンノウン》の指と目玉を使って認証を済ませてある。以降は、同じデータを繰り返し送るだけ。現物《ナマ》はとっくに腐っているが、情報は腐敗しない。問題なく正規ユーザの証明《データ》として遣り取りされた。

……瞬きをすると世界は一変する。

朝霧を含んだ夜明けの大気は、ひんやりとして清澄だった。黒い土。繁茂する青い草。

太い幹の木々はどれも天に向かって真っすぐに伸び、巨人がスクラムを組んで地上の人間たちを守護するように、逞しく分厚い葉を茂らせている。

どこかで鳥が羽ばたいた。ちちちと甲高く短く鳴く小鳥の声が聴こえる。水がさらさらと流れる音がして、そちらに歩けば間もなく、冷たく澄んだ池に辿り着いた。

水面は磨き上げられた鏡のようで、差し込む陽の光を反射させている。豊かな水をたたえた池の縁にはたくさんの花——無窮花《ムグンファ》。うっすらと紫の色を帯びた木槿《むくげ》の花は、朝鮮半島の土と水と、気候でなければこの色彩にならない。

平和そのものという風情《ふぜい》の美しい森。脅威など何ひとつとして存在しない。すべてが慈《いつく》しみに満ちている空間。もとは心理療養《セラピー》のために販売されていた緑地帯のデータパッケージを基礎に改良を施した。〈コミュフィールド〉の他の領域が非現実的な景観を志向するのに較べると地味だが、自然環境を自然らしく演出するため、莫大なリソースがつぎ込まれている。〈コミュフィールド〉の運営会社のサーバでは演算資源が足りないので、いくつかの業者を経由したうえで、独自のサーバ運用権限を買い取り、自宅に拵《こしら》えたサーバ群で演算を賄《まかな》っている。

この幻の花園——〈コミュフィールド〉内で割り当てられた仮想領域は、スソンの一五歳の誕生日祝いにグソンが構築したものだ。

外に出られない可哀そうなスソンに癒しを与えるための場所。仮想空間への没入と、アバターを介したふれあい《コミュニケーション》ができる。そこにリソースを集中させれば、手肌の感触も現実と遜色ない。〈コミュフィールド〉の利用自体は、正規の市民アカウントと紐づけられている必要があったが、ネットの世界で精神色相認証《サイコ＝パス》は行われない。アカウントさえ正規のものであれば、それを扱う者が誰であっても問題はない。

《おかえりなさいませ、兄様。外はどうでしたか？》

凜とした声に呼びかけられる。朽ちて倒れた大樹に、少女が座っていた。彼女に視界《サイト》の焦点《ピント》を設定《セット》すると、詳細情報《プロフ》が展開《ポップ》された。

【name:Ekho】

ギリシア神話に登場する木霊《エコー》を意味する妖精《ニュンペー》の名。一〇代後半の年齢設定で、キャラクターデザインが起こされている。

《ああ、おはよう。スソン》

《ちがいますよ。ここでは〈Ekho〉です。間違ってはいけませんよ》

《すまんな、気をつけるよ》

グソンは〈Ekho〉＝スソンに挨拶を返した。容姿のパラメータはスソンの生体情報を取り込み、年齢設定に応じ、数理的に導き出されている。現実《リアル》と虚構《フィクション》のちょうどいい塩梅《あんばい》だ。この演算には特に資源を費やしている。〈エーコ〉は細く柔らかい黒髪を三つ編みにして、花と蔓草《つるくさ》で編み上げた冠を被っている。日に応じて手造りしているのだ。ゆったりとした貫頭衣を着て、倒れた樹の幹に座って思うままに歌い、踊るのが日課だ。どれも現実にはできない。スソンの願いが具現されるのは、この仮想領域だけ。
《やはり宴には、間に合わなかったな》
《仕事……、危ないことはなさっていませんよね……》
《俺だって命が惜しい。死ねばお前を守れなくなる。危険は冒さないさ》
《……本当ですか？》
《……ああ、本当だ》
《なら、信じます》
にっこりとほほ笑む様子は、昔、あの絶望を迎える前に見た姿のままだ。
執拗に繰り返されたならず者たちによる凌辱《レイプ》と過剰に投与された薬物《オルム》は、スソンの精神《こころ》を粉々に打ち砕いた。この八年間で自我は再び取り戻されつつあったが、それは、この仮想世界での話だ。現実のスソンは、今も厳重に外部と隔離した部屋のなかで療養を続けている。痛々しい呻き、意味を成さない発声。
だが、それでもいい。時間さえかければ、きっと妹を取り戻せるはずなのだ。そのころ自分は何歳になっているだろう？　いや、そんなことを考えても仕方ない。今は目の前のことだけを考えるべきだ。回復はしている、と希望を持ち続けるべきだ。
グソンは、仮想領域とはいえ、元気に立ち振る舞うスソンの姿を見ると幸せになれる。

地下室のもっとも厳重な部屋から外に出すことは許されないスソンを想えば、この場所を維持するために金を惜しむわけもない。幸福を感じてはならないとグソンは、つねに楔《くさび》を打ち込んでいたが、スソンと触れ合うときだけは忘れそうになる。この幸福な時間が、永遠に引き伸ばされればいいのに、と狂おしいほど胸がうずく。

《そういえば、歌の評判はどうだった？》

グソンは訊いた。それはスソンが他者とコミュニケーションする機会のことだ。

《今日も兄様のことを想って、いつもより多くさせていただきました。みなさん、よかったと言ってくださいました》

仮想領域〈無窮花〉には、少なからず固定の参加者《メンバー》がついている。元々は心理療養向けのフィールドで、心に何らか傷を負った者が多かったが、そこで癒しとして奏でられるスソンの歌の評判は瞬く間に拡《バズ》がり、多くのユーザーたちがやってきた。

スソンはそれに応えた。夜毎に森のなかで独唱《ライブ》が行われた。いつのまにかスソンはアイドルのように扱われ始めた。スソンの歌唱は、技巧に優れ、それがまた評判になった。

幼い頃から、金星学院で高度な教育を施され、そのためにずっと研鑽を続けてきたのだ。かけてきた重みが違う。他の〈コミュフィールド〉で祭り上げられるアイドルアバターたちとは格が違う、と観客たちが評価するのは、当然のことだ。

ここでは、叶わなかった夢が叶った。

スソンが自分の歌を披露する晴れ舞台。それを鑑賞し、賛美する客たち。最近はグソンも仕事が忙しく、参加できないことも増えていた。定期ライブに加えて、少人数の古参向けに突発的なミニライブが開催されることもある。
《あの……、グソン兄様。わたしは今まで、ずっと身に余るほどの愛情を与えていただきました》
《……いきなり、どうしたんだい？》
《……みなさんから、やりたい、と乞われたのです》
《ライブかい？》
《はい》とスソンはうなずいた。《現実のライブです。そこで、会場を使うお許しをいただけませんか……》
《駄目だ》
可能な限り穏やかな声色で、しかし断固とした口調でグソンは退けた。
《お前は、外に出てはならないのだ。今もまだ十分な療養ができていないだろう？　ここまで、ようやく積み上げてきたものを壊してはいけないよ。頼む、辛抱をしてくれ。なあ、わかるだろう……？》
《……では、知覚同期型《ストリーミング》の歌唱躯体《ディーヴァ》を介したかたちでは、駄目ですか？》
《だが、それでも……》

グソンは逡巡した。〈コミュフィールド〉の外で、現実に観客を動員して、俺以外の人間と接触することを認めてよいものか。
《みなさんが、プランを考えてくださいました。ほら――》
差し出された圧縮データを解凍する。展開されるのはライブを開催するための仕様書だ。
会場は現実のライブハウス。微細投影材《ナノ・セル》と専用機材を持ち込み、演奏用の遠隔操作無人機《ドローン》を使う。ホロによる立体投影《プロジェクション・マッピング》もあるようだ。確かに技術的に不可能はない。
だが問題は、多数の人間を収容できる施設《ハコ》とライブ用の各種機材の手配だ。
《だめ、でしょうか……》
スソンが目を伏せた。グソンの表情から困惑を読み取ったのだろう。咄嗟《とっさ》に表情設定《プロパティ》を笑顔に固定した。そしてグソンは、妹の身体を、そっと抱きしめた。幻の妹の感触は、ほっそりとしていて華奢《きゃしゃ》だ。お前を悲しませたりなんかしない。償えるなら何でもしよう。何も心配しなくていい。何とかしてやる。俺がお前の望むすべてを叶えてやるんだ。幸福のすべてを与えてやる。
《大丈夫だ、スソン。俺に任せておけ》
グソンの口許が自然とほころぶ。もしかするとスソンは、自分が思っている以上に回復しているのかもしれない。それは、きっと喜ぶべきことなのだ。
《では、そろそろ休みなさい。もう疲れたろう》

《――はい、おやすみなさいませ、兄様》

そしてスソンのアバターは去った。演算されていた重みも、彼女の細い髪のしなやかな感触も、すべて消えた。やがて無窮花の森のどこかで、野太く、どこまでも尾を引く獣の遠吠えが聴こえた。没入を終えた。

……離脱《ジャック・アウト》。現実では虚空を掻くだけの手。温もりも柔らかさも幻だ。現実には青白く薄暗い部屋で、椅子に座っているに過ぎない。弄っていたのは自分の髪の毛。薄笑いはひどく空虚だ。

グソンは机に突っ伏し、啜《すす》り泣いた。

2

顔役《コンシェル》は、話を聞くなり顔を顰めた。続いて深いため息を吐き、望むとおりのライブをするなら相当額を用意しなければならない、と告げた。

「……こんなに、ですか」

顔役が差し出したメモに記載された金額を見て、グソンはしばらく言葉を失った。スソンに乞われてから数日、自前で器材の調達などできないため、顔役に相談を持ちかけたが、すでに事が容易ではないと察している。

立体投影《プロジェクション・マッピング》を備えたライブハウスとなれば、都内の正規のハコを借りる必要がある。これだけの設備を備えていれば、正規の利用手続きが必要だ。仲介業者《ブローカー》をいくつも介する必要がある。またメインとなる歌唱軀体《ディーヴァ》を始め、演奏用の無人機《ドローン》各種は、どれも業界最大手の娯楽公司〈オリエンタルワールド〉純正品が指定されている。使用料金は卒倒するほど高額だ。さらに、〈コミュフィールド〉没入《ジャック・イン》用の装具《ギア》が一〇〇台以上。現実《リアル》のライブに仮想装具《ヴァーチャ・ギア》を揃える理由は不明だが、望まれた以上、用意しないわけにはいかない。

何しろ、スソンが自分から、ここまで強いお願いをしてきたのは、初めてなのだ。

「金さえ払えば手配はする……が、用意できるのかい……」

「前金です」

札束を卓《テーブル》の上に置いた。この前のマキシマの仕事で得た報酬と貯金を切り崩し、最低限生きていくだけの必要分を抜くと、余裕はほとんどない《ゼロ》。

「あまり無茶をするなよ」顔役は札束を金庫《グールド》に仕舞った。「お前さんの言葉じゃないが、俺たちは、どいつもこいつもヤクザものだ。安定ってヤツから程遠い」

「……何とかしますから。アテはあります」

「あのマキシマって男じゃないだろうな？」

「……まさか、地道に逃《ジャック・アウト》がしをやりますよ」

当分は逃がしの仕事を大量に引き受ける必要がある。短期間で頻繁に仕事《ビズ》を繰り返せば、当然リスクも上昇する。正直、マキシマからの依頼が、もっとも都合がいい。しかし昨日の今日で期待はできない。前触れなしに仕事を振ってくる彼の依頼は、賭けで大勝《ジャック・ポット》ちをするようなもので、それを前提に物事の成否を考慮してはならない。

「なら、信じるが——、警戒しろよ」

「俺はルートの使い方を心得てますからね。そのあたりは大丈夫だと思いますよ」

「そうじゃない。お前の仕事の腕は心配しちゃいないが、最近、外への脱出経路を利用してロクでもない連中が——」

そのとき、顔役が言葉を止め、グソンの背後を視線で射抜いた。

振り返ると、ちょうど男が、ビニールの暖簾《のれん》をくぐり、中に入ってきた。

初老の白人だ。ぴったりとした白のシャツにズボン。被ったダービー帽からカールした金の長髪を溢れさせていた。彼はグソンの横の空いた席に遠慮なく座った。

「悪いが……」顔役は低く唸った。「準備中だ。帰れ」

「——おいおい、先客がいらっしゃるでねえか、兄弟」白人男はグソンに視線を遣った。

「これで準備中ってのは不思議な話じゃあないかね、んん?」

「何の用だ」

「ちょっと近くに寄ったもんだからよ、長年の友達《ダチ》にご挨拶ってわけ」

「そんな奴は何処にもいない」

「ひでえな、おれも廃棄区画の経済に貢献してるってのに。なにしろおれらがいなけりゃ貨幣流入に支障があるわけだし、今日もでっかいシマを持ってきて――」

「失せろ、お前みたいなハイエナ風情、人間面《づら》をするんじゃない」

今度こそ顔役は怒りを露わにした。フライヤーの煮立った油を掬《すく》って、男の顔に見舞ったが、初老の白人はさっと後ろに飛び退いた。

「今日はご機嫌よろしくねえようだ。退散しとこうか、あばよ兄弟」

「二度と来るな」

男は屋台から出ていった。

「――親爺さん、今のは？」

「厄介事ばかり持ち込んでくる中毒者《ジャンキー》だ。悪いな、変な奴と鉢合わせさせちまって」

「いえいえ親爺さんのせいじゃありませんよ。それじゃ俺も失礼します」

グソンは足早に顔役の屋台を出た。そして走り出した。


目当てはすぐに見つかった。大通りの屋台街に、あの白人男はいた。

「ビールをくれ」

店主に告げると、すぐに供された。キリンの生《ナマ》。小瓶を手に、白人男の横に座った。

「顔役の馴染み《オキニ》……、監視かい……」

案の定、白人男は声を掛けてきた。

「いえ、個人的な興味ですよ。ねえ、廃棄区画への貨幣流入に関わってるとか……」

「好奇心が旺盛なのはいいことだな、お兄さん。よしきた特別に教えてやろう」

彼はポケットをまさぐり、ポリ袋に入った錠剤を取り出した。

「こいつさ。誰でもご存知の〈ラクーゼ〉をベースに、特別に配合した合成薬剤《カクテル》。効果は、そこらの既製品とは訳が違うな。一錠で、どんなストレスも素っ飛び、最高に気分がよくなる《アッパー》優れもの。健やかな精神のために躍起になる市民のみなさま相手に処方し、対価を戴く。現金《キャッシュ》オンリー。こうして金は廃棄区画の回りものになるってわけ」

〈ラクーゼ〉は、国内最大手であり、実質的に国営企業とされるOW製薬が生産・販売する厚生省認可のサイコ＝パスケア薬剤のことだ。精神を数値化する〈サイコ＝パス〉の普及以来、精神の整調《コントロール》の多くは、薬物によって賄われている。

グソンは男の正体を理解する。合成薬剤の密売人《プッシャー》。違法薬物《ブラック・メディスン》の取り扱い業者。

「――あんた、手配師《ディーラー》ですか」

「ご明察」男はうなずいた。「ところでお兄さんの御職業は何でござんしょ？」

「逃がし屋《アウティスト》」

「驚いたな、あんたが噂の逃がし屋かい。どんな奴でもシビュラ社会から脱出させちまう凄腕……」

「器用なだけですよ」グソンは苦笑した。「地下を這い回るのが得意なだけの鼠だ」

「謙遜すんなよ。自由人《インディ》の間じゃ、有名だぜ。おう、こりゃ乾杯しよう」

「じゃあ、こいつをどうぞ」グソンは先ほど注文しておいたビールの壜を渡した。「下戸《げこ》なもんで、俺は飲めないんですよ。ところで、ねえ、でっかいシマ……知りたいな」

「抜け目ないねえ」手配師は壜を受け取った。「気に入ったよ、ちょいと話そうか」

グソンは、店主に壜のコーラを注文し、手にした。

そして手配師が壜を掲げ、告げた。

「――健やかな精神に、我らが新しき友情に」


次々と酒を奢られ、すっかり気をよくした手配師は、グソンを住処に誘った。

断る理由はない。

埠頭から小型の舟で東京湾を進む途中、手配師は、自らの過去を語った。

日本を訪れたのは二〇三〇年代――日本国民全員に、サイマティックスキャンが義務化され始めた頃だ。厚生省主導の〈シビュラシステム〉による統治が確立した二〇七〇年までの四〇年間は、手配師にとって黄金時代だったという。〈サイコ＝パス〉が社会のあらゆる部分に浸透していくなか、健全な精神を維持し、ストレスによる色相悪化を防ぐため、多くの国民が薬物に手を出した。薬物利用に関する法制化は立ち遅れていた。そこに、進行する鎖国政策の隙間を縫って密入国してきた海外の麻薬組織《カルテル》や手配師《ディーラー》たちが、荒稼ぎをする市場が生じた。

だが、それも二〇七〇年に施行された〝ラクーゼ法〟——つまり厚生省が、国内の薬物の生産・流通・供給を一元管理する体制が確立するまでのことだった。同時期に違法薬物の流通網《ネットワーク》に対し、武力行使を伴う徹底摘発が行われた。壮絶な薬物戦争《ドラッグ・ウォー》。以来、違法薬物の取り扱いは、とてつもなく困難になっちまった、と手配師は締め括った。

到着した手配師の根城は、海上にあった。破棄された旧東京湾横断高速道路の途上にある、海上サービス・エリア跡。二〇七〇年に厚生省ノナタワーが建造され、新たに整備された東京湾上の新高速交通網の開通以来、用済みとなって久しい。

駐車スペースは大きな改造が施されている。天井に無数の電灯が吊るされ、床面を常緑低木が埋め尽くしていた。丈は数十㎝ほど、鱗片状に退化した葉が生い茂っている。

「へえ、こいつは……麻黄《マオウ》ですか、よくまあ、これだけ生育環境を整備しましたね」

「一目で分かるとは、兄弟、素人じゃないねえ」

「いえ、故郷でね。栽培している農家がいたもんで……」

麻黄は主要な成分に、アルカロイドであるエフェドリンを含んでおり、これを合成することでメタンフェタミン——つまりは覚醒剤《アイス》を造り出すことができる。向精神薬剤を扱うなら、生育必須の植物であり、莫大な金を生み出す農産物ということだ。

「その顔立ち……北の出身かい。あそこは氷《オルム》の名産地。国策だったもんな」

朝鮮人民共和国の建国後、薬物は禁制品だった。しかし旧社会主義国家時代から種子を引き継いだ人間たちは、密かに栽培を続け、闇経済を通じて金を稼いでいた。

「まあ、俺のことはどうでもいいんですよ。で、こいつをどうやって売り捌《さば》くんで……」

「そうさな、シビュラ統治下で違法薬物を手配《ディール》するため、必要なことは？」

「完全な分業体制……でしたっけ」

「ハラショー」手配師は満足そうにうなずいた。「精神色相を強制的に安定させる――つまり、サイマティックスキャンを誤魔化しちゃう薬物の製造は、特級の犯罪だ。それに関与した時点で色相が濁っちまう。けどま、抜け道もある」

「――無自覚な協力」

犯罪行為に関わっているという認識が、色相を濁らせるなら、その認識自体をさせなければいい。単純だが、これが最も効率がいい。要は物事に対するタグ付けの問題なのだ。

「ますますハラショー」手配師がぱちぱち手を叩いた。「合成のレシピや製造自体は民間療法系の〈コミュフィールド〉や、ちょいと非合法だが海外サーバの掲示板を活用すれば、そう難しいことじゃない。材料の調達には、特別な伝手《ツテ》がある。そんでベースになるのは安心安全な〈ラクーゼ〉だし、残りの素材も名称だけは普通の補助薬剤《サプリ》さ。今の時代の人間たちは、物事を深く考えない。都合のいい情報だけを並べて、それがすべてだって信じきるから使い勝手がいい。そして調合レシピどおりに家庭用オートサーバで3D出力させれば、作成完了。大規模な工場じゃ、摘発されたらお終《しま》いだけど、小ロットを多数の場所で作れば、リスクも減らせるってわけ」

「宅配業者も箱の中身までは確かめないから、ブツの運搬も問題ない。けど、だったら、あんたは俺に何の仕事をさせたいんですかね……」

「だから言ったろう、デカいシマがあるって」

手配師は施設内の投影機材《ホロ・デバイス》を操作して、東京都内の地図を表示した。いくつかの地点にピンドロップがされており、詳細情報が付記されていく。

「この場所に、何が？」

「――新規市場《ブルー・オーシャン》。市場開拓《イノベーション》さ。売りやすく買いやすい条件が揃ってる。だから大量に、迅速に――公安局の監視網を掻い潜り、ブツを拡散できる人材が必要なのさ。まさしく男《ギャンブラー》の仕事《ビズ》。伸《の》るか反《そ》るかは、兄弟の決断次第さ、やるかい……」

「――報酬は？」

「まず、これだけかな……」

手配師が提示した額は、ライブ開催に必要な費用にはわずかに足りない。だが、彼は駄目押しをするように、付け加えた。

「――成果次第では追加報酬もアリ。出来高払いだよ」

ならば断る理由はなかった。

†

仕事を引き受けてから、事が進むのは早かった。

翌日からグソンは、多用途二輪の月極めでの利用許諾を顔役に頼んだ。

手配師から受け取った金で支払ったが、出所は伏せた。ただ逃がし屋の仕事が頻繁になるから、機動性を高めたいと理由を話した。顔役は疑いを向けなかった。いくらか罪悪感が募ったが、感傷に浸るほどの仲ではない。

こうして移動手段を得たグソンは、都内各所の生産者たちからブツを回収し、客の許へと配達した。受け持ちとなったのは、正直、意外な場所だった。

……時刻は早朝。始業前の慌ただしい時間。古めかしい木造校舎の廊下が、生徒たちが歩くたび、ぎしぎし軋《きし》んで音を立てている。

ここは桜霜《おうそう》学園――〝貞淑さと気品、失われた伝統の美徳〟という教育方針を掲げる都内随一の伝統校だ。

グソンは、ホロ投影用の微細投影材《ナノ・セル》を操作《クラック》して、その姿を女生徒に偽装している。

髪は短く、中性的な顔立ちは整っているが、個性を注意深く消している。長身の体型にクラシカルなセーラー服を纏う。偽装した学生証に記載された名前は、『崔水仙《チェスソン》』。日本に帰化した外国出身者――準日本人として登録されている。

取引相手は、まだ来ていない。グソンは、廊下の脇、中庭に面した窓の傍に立って外の景色を見下ろした。木枠に収まった硝子《ガラス》は、経年劣化で溶けており、わずかに外景をゆがませている。灰色の雲間から陽の光が注ぐ冬の朝は、心なしか彩度が低い。英国式庭園は、冬枯れの季節であっても美しい花々を一面に咲き誇らせ、葉も濃く茂っていた。けれど、すべてはホロ投影による虚像の景観だ。ついでに言えば、学園の古めかしい外見も、その謳い文句《ブランディング》に沿って演出されたものに過ぎない。

少女たちは、年相応に活発だが、品よく律された物腰で挨拶を交わし、学舎へ向かう。まやかしで彩られた常春の庭園に対して、違和感を覚えないのだろうか。身を切るような凍てついた風にさえ微塵も揺れない花々が、グソンの眼には異質に映るというのに。

彼女たちは気にも留めない。それが当たり前の世界に生まれ、育ってきたから。

そのとき、目的の相手を見つけた。ひとり俯き、誰とも言葉を交わさず、足早に下足箱へ向かっている。グソンは、すぐに歩き出した。廊下をやってくる大勢の女生徒たち。彼女たちが教室へ向かう流れに逆らって、下足箱へと繋がる階段に向かった。

ごきげんよう。

ええ、ごきげんよう。

見知った相手でなくとも、すれ違えば挨拶を交わす。グソンもそうした。

しかし階段を降り、踊り場に差し掛かったとき、その女生徒に対してだけ、別の言葉を掛けた。高い背の身体を折って、まるで口説くように、相手の耳もとで囁いた。

「――〝うらむより1グラム〟」

すると俯いた女生徒は、恥じるように小さな声で答えた。

「……〝ああ、ソーマがほしい〟」

正しく符牒《ふちょう》が組み合わさった。グソンは階段の手摺りに紙袋を置いた。女生徒は、茶封筒をすぐ横に置き、代わりに紙袋を掴むと、通学鞄のなかに押し込んだ。ちょうど始業のチャイムが鳴った。足早に階段を昇っていく。遅刻しないため急ぐかのように。

それを見送ったグソンは、茶封筒を制服のポケットに仕舞いこんだ。

そして階段を降りていった。

女生徒の姿に欺瞞《ぎまん》したままグソンは、校舎を抜け出て、敷地の裏手にある林を進んだ。林立する背の高い常緑樹に茂る葉の密度が高く、朝でも薄暗い。もう少し歩けば使用されていない生化学ごみ処理施設があり、そこから地下を抜けて外に出られる。

桜霜学園への潜入に際し、建設を請け負った企業のデータベースから設計図を入手し、出入りする業者の人員配置やら各サービスの運用状態を把握したが、保安体制は杜撰《ずさん》もいいところだった。

桜霜学園は、名門校であるわりに、生徒に対する監視体制や〈サイコ＝パス〉認証がないに等しい。通う子女が、だれも社会的に上等と言って差し支えなく、迂闊《うかつ》に干渉できないせいもあるのだろうか。市街地なら街頭スキャナによって常態的に行われている色相検査も、年一回の定期健診のみで、学園内の各所にある監視カメラと生徒たちの身体情報を取得するセンサーの類《たぐい》を欺瞞すれば、潜入はそう難しくない。正直なところ、街角で薬物の遣り取りをするより、この学園の敷地内のほうが安全なくらいだ。

（……売りやすく買いやすい――か、なるほどね）

無論、好立地であろうと、それに見合う顧客がいなければ市場は成立しない。

完全な寄宿制と鬱蒼《うっそう》と茂る緑地帯によって市街地と隔絶された閉鎖環境は、実のところ精神衛生上、よろしくない。そこで少女たちが何の悪影響もなく健やかに成長すると学園運営側や保護者が考えているなら、見通しが甘すぎる。

群れた動物は、必ず序列を作る。特に子供というのは、物事を知らない分だけ動物に近い。学内階級《カースト》。持つ者と持たざる者。虐《しいた》げる者と虐げられる者。運悪く後者となれば、過ごす日々は苦痛でしかない。自分の役割が、そういうものだと受け入れてしまえば楽だ。

しかし、入学するまで少女たちは、誰もが愛され、誉められ、慈しまれてきただろう。高みからの転落。幸福の位置が高いほど、叩きつけられるときのダメージは増大する。

その落差は大いなる絶望を生みだし、色相を濁らせる。

そこに違法薬物がつけ入る隙が生まれる。あなたの絶望を拭い、精神の曇りを取り払ってさしあげますと希望をちらつかせれば、誰もが飛びつく。心は弱く金はあり、加えて受け渡しも好都合――そんな美味しい獲物《カモ》を、強《したた》かな手配師《ディーラー》が食いものにしないわけがない。

これが、手配師がグソンに明かしたでっかいシマ――違法薬物の新規市場《ブルー・オーシャン》の正体だった。

桜霜学園以外にも階級構造が生じている閉鎖環境――たとえば無人機製造工場《ドローン・プラント》など――があれば、標的にされた。

グソンは、運び屋として、ほぼ毎日のように桜霜学園に忍び込んでは、悩める少女たちに這い寄った。甘言を弄した。教室／渡り廊下／食堂／中庭／校庭／部室棟――いくらでもある死角で決められた符牒を交わし、ラクーゼにメタンフェタミンなどを混淆《こんこう》することで、強烈な向精神作用をもたらす合成薬剤を施し、金を頂戴する。

逃がし屋《アウティスト》のときより、稼ぎは大きかった。歩合制だから、報酬は取引額に比例する。グソンは、瞬く間にライブ開催に必要な経費の半分を賄えるまでに蓄えを増やした。このままの調子でやれば、報酬はより増えていく。悪くない。とても順調だった。

それにしても、シビュラ社会のなかでも上流階級《エリート》――その娘たちが薬物中毒《ジャンキー》になっていくなんてのは、皮肉だ。とはいえ、薬学的統治と称されるほど、人々は精神の整調を薬物に頼っている。なら、どいつもこいつも薬物依存じゃないか？

　そして、林のなかで歩みを止め、石造りの校舎を振り返って眺めたときだった。

「あら、今は授業中じゃないんですか？」

　女生徒の声。木々の合間、椅子に腰かけ、イーゼルに立てかけたカンバスに向かう少女がいた。制服のうえにセーターを羽織り、セーラー・カラーは中等部のもの。小柄な容姿。整えられた前髪と腰に届くかという長い黒髪で、これまで陽を浴びずに育ってきたように肌は白く、端正な顔立ちと相まって精巧に造られた人形のように可憐だ。

「おさぼりなんて、いけない先輩……」

　少女はからかうように言った。年齢に似合わぬ、妙に蠱惑《こわく》的な声色。

「そういう君はどうかな……」グソンは発声を電子的に調整し、答えた。「わたしとそう差はないようだけれど」

「美術のスケッチの時間なんです。学内の自由な場所を描く――みんな先生が見ていないところでお喋りができるってはしゃいでいたけれど、私は集中したいから」

「確かにここは人気《ひとけ》がない」

　グソンはうなずき、少女が向かうカンバスを見た。しかし素描されているのは、学舎の風景ではない。悪夢的な抽象画。すぐ横には一冊の上等な装丁をした画集が開かれていた。少女が描いているのは模写なのだろう。毒々しい色合いの絵画。精神を害する芸術と検閲されそうな類の――疎外芸術《アウトサイダー・アート》を好んでいるのだろう。

「まあ、がんばりなよ」グソンは少女との会話を切り上げようと背を向けた。「完成したら見せて欲しいな。わたしは何て言うのかな……、頑張っている女の子を応援するのが好きなのかもしれない」

「ふふ、だったら可愛がってくださる？ 私も、あなたみたいに謎が多い先輩、興味あるな……。そうだ、自己紹介してなかった。私、王陵璃華《おうりょうりか》子《こ》と申します」

からかうような口調と流し目に吐き気を覚える。こいつからは、淫売の臭いがする。

警戒心が募った。

「私って、よく学園の敷地内で写生をしているんですけれど……、先輩って、よくいろんな生徒と会ってますよね。でも……誰もその存在を認めない。ねえ、あなた誰なのかしら？」

グソンは懐に仕舞った小型ナイフをまさぐった。手配師から護身用にと渡されている。時には実力行使に刃《ノズ》を使いな、と彼が託してきたものだ。

「そんな怖い顔をしないでくださいな」璃華子はグソンの殺気に気づいていないのか、それとも本当に害意がないのか、硬質な笑みを崩さない。「別に私、密告したりなんかしませんよ。そんなことをするほど、この学園も社会も愛していないし」

彼女は、急に冷めた視線を学舎へやった。木立の向こうでおそらく少女の同級生らしき中等部生徒たちが喚声を上げ、はしゃいでいるのが見えた。

「――『ああ不思議な事が！　こんなに大勢、綺麗なお人形のよう！　これ程美しいとは思わなかった、人間というものが！　ああ、素晴らしい、新しい世界が目の前に、こういうひとたちが棲んでいるのね、そこには！』」

璃華子が、何か芝居の台詞を引用し、諳《そら》んじた。その言葉を口にする彼女の眼差しには、無邪気な振る舞いをする同級生たちへの、嫌悪の色がありありとしている。

「あなたが何をしているか、私には分かりません。けれど何か面白くなることをしてらっしゃるのでしょう？　なら、もっとお遣りになってくださいな」

「面白いこと……、ね。まあそのうち楽しいことが起きるかもしれないよ」

この調子で薬をばら撒き続ければ、近いうちに何らかボロが出るだろう。精神を綺麗にする薬などない。所詮、すべてはまやかし。やがては薬だけを求めるようになる。そうなれば少女たちは見境がなくなって一騒動を起こすだろう。覚醒剤系の禁断症状は、過度な被害妄想を呼び起こし、周囲を見境なく攻撃するようになる。だがその頃にはグソンも手配師も手を引いている。刈るだけ刈っておさらばだ。

「それは楽しみ……」

璃華子がうっとりと呟くのを聞きながらグソンは、今度こそ背を向け、別れを告げた。

嫌悪感ばかりが募った。畜生《シーバ》。安寧な場所にいながら破滅を望む奴らが憎たらしかった。生まれながらに幸福への切符を持っているくせに、それを愚かにも捨てようとする。薬中になって失墜していく奴らと一緒に、破滅主義者のこのガキも落ちてしまえばいい。

だが、彼女の言葉――こんなに大勢、綺麗なお人形のよう――そいつが、ストンと心のなかに落ち着いたのも事実だ。

最大幸福が実現し不幸は最小化されたとされる福利厚生社会。シビュラ社会に生まれ育った子供らはすべて、義務教育の修了とともに各々の適性に応じた職業に配置され、何も考えずとも安泰な人生を過ごす。包括的生涯福祉支援システム〈シビュラ〉によって慈しまれ、命じられるままに踊る人間たちは、確かに人形に近い。求められるままに〝自分〟を演じて、それで、本当の〝自分〟はどこにある？　そして、得られた幸福は、本当に自分が望んだものなのか？

3

満員御礼のライブ会場は、まるで真っ暗な夜の海に無数の鬼火《おにび》が揺らめくかのようだ。ステージに向かって観客たちが振るサイリウムは、最初は、一斉にピンクの輝き。落ち着いた曲調は寒色系。アップテンポの曲調は暖色系へと目まぐるしく変化していく。また、彼らは曲の変遷によって様々に踊り方を変えた。頭や腕、腰を激しく振る。ここぞというタイミングで一斉に飛び跳ねる。どことなくアリラン祭での律動を思い出したが、今は、もっと享楽的で、連帯感には温かみさえ感じられた。

グソンは、前に立つ観客に動きを合わせようとするが、どうしても遅れてしまって、やがては最後尾で壁に背を預け、ライブの熱狂を見守った。それで満足だった。

観客席は、すべて立ち見だが、グソンは上背《うわぜい》があるから視界を遮《さえぎ》られることはなかった。

舞台に視線を向けた。

ちょうど曲が終わり、一瞬の暗転。再び光が灯ると、演奏用に配置された無人機《ドローン》たちの姿はあれど、先ほどまで歌唱していた軀体の姿がない。

すると、透明な空間に造形を施していくかのように、色とりどりの光線が照射され、身体の輪郭が出力されていく。ホロ投影の応用だ。透明化処理の層を付与してから、それを削り取っていくかのように描画する。

骨格や血管、臓器などがグロテスクにならない程度に戯画化されて出力されていく。透き通る身体は裸体だ。やがて衣装が重ねて投影される。たっぷりとしたフリルをあしらった可愛らしい服だ。長い髪は、二つに結んで流し、淡い紫を帯びている。無窮花《ムグンファ》の色――スソンの色だ。身体を揺らすたび、毛先から光が零《こぼ》れ落ち、床に達すると芽を出した。彼女は求める。声を、もっと歓声を――。

観客が応じ、音は雨露に演出されていく。草木は声援を浴び、瞬く間に育った。薄紫の花が舞台一面を覆い尽くす。

そして舞台に注がれる光量が増した。虹がかかる。それは橋。観客席と舞台の間には川の水面が揺らぐ。曲が、始まった。紡がれるのは故郷の詩。大幅に編曲《アレンジ》され、ここにいる観客たちでは、きっと原曲に思い至ることはできないだろう。

だが、グソンには分かる。

それが、かつて母が口ずさんだ歌であることを。生まれてすぐに母と死別した妹は、聴いたことがないはずの歌。いや、もしかしたら、胎《はら》にいたときに、身体を震わす響きを耳にしたかもしれない。生まれる前から、知っていたのかもしれない。

観客たちの嬌声が遠のいて、グソンの思考は、過去に想いを馳せた。

歌声は、いつも切なかった。紛れもない哀しみを帯びて、けれど母は、いつだって自分が生まれた国のことを否定しようとしなかった。一世紀以上にわたって分断され続けた民族が、やっとひとつになれたことを。それを望みながら果たされる日を見ず、朽ちていった人々の歌詞《ことば》を口ずさんで、微笑んだのだ。

この国が、平安楽土になるといい――。母が、自分に過酷な人生を強いた男に対し、祖国に対し、けっして恨み言を口にしなかったことだけは、ひとつ確かな真実だった。

なあ、スソン――、お前は今何を思ってこの歌を奏でるんだい。

夢は、きっと叶ったはずだ。世界最後の楽園で、日陰ではあろうと、ここは間違いなく、女神の庇護下の一部だった。平和な場所だ。満ちる空気は歓喜だけで、憎悪の一つもありはしない。ただ、愛しさだけが、ここにある――。

そのとき携帯端末が震えた。

時間だ。

最後の仕事――あと少し、必要な額に到達するために。

手配師は言った。グソンは幸運だ、と。大いに稼がせてもらった新規開拓市場《ブルー・オーシャン》は、ものの一月もせずに競争激しい既存市場《レッド・オーシャン》に変貌していた。手配師は、稼ぎが一段落したころ、合成薬剤のレシピ収集に使っていたうち、非合法な利用者で占められる海外サーバの掲示板《スレッド》において、扱う売場《シマ》の情報を意図的に漏洩《リーク》した。

グソンも手を貸した。情報拡散に貢献するユーザーを効率よく見つけるための、検索エージェントと文章生成ツールを作成してやった。

ユーザー間において頻繁に発言が引用されるユーザーを導き出すアルゴリズムを組み込んだ検索エージェントは、違法薬物市場という限定的な趣向《マイナージャンル》において効率よく拡散《バズ》させる連中を見事に見つけ出した。そして、形態組成分析に基づき、標的とする趣向《ジャンル》において参照頻度を高くするための単語や文章表現を大量に含みながらも、機械生成らしさを消したテキストを出力し、放流した。

こうして、手配師が見つけ出したユーザーたちは、彼の思惑通りに情報を拡散した。結果、目敏《めざと》く金脈を見つけた連中が、こぞってグソンたちが開拓した市場に雪崩れ込んだ。しかし、彼らはグソンと違い、シビュラ統治下の監視網を掻い潜る技術を有していなかったから、その多くが公安局の執行対象になった。

黒い銃――ドミネーター。女神の託宣《たくせん》に基づく執行兵器に吹き飛ばされた。

公安局からの追跡を眩ますための攪乱《かくらん》戦術さ、と手配師は言った。

すでに自分たちは十分に稼いだ。次の収穫時期まで落ち着いて待とうじゃないか。

彼は同業者が次々に殺されようと、平然としていた。競合相手を始末してくれるんだから、公安局の働きに感謝しなくっちゃな、とさえ抜かす始末だった。

グソンからすれば、あと少しで必要な金額が手に入るというところで、お預けを喰らっているようなものだ。

辛抱だぜ、と手配師は焦らした。

そして今日、ようやくの取引《シマ》だ。個人客の自宅まで出向く直接取引《デリバリ》。正直、リスクはとんでもなかった。しかし断るわけにはいかない。これを逃したら次がいつかわからない。もうライブは始まっている。金を払わないという選択は、最早、消え去っている。

第二部の開始が告げられるなか、グソンはひとり、会場を去った。

『――発達した低気圧により、本日夜の首都圏は、豪雪の予報が気象庁より発表されています。これに伴い不測の事態が発生し、思わぬトラブルによってストレスを被りやすくなるため、職場からの早期の帰宅や、外出をお控えになることを推奨いたします。以上、厚生省から市民の皆さまへのお知らせでした』

グソンはヘルメットを被ったまま、空を見上げた。

雲は厚く垂れ込め、雨は完全に雪に変わっていた。バイザー裏の隅には、厚生省推奨チャンネルのニュース番組が表示されている。集団負荷《エリア・ストレス》の発生予測と、その回避を促す内容を繰り返している。これほどまでにストレスを回避しようと躍起になるのには理由がある。二二世紀の人類は、極端なストレス耐性の低さ・他者との同調しやすさを内包しており、それが負に傾けば、精神汚染《サイコ・ハザード》という最悪の事態が待っているからだ。グソンはその恐ろしさを知っている。一国さえ滅ぼす悪意の伝播を防ぐためには、徹底した管理体制が必要だろう。そして、それを実現したのは日本だけだ。

だから市民たちは、厚生省の働きかけに誰もが従順に従って、この状況下での最適なふるまいを実行している。

都市内の自然公園に人気はない。街灯も、利用者を感知しなければ無灯火状態《スリープ》になるため、グソンのいる場所以外、真っ暗だ。ベンチも生垣も雪を積もらせている。グソンは革の上下でぴったりと身を覆っていたが、夜気の冷たさが浸み込んでくる。さっきまでいたライブ会場の熱気とは程遠く、ただひたすらに、寒い。

《待たせたな、逃がし屋《アウティスト》》

　すると、測ったようなタイミングで手配師から連絡が入った。

《先方の準備が整ったそうだ。配達開始だ。すたこらさっさ《スコリースコリー》！》

　グソンは、多用途二輪《ムルティストラーダ》を始動し、すぐさま出発した。高層建築の並び立つ大通りを駆け抜けた。降り続く風雪が都市景観をかたちづくるホロ投影に干渉し、その図像《レイヤー》をチラつかせている。絢爛な虚飾の下に覗くのは、墓石めいた無味乾燥の建築群。

　目的地は目黒区の祐天寺。客は若い女。親の持ち家のひとつをそのまま与えられ、恋人と同棲している。あのあたりは、確かデカい邸宅がズラリと並んだ高級住宅地だったはずだ。社会と接点なく引きこもり続けるには、結局、金も場所も必要になるから、恰好の隠れ場所なのかもしれない。

　健全な精神を何より尊ぶシビュラ社会――その成功者たちの屋敷が軒を連ねるなか、ドス黒く精神を澱ませた潜在犯たちが、息を潜めて暮らしているとは何とも皮肉だ。

　魚の群れのように、自動操縦車輛が整然とした車列を作るなか、グソンの多用途二輪は速度を上げ、次々と追い抜かす。悪天候下でも即時《シームレス》に走行設定《プロパティ》を可変させていく。

　進行方向に街頭スキャナが存在することを警告――バイザー裏に表示される情報に応じ、グソンは小路へと進む先を変えた。構築した移動ルートは、安全性を最優先――つまりは街頭スキャナの隙間を潜り抜けていく順路。都市の盲点。存在しない道。

一五分ほど走って、客の待つ屋敷の前に到着する。頑丈な鉄扉は自動で開いた。グソンは邸内に入り、国産車の高級モデルが停められたガレージに単車を置いた。背負っていたデイパックの中身をもう一度確認する。商品《ブツ》は、間違いなくそこにある。ヘルメットは外さず、ガレージから邸宅内へ直接繋がる扉へ向かった。

ノックして声を掛ける。

「――〝うらむより1グラム〟」

「さあ入って！　家のなかなら街頭スキャナはないから安心して――」

返答より先に扉が開かれ、女の手が伸びてきた。

手首を摑まれ、中に引きこまれる。咄嗟《とっさ》のことに反応が遅れたが、グソンはすぐに女の腕を摑み、遠慮なく捻った。そのまま背後を取って壁に押しつける。女が苦痛に騒ぐ。

「ちょっと⁉　何をするのっ⁉」

「〝うらむより1グラム〟」グソンは繰り返した。「〝うらむより1グラム〟」

グソンは警戒を強めた。事と次第によっては、この女を抹殺しなければならない。

「え？　あ？」女はめちゃくちゃに暴れようとした。グソンが一層強く関節を極《き》めると、ようやく気づいたように告げた。「ああ！　ソ、ソーマがほしい！」

「……よろしい。お客さん。気をつけてくださいよ」グソンは拘束を解いた。「今日は特によろしくない日よりだから……」

　ヘルメットのバイザーを上げ、じろりと睨んだ。女が腕を擦りながら恨みがましい視線を送ってきた。自業自得だ。謝る理由はない。

　女はまだ若く、二〇代の前半のはずだが、全身から倦怠感が滲み出ているせいか、一回りも二回りも老けて見えた。

　髪は生乾きで拡がっており、身体中を念入りに洗ったのか、石鹼や洗髪料の匂いが強く匂った。さっきまで風呂にでも入っていたのだろうか。

「ったくもう、後片付けしているところで、来ちゃうんだもん。事前に教えてよね」

　女は不満げだ。しかも妙じゃないか。先ほど『先方の準備が整った』と手配師は言っていなかったか？

「それじゃ来て、彼氏、待ってるから。後は精神《こころ》を綺麗にしておーしまい！」

　厭《いや》な感じが拭えなかったが、グソンは、仕事を優先した。女は嬉々としながら手招きして、居間に向かう廊下を歩いて行った。いずれにせよ客であることに変わりはない。見たところ金は、充分にありそうな家だ。それは間違いない。

　グソンは靴を脱がず、フローリングの廊下を進んだ。

　居間に入ると確かに男が座っていた。少なくとも幻影ではなかったが、身動きひとつしない。視界がひどく暗い。そして甘ったるい香が立ち込めていた。テーブルに所狭しと置かれたアロマキャンドルのせいだ。セラピーのために普及しているのは知識として知っていたが、五〇以上も同時に火を灯せば、気分を悪くする臭気でしかない。呼吸するのも苦しかった。なのに女は平然としてお茶の準備を整えていた。自動調理機《オートサーバ》からマグカップを二つ取り出し、両手に持って居間に戻ってくる。

「はい、どうぞ」

女はグソンに、青い柄のマグカップを手渡した。女のものは同じデザインの赤で、対になっているのだろう。

「……これ、あなたの彼氏のじゃないんですか？」

「ああ、それ？」女は椅子に座りこみ、両手でマグカップを持つとふーふー息を吹きかけた。「もう違うよ、別れたんだ……。あたしがつまんない仕事を毎日がんばって御飯食べさせてあげてさ。今日は雪がすごいから会社から早く帰れって言われたし、一緒にゆっくりしようと思ったのに——、彼氏のやつ他の女を連れ込んでたんだもん。よりにもよって住まわせてやってる家でさ、逢《ヤ》ってたなんて信じらんない。ここは連れ込み宿じゃないっての。だからもうお終い。あいつはもう彼氏なんかじゃないの。ああ、大丈夫よ。全部解決してるから。ほら、さっきも言ったでしょ？　後は精神を綺麗にするだけ。だからほら、おじさんが持ってきた薬ちょうだい」

言っていることが支離滅裂だった。

「……解決って言いますけどね。その彼氏さん、そこに――」

グソンは、散々ぱら憎まれ口を叩かれても黙っている彼氏のほうを見やった。

「もう死んでるよ。あたしが殺したんだもん」

女はようやく気づいたの、と呆れるように言った。

そしてグソンは彼氏と眼が合った。

眸《ひとみ》は半分茹《ゆだ》って濁り、マグカップのなかに浮いている。グソンは反射的にマグカップを放った。床に落ちてがちゃんと砕けた。びろびろとした視神経がついたまま、目玉が、女の足許に転がっていった。女はそれを思いっきり踏みつけた。スリッパだから完全には潰れず、ピンボールの球みたいに半壊した目玉がすっ飛んでいった。女は、それがツボに入ったのか腹を抱えて笑い転げた。

「――殺した？」

女からすぐに距離を取った。その拍子にテーブルにぶつかり、アロマキャンドルたちが床に毀《こぼ》れた。彼氏だった遺骸も倒れた。くり抜かれた双眸《そうぼう》には、細かく刻んだ血まみれの肉片が無理やり押し込まれていた。股間が血で赤黒く染まっている。

グソンは、壁際に寄ると、すぐさま無線通信を起動し、手配師を呼ぶ。

《おい、どうなってる⁉　客が殺しをやってるぞ！》

《はは、そりゃとんでもねえ》手配師が通信の向こうでけらけら笑った。まるっきり道化めいた空虚な笑い声。《まあ落ち着けや、逃がし屋。こいつはまたとないチャンスじゃないか。追加報酬、欲しいんだろ？　さっきお客さんから追加注文が入ってな。娘を無事に、お外に連れ出してくれだとさ。できるだろ？　むしろ本業じゃないか》
転送されてくる離脱依頼書《テンプレート》。金額は破格だ。飛びつかないはずがない仕事。
しかし、
《ふざけるな……、今の俺は運び屋だ。逃がしをやるには相応の準備がいるんだ。今の装備じゃ離脱《ジャック・アウト》なんてとんでもないぞ……》
《じゃあバカ女と心中だな。公安局の連中、そっちに急行してるぜ》
《なっ……》
《残念だよ、もう助けらんね。諦めな》
そして一方的に通信を打ち切られた。豹変した手配師の言葉に啞然とした。
ハッタリか？　いや虚実を判断できる材料はない。
「あーあ、もっと早くやっとくべきだったな」
女がこちらの状況などお構いなしに呟いた。グソンは女に詰め寄った。これほど苛立《いらだ》たしい感情に支配されたことはない。
「ああ、本当にそうだよ。何で俺にこんな面倒を背負い込ませるんだ？」
女を平手で打った。躊躇《ためら》いはない。強かに打ち据えられて女は床に転がった。呆然として涙を浮かべながら、グソンを見上げる。ムカつくその顔を引っ掴み、聞き分けのない子供に言って聞かせるようにグソンは、声を荒らげた。

「……いいかクソアマ。今からすべて俺の言うとおりにするんだ」

「え？」

「え？　じゃないッ！」グソンはまた平手打ちした。「すぐに服を着替えて支度しろ。まごついたらぶっ殺すぞッ!!」

「わ、わかったから、ぶたないでよ……、でも、なんで……」

「お前を逃がすんだよ。都市の外に、シビュラの外に」

「逃げられるの？」

「ああ、俺が逃がす」

「……でも無理かも」

「何？」

「だってさっき……」

女は視線を逸らし、玄関のほうにやった。

「彼はあたしが殺したけど、あの女狐は逃げちゃったんだもん。今ごろ公安局が、うちに向かってるよぉ……」

さっと血の気が引いた。手配師の言葉は、真実だ。

そして、グソンは、おぞましい直感に駆られ、窓のほうを向いた。

直後に屋敷の外で赤色灯が激しく明滅する。激しいサイレンの音が鳴り響く。公安局の無人機《ドローン》が窓ガラスを粉砕《ブラスト》した。同時に庭の積雪を踏みしめ接近する足音。瞬く緑の燐光とともに酷薄な女神の宣告が響き渡る。

《執行モード・リーサル・エリミネーター・慎重に照準を定め対象を排除してください》

グソンは、近くに転がっていた男の亡骸《なきがら》を掴み上げ、放った。

「だめ、死んじゃう！」

それに女が追いすがった。漆黒の処刑具――ドミネーターから照射された殺傷電磁波によって、恋人の亡骸もろとも女は、ぽんっと弾けた。上半身が吹き飛び、血と肉と骨の残骸が部屋中に飛び散り、グソンに浴びせかかった。

すぐさま黒の制服に身を包んだ男が、無人機とともに室内へ突入してくる。

「――畜生《シーバ》ッ‼」

グソンは携帯端末を取り出し、屋敷内へのホロの干渉を実行した。

室内の景観を歪ませる。床を壁に壁を床に天井を眼前に――ただの目晦まし《トロンプ・ルイユ》だが、時間稼ぎにはなる。すぐさま居間を飛び出した。

だが玄関へと続く廊下にも、すでに無人機が侵入してきている。

近接制圧用の機体。蟷螂《かまきり》に似た形状の無人機が前肢に電磁警棒《スタンバトン》の紫電を奔《はし》らせ、鋭い一撃を突き込んできた。何とか上半身を背後に《スウェーバック》反らせて回避し、グソンは、革のジャケットの内ポケットを探った。

ピンポン玉サイズの銀色の球を取り出し、勢いよく床に叩きつけた。床と接触すると破裂し、強力な電磁波を発した。電子機器破壊用の超小型ＥＭＰ爆弾。殺到してきた無人機たちの中枢系が破壊され、動作が強制停止される。

だがグソンの携帯端末も、邸宅の統括管理《ホーム・オートメーション》システムも壊れた。当然のように室内の微細《ナノ》・投影材《セル》もおしゃかになる。公安局員の足音。

このままだとすぐに追いつかれる。最大の脅威たるドミネーターは、無線通信でシビュラとデータをやり取りして引き金《セイフティ》を規定するため、一時的な電波妨害によって使用不能になっている。だがそれも時間の問題だ。グソンは再び廊下を突っ走り、ガレージに向かった。肩を出して、猛チャージをかけ、扉を突き破る。

やはりガレージにも無人機たちがいた。すかさず銀のＥＭＰ球を再び炸裂させた。無人機が活動を停止。その隙にガレージを駆け抜けた。多用途二輪《ムルティストラーダ》は駄目だ。さっきの炸裂で搭載された制御系がおしゃかになっている。庭を突っ切り、そのまま塀によじ登る。

屋敷の中と玄関それぞれから、公安局員たちが追跡してくる。

《執行モード・リーサル・エリミネーター・慎重に照準を定め対象を排除してください》

重なり合う無慈悲な死刑宣告――すでに連携《リンク》が復活していやがる。畜生！

腕の一部を、殺傷電磁波が掠《かす》った。血が沸騰し、肉と皮が弾け飛ぶ。

だが間一髪で、全身が血飛沫に変わるのは回避できた。集中電磁波を遮断する塀の向こう側に落下する。急いで立ち上がる。連中の執行兵器は、もう一段階の変形《モード》を残している。あらゆる物質を粉砕する分子構造破壊光《デコンポーザー》の前では、どんな遮蔽も無意味だ。

グソンは、塹壕に手榴弾を放り込むように、残りのEMP球を塀の向こうに投げ、炸裂させた。少しでも探査ドローンの眼を晦《くら》ます。麻痺していた傷口から血が溢れ、激痛が訪れた。見知らぬ民家の庭を駆け抜け、排水管を伝い、屋根を飛び越え、突き進んだ。追い縋《すが》る処刑人たちから逃れるため、豪雪の闇を逃亡した。

舐めるな、俺は対日工作員だったんだ。ひとりなら、けっして捕まったりしない。

浦安廃棄区画に辿り着いたのは、日付も変わる時刻だった。

恐ろしく閑散としていた。繁華街でもある大通りに付き物の屋台の姿が皆無で、雪が積もって崩壊しそうなアーケード下の商店も同じだ。すべての灯りが消えている。住人たちが着の身着のままに住処を出て、雪を踏みしめ、どこかへ去っていったように、無数の足跡が灰色がかった積雪に刻まれていた。

だが、顔役の屋台《コンシェル》だけは、灯りが煌々としていた。分厚く濁ったビニールの向こうに数人の人影が蠢《うごめ》いている。グソンは、屋台へ押し入った。悴《かじか》んだ身体は自由が利かず、卓《テーブル》にそのまま倒れ込んだ。紙コップに入ったオデンの出汁や揚げ饅頭がそこらじゅうに飛び散る。先客たちは、グソンを罵《ののし》り、引きずり出そうとしたが、顔役が制止した。そして男たちに、手筈の通りに動け、と命じた。

「――さて」顔役は、卓に突っ伏したまま呼吸を荒くするグソンを見下ろした。「金を払いに来たわけじゃなさそうだな……。先に手当てをする。腕を出せ」

顔役は酒瓶を持ってくると、赤黒く変色し始めているグソンの肩の傷口に、酒を流した。燃え上がるような激痛に歯を食いしばる。顔役はタオルで傷を拭き、止血などの救急措置を施し、包帯を巻いていった。慣れた手つきだった。

「あの男は……、一体、何者なんですか……」

グソンは脂汗を滲ませながら訊いた。

「ヤツに手を貸したな」

顔役はすぐには答えず、卓に置かれていた地図やメモを、まとめて後ろにやった。

「それ、は……」

「あの男の正体を、今さら知ってどうするつもりだ？」顔役の返答は冷ややかだった。「どのような経緯にせよ、お前さんは奴に手を貸した。手駒となって踊らされたわけだ。そして今、その選択の結果として、窮地に追い込まれている。昔も今も同じだ。あの男の口車に乗った奴は、とことん利用され尽くし、破滅させられる。運よく生き残ったとしても、何らか代償を支払うことになる」

顔役が焦点の合わない左眼に手をやった。ずるりと指を滑り込ませ、眼球を取り出した。掌に転がる義眼に、グソンは射竦《いすく》められる。

「……そんな、俺は……」

「なあチェ・グソン――、お前さんは馬鹿じゃない。つねに先のことを考え行動し、咄嗟の機転もよく利くはずだ。だが、妹のことになると理性が利かなくなる。彼女を何にも優先して考えるから、ちょっと考えれば分かるはずの落とし穴に気づけなくなる。もう一度言うぞ、ちょっと考えれば分かることだ。今回の薬の密売において、最も得をしたのは誰だ？　言っておくが、お前さんじゃない。たかが数百万程度なんざ木っ端《こっぱ》だ。今回の件で薬物規制が一層徹底されることで、利益を得られる連中は、誰だ？」

「――ＯＷ製薬」グソンは思い至った。「違法薬物の流通業者が一掃されても薬物依存者はいなくならない。むしろ新たな顧客となる。合法薬物《ラクーゼ》の流通量は激増する」

そして、それは精神の安定を何よりも優先するシビュラ社会――この国の薬学的統治体制を、より強化することになる。

「薬物統制は、国防に直結するこの国の最優先事項のひとつだ」顔役が告げた。「四〇年前のラクーゼ法施行のため、政府は徹底した薬物取締りを実行し、密売組織《カルテル》や手配師《ディーラー》たちを一掃した。それ以来、定期的に間引きが行われている。そこで動員されるのが、魚ではなく、人間をとる漁師たちだ」

「手配師《ディーラー》が、ＯＷ製薬と繋がっているってんですか……」

なら、自分は、まんまと片棒を担がされたのか。

「新規市場の開拓とか言われたんだろ。そんな言葉は方便さ」

市場拡大の見込み——すなわち集団負荷《エリア・ストレス》の兆候がある領域をピンポイントで狙い、囮《デコイ》を使って仕事をさせる。そいつは完璧に仕事をこなし、新たな薬物市場を形成する。そして、そこには必ず柳の下の泥鰌《どじょう》を狙う追随者が現れる。隠れ潜んでいた連中は、旨そうな餌に誘《おび》き出され、一斉に摘発される。公安局のドミネーターによって即時量刑が為され、処刑される。そうか——、さっきの公安局の連中は、俺を始末するために送られてきたってわけか——だが、そうであるとするなら、

「あのペテン師……、どうやって〈サイコ＝パス〉を誤魔化して——」

「どういう方法を使っているか知らんがな……。奴はシビュラ社会に利益をもたらしているが、明確な損害も与えている。しかし、奴の正体について呑気《のんき》に話している時間などな

い。なぜなら、すべてが終わってしまったからだ」

顔役が、金庫を開けて札束を取り出すと、グソンに向けて放り投げた。

「お前が俺に上納したものは、穢《けが》れた金。仲間を売り飛ばすことで得られた裏切り者の銀貨に等しい。俺はお前さんが、まっとうに逃がし屋をしていると思っていたよ。奴もお前さんも疫病神だ。この廃棄区画に面倒を持ちこんだ」

グソンは黙った。

「この区画は放棄しなけりゃならない。俺たちは地方各所に分散する集落《コミューン》に逃亡しなければならない。すでに公安局の執行官護送車輛《コフィン》が、捜査無人機《ドローン》を引き連れて接近している。都市内で蔓延した違法薬物の出元――運搬役と元締めを抹殺するため躍起になっていやがる。巻き添えはご免だが、連中にとっちゃ、潜在犯なんてみな同じ溝鼠《どぶねずみ》だ。害獣は一斉駆除される。その前に逃げ延びなくては」

顔役が義眼を嵌め直した。

「チェ・グソン。お前はこれからの人生を荒野に彷徨わなければならない。連携する廃棄区画は、お前たちの受け入れを拒絶する。どこへでも行くがいい。名前を捨て、過去を捨て、無貌の旅人となって、自由人《インディ》を気取ればいい」

もう一度、顔役が札束を投げつけてきた。それはまるで礫《つぶて》のように重く、硬かった。自分の身体が強張《こわば》っているせいだ。声は震え、呼吸が上手くできない。喘ぐようにぜいぜい言って、ようやく、言葉を絞り出した。

「そんなこと……、できるわけないじゃないですか。ねえ、知ってるでしょう。俺には妹がいるんだ。あいつは、俺がいないと生きられないんですよ……」

するとと顔役は目を瞑り、深く息を吐いた。心の底から呆れ返っているふうだった。

「知らんよ。面倒だったら捨てろ、放り出せ。それができないのなら救ってやることだ。しかし、お前はそのどちらも為すことができなかった。結果、お前の手許に残ったものは何だ？　果たしてあれは、お前にとって生かすに値する存在なのか？」

「黙れぇッ！」

グソンは反射的に身を乗り出し、調理台に置かれていた牛刀を摑んだ。

顔役の喉笛に突き刺した。げぇっと間抜けな呼気が漏れた。そして血が噴き出し、透明だった出汁を濁らせた。当然の報いだ。妹を侮辱する奴は誰であろうと赦さない。あいつは可哀そうな人間だから俺が幸せにしなけりゃならない。喪ったものを取り戻させてやらないといけない。そうじゃなけりゃ――、俺が喪ったものを何ひとつ取り戻せないじゃないか。

「――クソ野郎《シーバルケッセキ》」

グソンは屋台を飛び出した。

《……ガーディング1からラーチャー2へ。状況を報告しろ》

傍受した公安局の無線通信が告げるのは、連中がすでに浦安廃棄区画まで来ているという事実。目黒の邸宅で遭遇した奴らと同じだろう。肩の傷が疼《うず》く。血が包帯に滲み、溢れた一滴が、雪上に垂れた。

†

《ラーチャー2からガーディング1へ。浦安廃棄区画に入ったが、人影は皆無。例の密売人も発見できず……、待て、死体を発見した。他殺だ。喉笛を——》

間近に迫っている。グソンは必死に駆けた。だが、分厚く積もった雪に足を取られ、なかなか先に進めない。焦燥ばかりが募る。ようやくモール跡にたどり着いたが、今度は積雪で鉄門が開かない。高圧電流の通電を止めた有刺鉄線を乗り越え、敷地内に何とか入ったが、レザーパンツの裾を引っかけてしまい、肌ごと膝のあたりまで切り裂いてしまう。流れる血は無視した。早く、少しでも早く。

貨物エレベーターで地下へ。施錠はしない。このまますぐ準備を整えて発たなければ。予定では、ライブ後の握手会とかいうイベント枠の時間がまだ残っているが、仕方がない。説明すればスソンも分かってくれるだろう。あいつは聡《さと》い子なんだから。

顔役は、連携する廃棄区画に自分たちの居場所はないと言った。だが、関西や九州まで行けば、住処は得られるはずだ。上陸ポイントを利用して密入国の手引き《ブローカー》をやるという手もある。そうだ、かつてのドン底に比べりゃ、マシなはずだ。まだ何も失っちゃいない。客に売らずじまいの合成薬剤《オルム》もある。売り捌けば、当座の旅費と生活費は賄えるだろう。

走り通しで息も荒く守衛室を抜け、冷蔵暗室《サーバ・ルーム》に入った。

なにか、おかしかった。

金属架に据えられ、左右にずらりと並ぶ小型の墓石めいたサーバマシンが、すべて沈黙している。今日のライブは大量の情報《データ》を会場に転送するから、どれもフル稼働しているはずなのだが、排気音ひとつしない。不気味なほど、寂《シン》、としていた。

すでにライブは終わったのか？

疑念が脳裏を過《よぎ》ったが、すぐに理由に気づいた。転送限界を超えたことによってシステムの自動遮断プロセスが実行されたのだ。だが、莫大なデータ量を遣り取りしない限り、こんな状態は起こらないように設計したはずだ。〈無窮花〉の環境を維持するため、潤沢な演算資源を確保しているのに、それを超えたのか？

しかし、原因を究明し復旧させるつもりはない。ちょうどいい。観客たちには悪いが、このまま強制終了だ。続きはない。これで、すべておしまいだ。

地下フロア奥――最も堅固な扉の前に立った。元は高価な貴金属類や日毎の売上などを管理する区画だ。そこがスソンの居所《いどころ》だった。

扉は分厚く、向こうの音は聴こえない。何重にも設定したロックを解除する。網膜・静脈・指紋。それに一六桁の暗証番号《パスワード》。内部で機構が噛み合う音がして、次々と開錠されていく。ようやくすべての施錠が解かれる。グソンは全身に力を込め、開いた――宝石を取り出すような丁重さで。

なぜ、これほど頑丈に、牢獄めいた備えをしているのか。

当たり前だ。地下に巣食っていた怪物どもから、暗黒の精神を思考汚染《サイコ・ハザード》によって伝播され、魂まで穢され尽くした妹を治療し、元に戻すためには、あらゆる人間との物理的接触を遮断しなければならなかったのだ。

だから、そう――もう何年も開かれていない扉の向こうに何があるのか。

チェ・グソンは、ずっと前から、知っているはずだった。

《おかえりなさいませ、兄様。外はどうでしたか?》

「うるさい、お前に用はない。消えろ、削除だ」

《にいさ――》

グソンは、お決まりの挨拶をしてくるだけのホロの投影を強制排除した。こういうときに、いつもどおりの言葉をかけてくる馬鹿がいるか。少し怯えた顔をして、心配してくるのが筋だろう。もう何度も、かつてのスソンの反応傾向を思いつく限りに入力し、仮想人格を構築したのに。こんなお粗末な紛《まが》い物では、スソンが学習すべき見本になりゃしない。

だから、本物は、どうしようもなく壊れてしまって――。

スソンの部屋は、けものの、においがした。

ぶぉーぶぉーと呼吸のたびに大きな音。上下の前歯が二本ずつそれぞれ抜け、残っている歯もぞっとするほど黄ばんで、変色した苔みたいな歯垢がびっしり覆っていた。

そいつは、まるで大いびきをかいて寝ている河馬か、豚か、猪か。いずれにせよ、およそ人間と形容され得ない、おぞましい、何か。顔の皮膚が硬化しており、鱗のようだ。そう、ちょうど手配師の根城で栽培されていた麻黄の葉に似ている。琥珀みたいに凝り固まった目脂《ヤニ》で覆い尽くされた向こうに血走る眼球。その中心に、深い奈落のドン底を思わす黒く、光のない眸。眉毛も頬の産毛《うぶげ》も伸びっ放しで、縮れ、もつれ、ごわついていた。首回りに巻きついたよだれかけみたいな服の切れ端は、ずっと昔に着せた襦《チョゴリ》の残骸。弛《たる》んだ皮に脂肪が詰まり、垂れた乳房の先端、おおきな乳首の周りの乳輪に、ボツボツ太い毛が繁茂する。腹は空気を無理やり吹き込んだ肉風船みたいに膨れ上がっていた。その肌の面《おもて》に浮かぶのは、無数の紫斑。継《つ》ぎ接《は》ぎ痕のようなぎざぎざの境目で、亀裂の縁が黄色く膿み、熟れ切って腐った果物めいて、じくじくと体液を滴らせていた。巨大な腰から、たっぷりと脂肪が纏わりついた脚が突き出していた。股の間には、極めつけに生え放題の茂みに隠れ、てらてら光沢する暗紫色の肉ビラがひくひく、蠢いていた。

足元には、排泄物が堆《うずたか》く、幾重にも、積もっていて。
そんなものが、
臭くて、
耐えがたくて、
グソンは、嘔吐した。げえげえ、と身を折った。
俺は今、妹《スソン》の許に駆けつけたはずなんだ。なのに、あの舞台で見た現実離れした美貌。潑剌《はつらつ》とした歌声。満ち満ちた躍動は、何一つとして、ここにはない。汚穢《おわい》にまみれた一頭のけものが、床に寝っ転がっているだけ。
そいつは、どうやら気絶しているらしい。涎《よだれ》を垂れ流し、びくびく痙攣している。すぐ傍に落ちているのは、サイズの合っていない仮想装具《バーチャル・ギア》。その腕には、手枷のようにグローブが嵌められている。
これがそう、つまり――。
そのとき。
《〈無窮花《ムグンファ》〉参加ユーザから応援《メッセージ》が届いているよ！》
場違いにもほどがある明るい声。スソンの声を録音《サンプリング》して作った人工音声。
ブーブーと携帯端末が激しく震え、自動受信でホロが投影される。
けものが後生大事に握っていた――その端末を引き抜いた。こいつは昔、スソンにあげたやつじゃないか。次々と受信されるメッセージは自動開封設定になっており、ホロで三頭身に縮小《デフォルメ》された妖精のアバターが受信アイコンを摑み、眼前に掲げてきた。
《ただいま〈Ekho〉さんに届いている〈無窮花《ムグンファ》〉参加ユーザーのコメントは三八通——『えー、どうしたのー?』『休んでないで、次、次、順番待ちが続いてるんだから』『力足んないよ、さっさとしごいてよ＊豚!』『本番ないの!? こっちはおまえのためにいくら課金したと思ってんだ!』『＊＊＊! ＊＊＊＊＊!? ＊＊＊しやがれ!』——コメント内容に不適切な表現が含まれており、閲覧者の精神保護のため検閲を実行しています。すべての内容を確認したい場合は免責事項に同意のうえ——》
グソンは無言で室内に浮かぶホロを見つめた。罵詈雑言《ヘイト》たちは風船みたいに膨れては再生終了とともに弾け消えていく。順番待ち? 本番? こいつら何を言っているんだ?
《——未読メッセージ三五件……四七件……七三件……、警告します。不適切な内容が含まれるメッセージが多数含まれています。スパムメッセージを削除する場合は——》
「……すべて消去しろ」グソンはぼそっと呟いた。「全消去だ。全員、違反ユーザーとして通報」
《音声認証に失敗しました。騒音の多い場所では認証に失敗することがあります。もういちどゆっくりと——》
「接続を遮断《カット・アウト》しろ——いや、待て。知覚同期《ストリーミング》を再開」

こいつらに、制裁を下す必要がある。

よろよろと立ち上がり、仮想装具を引っ摑んだグソンは、〈コミュフィールド〉を経由し、ライブ会場に没入《ジャック・イン》した。

……肌が焼けるほど強烈な照明。舞台《ステージ》に立つ歌唱軀体《ディーヴァ》は、最高級の型《ハイエンド・モデル》で知覚同期《ストリーミング》のための感覚受容器《レセプター》が身体各部に配されている。肌には熱、眼には光、鼻は熱気で蒸せた人いきれを嗅いでいる。まるで現実の人間の知覚を、疑験《シムステイム》しているみたい。

観客席から舞台へと連なる巡礼者のような人の列。全員が仮面のように装具《ギア》をかぶっている。それしか身に着けていない全裸の群れ。

そして、手に、醜悪な剛直の感触。男がささやく。

《――早くイカせてよ。腰、疲れちゃった》

歌唱軀体の動作制限《セイフティ》を干渉《ハック》。機械腕が発揮し得る最大出力で、観客のブツを握り潰させた。会場に悲鳴が迸《ほとばし》った。残りの男たちを舞台裏に控えていた演奏用無人機《ドローン》に襲わせた。殺そう。あいつを穢した畜生どもを一人残らず。

《……どうして？》

問いかけは柔和で、甘やかな声色。かける力は容赦なく。眼前には、機械の手に挟まれ、みしみしと頭蓋骨を軋《きし》ませ、驚愕と混乱に錯乱する男の顔。

《い、いつ、いつものことだろ！　君がいつも誘ってきたのに！　優しくしてくれたのに！》

ごちゅっと頭を砕き割った。血で淡いピンクに染まった脳組織が漏れ出たのを見つめたところで、離脱《ジャック・アウト》した。

けもの臭い部屋に戻ってきた。

茫然として、無言で、佇んだ。

疑似性交《ファック》。疑似性交が——いつものこと、ね。

知覚同期《ストリーミング》は、1アカウントでも莫大な転送容量を食う。部分的とはいえ、三桁に達する数で同時実行すれば、負荷でシステムも落ちるだろう。それに、一〇〇人以上を相手にする側の脳へ掛かる負荷はとんでもないぞ。一瞬でおしゃかになっちまう。だからシステム側で自動遮断したのか。なるほどね。そいつが、ある意味で妹を救ったってわけか。

だが、肝心のスソンはどこにいるんだ？

とんでもないことをしやがって、今回は少し叱ってやらないと。ちょっと間違えれば死んでいたかもしれないんだ。スソン、ああ、スソン……どこにいっちまったんだ。

いや、そうか。そうだよ。

分かってる。

分かってるよ、畜生。

「……おい、起きるんだ」

床に転がるそいつの顔を覗き込んだ。見れば見るほどとんでもなく醜い。意識を失ったままのそいつの頬をはたく。起きるまで、何度も。こいつ頑丈だな。どれだけ叩いても顔色ひとつ変わらない。それとも、最低まで落ち切ったら、どうやっても醜くなれないってことか。

「――う、いィ、ああ……」

ようやくそいつが身じろぎして意識を取り戻し、自分を覗きこんでいるグソンに、目脂でほとんど見えない眼を、動かした。ほっとするみたいに息を吐きやがった。

その声に反応して、携帯端末が人工音声を再生した。〈無窮花〉の園で聴き慣れた、いつも仕事《ビズ》のたびに歌を奏でる声。

《今日は間に合ったんですね、兄様。ああ、でも、いけません。はやく戻って、いつもみたいに皆さんを愉しませないと……》

「……なぜ、こんなことをした……」

《え？　決まっているじゃないですか》

すると、そいつは、のそのそ起き上がった。ちょこんと正座をしようとして、バランスを崩して転がった。何度か試して無理だと悟ると、うつぶせになった。

《だって、あのひとたちを気持ち良くすれば、兄様を守れるんです。そう言われたんです》

そして、到来する囁き――〝すべては過ぎ去った。もう遅いんだ〟――かつて、地下の穴倉で狂人が自分に告げた言葉。あらゆる足掻《あが》きを嘲笑《あざわら》い、希望のすべてを消し飛ばした。

「俺はお前のために生きてきたんだぞ」

《はい、だから、わたしも兄様のために生きてきたのです》

理解は、八年の月日の間、逸らされ続けた眼は、ついに真実をとらえた。

もはや、見過ごすことはできない。

救えなかった。

これがチェ・スソンの成れの果て――その首根っこを、グソンは両手で掴んだ。渾身《こんしん》の力で絞め殺すことにした。今までずっと捧げてきたすべてが、塵芥《ゴミクズ》に変わっていくのがよくわかった。お前はスソンなんかじゃない。別の何かだ。白目を剝き、涙、鼻水、涎を垂れ流した。汚いな。汚いよ。汚いじゃないか――昔のお前はもっと品がよかったぞ。

抵抗はされなかった。

そして、気づいたときには、もう微塵も動かない。

彼女の世界は、あの日から、時を刻むのを止めていたのだ。どうにかして取り戻せるものなどではなく、終わってしまったもの。ここにいるのは、ずっと昔から肉の残骸だけ。

「……綺麗だったんだ。おれの妹は……、世界で一番、誰よりも綺麗だったんだ……」

手の力を緩めた。これで終わったんだ。呆気《あっけ》ないな。

涙を溜める暇もありゃしない。泣く気になんて、なれない。

そのときだった。

「……うーぅ、おお……ぉ、いぃ、あぁあぁぁ?」

彼女は立ち上がった。のそりとその巨体を揺らして。肉の軀が、紡ぐ声だけは、やけに澄んでいた。容赦のない現実感に心を抉《えぐ》られた。

《よかった》

そして、紛い物の甘ったるく、腐臭を放つ声が耳朶《じだ》を打つ。

《兄様がわたしに触れている。助かったんですね。よかった、本当に……よかった》

こんなもの、望んじゃいなかった。

助かってほしかったのは、俺じゃない。

「ああ、ああ……」

「おォォぱアァ」口から洩れる言葉。かろうじて、意味がわかってしまう。「あァァにょォォひィィけェェせェェェェよォォ」

それは、別れの言葉。

そして去っていく彼女を、止めるだけの力も、意志も残っちゃいなかった。

4

……だから言ったじゃないか。君は選択すべき岐路ではなく、ただ結果を受け入れるだけの終着駅《ラスト・スタンド》にいるのだよ。この八年間は、伸び切ってしまったゴムと同じで、千切れることはあっても、元通りになることは、けっしてない。どう受け入れるか。どう終わらせるか。君が選べるものは、それしかない。これまでも、これからも――。

パン・ヒウォンは、肩を竦めた。凍えるほど寒い冷蔵保管庫だというのに、相変わらずのランニングに作業ズボン《ワーカー》姿だ。卓を挟んで対面に座っている。

変わらぬ柔和な微笑み。凍てついたまなざし。

もういいんじゃないかな。そろそろ楽になったほうがいい……。

黙れよ、と告げる代わりに睨みつけると、ヒウォンは、失敬、と降参するように両手を上げた。いつのまにかグソンの傍に跪《ひざまず》いていた。ヒウォンがグソンの手を取った。恭《うやうや》しく口づけするみたいに、親指の爪に嚙みついた。力いっぱいに食い千切られた。爪が、めりめりと剝がれ、皮が手の付け根のところまで剝けた。じくじくとした肉が覗いた。

嬉しいな。激しい痛みも、今はなぜか、心地がいい。そうだ。罰せられること。痛みに咽《むせ》び泣くことが、俺の幸せだったんだ。

血の滴る親指を丁寧に舐めさせる。醜男《ヒウォン》め、舐《ねぶ》るようないやらしい舐め方をしやがって。

もういい。道具だ。道具だ。道具の準備をしろ。

仰せのままに。

ヒウォンがポケットからジッポーを取り出した。着火し、引き剝がした皮を炙《あぶ》った。不思議なことに薄皮がみるみる厚みを増していき、樹脂材で成型した柄のようになった。爪はスプーンの先っちょだ。ヒウォンは、机にバラ撒かれていた錠剤を一つ摘んで、指先で磨《す》り潰した。白い粉が爪スプーン道具に盛られ、マシン冷却用の水を数滴たらす。火で爪を熱しながら掻き回すと、濁った薬液が完成する。

これまで錠剤のままで嚥下《えんげ》してきたが、効き目が弱い。もっと、もっとだ。濁った精神を安らかにしたい――そうとも、経口より血管に直接、侵入《いれ》たほうがいいことは、身をもって知っている。

応急処置用の救急医療器具《メディカル・キット》から取り出した注射器に薬液を注入した。少し押して空気を抜く。太腿を叩いて血管を浮かせ、打った。細胞ひとつひとつに染み込んでいくかのような、速やかな制圧に、身が震え、瞳孔がすっと開いていくのがわかる。

確かに……、これはクる。身体の裡で爆発が起こったみたいだ。すさまじい力《アルトラ》を感じる。大きく息を吸い、そして吐いた。

すると、ヒウォンの躰が吹っ飛ばされた。金属架《メタルラツク》に並んだサーバマシンを薙ぎ倒しながら、はるかかなたに掻き消える。

……気づくとグソンは、一脚だけになった机の破片を握り締めている。振り返ると、サーバマシンがめちゃくちゃに叩き壊されていた。黒い筐体《きょうたい》は砕かれ、基板やハードディスクの残骸が散らばっている。

じっと見つめているといのちを帯びたように、ふるふると震えた。小さな小さな男たち。地下に潜む連中――一四部隊の獣ども。奴らを容赦なく踏みつけた。ぐちぐちねちねち肉を擦り、ぷちぷちと骨を砕いていった。汚らしいお前たちに相応しい死にざまだ。

だが、奴らは際限なく分裂し、増殖し、やがてグソンの靴によじ登り、身体を這い上がってくる。口に、鼻に、顔に、身体の裡に地下室の怪物たちが侵入してきた。食い破られる。貪られる。肉体のすべて、精神の奥底まで――。

そして。

絶叫し、目を覚ました。

心臓が刻む鼓動は強すぎて、胸がずきずき痛んだ。

全身が汗ばんで、滑っている。腕や脚にはいくつもの注射痕。口のなかでざらついているのは、嚙み砕いた錠剤のかけら。拳は骨が砕け、親指の爪はなくなって、血が流れている。

幻覚《バッド・トリップ》は消えていた。誰もいない。ここには、自分ひとりだけ。薬物中毒《ジャンキー》もどきの糞がいるだけ。そうだ――、このまま野垂れ死ねばいい、とあらんかぎりに合成薬剤《カクテル》を貪り喰ったところまでは、覚えている。精神の安寧と、そのなかで死ぬことを欲して。

だが、結果は、悪夢にのたうちまわっただけ。

畜生。舌打ちした。とても惨めな気分だ。最悪。本当に最悪。死なずに済むことが、こんなに辛いなんて。昔は、自分が仲間の犠牲にされるんじゃないかって散々ビビったくせに、いざ死にたいと願ったら、それは叶わない。

死ねない。

だが、なぜだ。

もう生きる理由はないのに。どこかへ消えちまったのに。

すると携帯端末が鳴った。音量がデカくてうるさい。

放っておいたが、いつまでもうるさいので電話に出た。

男の声。

久しぶりだね、チェ・グソン。

その声は、ギュンテか。何だい、悪夢は続くってわけか。お前も、とっくの昔に死んだじゃないか。親旧《チング》を名乗る裏切り野郎め。

んん？　まあ、何でもいいよ。ところで、ひとつ頼まれてくれないか。

無理だよ。

なぜ？　逢いたいんだけどな、今すぐに。

……あいつが、いなくなってしまったから。

誰が？

スソン。

妹。

いなくなっちまったんだ。俺が悪いんだ。ぜんぶ俺が……取り戻したくて、でも、ぜんぶ駄目にしちまって……自棄《やけ》になっちまって、殺そうとしちまって……、なのに、あいつ、嬉しそうに去っていったんだ。俺……、追えなかった……。

駄目なんだ。あいつがいないと身体に力が入らない。心臓をなくした気分だ。ほんのちょっぴりだって、力が入らない。

ええと、つまり……、チェ・スソンは死んでいないわけだ。

そうだな。ある意味で死に、ある意味で生きている。

でも今はそこにいない。

まったくもって。

なら、君は動くべきじゃないかな。神に操られた人形じゃないんだろう、チェ・グソン。魂があるというなら、人間、ドン底でも立ち上がれるさ。生きてさえいれば、ね……。

ほら、と声に促された。

……グソンは二本足で立っていた。薬がとんでもなく効いているから、船に乗ってるみたいに世界は揺れてるし、重力がすごく弱い。月の上みたいだ。身体がふわふわしてる。

でも、立ち上がれた。足は、地面を踏んでいた。

心臓は、気づけば鼓動を刻んでいた。

「なあ、ギュンテ。多分、俺はずっと憧れていたんだ。完璧な社会って幻想《ユメ》に。誰もが平等に愛され、幸福に生きることができて……そういう世界に焦がれちまった。けどさ、やっぱり理想社会なんて妄想《パラノイア》の産物なんだ。分かったんだよ。社会は人を幸福にはしてくれない。人が人を幸福にするだけなんだ」

そうだ。

だから。

俺――。

「馬鹿だ、トンデモねえ馬鹿だ」

ずっと昔に、気づいていたはずじゃないか。決めたはずじゃないか。

自らの血と肉で贖う、と。女神の寵愛なんていらない。俺だけが、何があってもあいつを愛し、守り続ける。生かし続ける。それは、今も変わっちゃいない。それをなくしたら、俺が俺でなくなってしまう。

「あいつがどんなものに成り果てても、俺は、あいつがいないと生きられないんだ」

歩き出した。走り出した。携帯端末は放り捨てた。この身だけ、ありゃいいんだ。

《何処へ行くんだい？》

「妹ンとこ」問い掛けに、短く、答えた。「俺たちの娘を迎えにいかなくちゃ」
《おやおや》と携帯端末が呆れた声を出した。

外は冷たかった。風巻く雪が舞って迷光《ストレイライト》する。一歩、一歩を踏み込むたびに、積雪が風に乗って噴き上がる。夜空に向かって逆向きに雪が降るスノー・ドームの中みたいだ。立て続けに摂取した薬がもたらす発汗で身体が火照《ほて》る。革のジャケットの前を開けた。涼風。無性に喉が渇くから、路端の雪を一摑み。そのまま口に放り込む。

進むのは廃棄された高架線路跡。降り注ぐ青い月の光を雪が反射して、視界には困らない。雪は止んでいる。地面を見つめると、何か大きなものが這っていったような足跡が見つかった。

そいつを頼りに進み続ける。この先にスソンがいる。確信がある。

身体はこんなに軽く感じるのに、刻一刻と激しい倦怠感に苛《さいな》まれていく。苦しみから逃れようとして、薬で先取りした分の対価《ツケ》が支払われつつある。もはや苦痛に歓喜はなく、ただ躰が重い――畜生、動け。無理やりに活を入れて、前進する。

歩いて行った。いつまでも雪の線路の上を。

横を向けば、真っ黒な東京湾に突き立つ巨大な塔《ノナタワー》が、粉雪のなか、ホロのノイズを奔らせながらも、微塵も揺るがず突き立っていた。

そのまま視線を移せば、耀く東京のすがた——人類に遺された最後の文明都市の煌めきが拡がっている。

そいつは、まるで——。

「すばらしい新世界……、か」

尋ねられて、何となく答えた題名《タイトル》——あの物語の主人公は誰なのだろう。どのように生まれ、何をして、そして死んでいくのだろうか。わからない。わからないことばかりだ。もう少し知恵があったら、頭がよかったら、たとえば——、あのマキシマみたいに本をたくさん読んでいれば、もっと別の人生を歩めたのだろうか。幸福を掴めたのだろうか。

やがて道程は終わる。黒々とした流れ。東京湾に注ぎこむ荒川《アラカワ》の河口を境にして、高架線路は途切れている。構造材が途中で千切れ、野ざらしだ。錆びた先端に雪の雫《しずく》。

ここは、終着駅。どうやっても、これ以上は歩けない。人は空を飛べない。肉体はとても重たい。途端、すさまじい疲労に膝を屈した。薬が切れ、世界はとてつもない重みになって圧《の》し掛かってくる。呼吸をすれば、凍てついた空気が肺のなかで突き刺さりそうだ。

急激に、寒さに襲われた。ジャケットの前を留めようとした。

けれど、手が止まった。

あいつがいたからだ。

苦しそうだ。疲労で動けなくなったんだろうな。線路の途切れた場所で、蹲《うずくま》っている。

この雪のなかを歩けば、消耗される体力もすさまじい。苦しみ喘いでいた。汗びっしょりだった。服は透け、脂肪の厚い肉層が段々になって、無数の丘陵を象《かたど》っている。まるで深い傷痕のようで、それは、すべて俺の妄執が刻んできたもの——。

全身が震えていた。夜明け前の空気は、時間が凍りついたように冷たい。革のジャケットを脱いだ。下はシャツ一枚だから、氷の巨人に鷲掴みされたみたいに一気に身体が凍えた。いいんだ。今はもっと先に温めてやらないといけない相手がいるから。ジャケットを羽織らせた。抱きしめた。兄が妹にやる当然のことをした。

俺が、本当にすべきは、こういうことだったんだよな。

「……どうしましょう、兄様」スソンの声がする。「この先にすすめません。あそこ、行ってみたいのです。きらきらして、あったかそうで、きっと、いいにおいがしそう……」

たとえ、紡がれるものが濁った呻《うめ》きでしかなかったとしても。その清らかな声が、俺には聴こえる。スソンは、楽園への憧れを率直に口にする。愛らしく、あのときと変わらない。

「わたし、おうたを歌います」

「……ああ」

「それで、綺麗な奥さんと可愛い子どもを連れて、お父さんになった兄様に、街角のおおきなスクリーン越しに、きれいな旋律《メロディ》を届けるんです。わたしを救ってくれた兄様に、もっともっと幸せになってほしい……って、想いをこめて――」

「……ああ、……ああ」

「でも、そうしたいのに……、あそこにいく方法がわからないんです。ねえ、兄様。教えてくれませんか。兄様は、あのきれいなばしょで、おしごとをしているんですよね？」

その視線の先には、都市の夜景。今、お前を抱きしめて一緒に眺める都市は、どこまでも美しく遠いな。川に隔てられているだけなのに、別の惑星《ほし》の人類が生み出した文明を見ているみたいだ。

ごめんなスソン。俺は、お前をあそこには、連れて行けなかった。

抱きしめる腕に力を込めた。スソンは、わずかに息苦しそうに呻いた。けれど、安らかに落ち着いたような吐息が、白く、夜に咲いて、滲んで、消えた。

もし、俺の妹でなかったとしたら、きっとお前のような優しく、浄《きよ》い人間は、あの楽園で幸福に暮らせたはずだ。わかっている。すべて俺が悪いってこと。この身体に流れる腐った血が、地下に蠢く怪物たちを吸い寄せた。お前はそれに巻き込まれた。なのに、自らを捧げることで、俺を救おうとしてくれたから、俺は今、ここに生きているのだ。

俺は、荒野で望みうる幸福のすべてをお前に与えてやろうとして、それで逆に、幸福に成り得たかもしれない可能性を奪ってきた。お前の人生を精神の牢獄に変えてしまった。

これほどの罪人は、他にいないから、だから――、

「……罪を、償わせてくれ」

「……どうして、そんなことをおっしゃるのですか？　わたしは――」

「違う」グソンは、あらん限りの力を込め、言うべきことを言った。「お前は俺を幸せにするための道具じゃない。お前は、お前自身の幸せを摑まなければならないんだ」

「――いいえ」

グソンの頰を撫でる強《こわ》いざらざらの肌をした掌。けれど、触れられるたび、柔らかみを増し、滑らかになって――、取り戻される温もりに耐え切れなくて、泣き崩れそうになる。

「兄様の幸せが、私の幸せなのです。何でもおっしゃってください。兄様のしたいこと、叶えたいことを――」

「そうじゃない……、そうじゃないんだ。お前が何をしたいかなんだ。俺の言うとおりに幸せになるのでは駄目なんだ。お前は、お前の選んだ道に――、お行き」

グソンは、取り出した刃《ナイフ》を、スソンの手に握らせた。こいつは審判なのだ。俺が生きるか、それとも死ぬのか――それを決めるのは、傷つけられた者でなければならない。それで断罪されるなら、甘んじて運命を受け入れよう。

スソンは、手にしたものが何なのかわからない、というふうに視線を、兄と刃の間で何度も行き来させた。まなざしは、不安そうに彷徨った。

だが、そのときだ。

「――あに、さ、ま――」

もぞもぞ、と動いたかと思うと、急に眼をかっと見開いた。何か信じられないものを見つけた、というふうだった。ようやく現実を認識したかのように、眸には光が、そして全身には力が――、そして激しく勢いをつけ、グソンに襲い掛かってきた。

「おーぱァァァ！」

泣き叫ぶ。凄まじい力と重量で、グソンは地面に押し倒された。拡げられた巨大な掌が顔を覆う。鷲掴みにされる。呼吸できない。まったく抗えない。どれほどの憎悪か――、だが、それでもいいんだ。俺は赦されなかったという事実だけ。罰を受けるだけ。

それだけのことだ。

《執行モード・リーサル・エリミネーター・慎重に照準を定め対象を排除してください》

なのに、あの忌まわしい緑の燐光が瞬いて、

最後に、交わしたあいつの顔は、凄絶な笑みを浮かべていて、心底うれしそうで、

俺《グソン》の目の前で妹《スソン》は、木端微塵に吹き飛ばされたんだ。

†

「……なんで俺が生きてるんだ」

叫んだよ。とても、とても悲しくて。手足を振り回し、喉を引き攣《つ》らせて、哭《な》いたんだ。

悲しみを吐き出す方法が、わからなくて、わからなくて。

「ガーディング1から各員《オール・ラーチャー》へ。執行対象二名に遭遇。うち一名は対処。もう一名は——、クソ！　合成薬物《カクテル》を呑んでいるぞ。〈サイコ＝パス〉がしっちゃかめっちゃかだ」

公安局員は、グソンに向けて漆黒の銃型執行兵器——ドミネーターの照準を合わせる。

黙れ。うるさい黙れ。黙りやがれこん畜生。

身体は怒りに突き進んだ。眼前に突きつけられていたドミネーターを手で振り払った。

予想外の反撃に公安局員は、うっかり銃を取り落とす。

すかさず殴りかかった。渾身の一撃——拳は、空を切る。踏ん張ろうとしたら、地面が激しく滑ったから。

雪に敷かれた、赤く温かな絨毯のなかに、頭から突っ込んだ。

弾け飛んでいるんだ。地面に転がった全身を真っ赤に染める——血、臓物《はらわた》、肉の欠片、砕けた骨。あいつの、あいつの……どれだけ探しても、チェ・スソンを象るものがない。

澱《おり》のなか、辛うじて見つかったのは、指に絡む、ぐちゃぐちゃになった縮れた髪のかたまりだけ。臭い。とても臭い。屍者《ししゃ》の臭い。それを吸った途端に世界がぐらぐらした。薬なんかじゃごまかしの効かない、混じり気なしの絶望が、全身を駆け巡った。

「……モグラの話していた密売人、毒まみれの溝鼠《どぶねずみ》め……、お前みたいな奴がこの街に入り込んでいたなんて……、おぞましいにもほどがある」

モグラだと？　ああ、やっぱり手配師《ディーラー》は、あちらとグルだったか。どういう理屈か知らないが、あの道化野郎は、シビュラと折り合いつけてるってわけか。

それはさ……、女神さんよ、あまりに不公平が過ぎないか？

あいつ《スソン》は死んだんだ。あまりに理不尽だろ。妹は――スソンは何一つ罪なんて犯してなかった。ずっとずっと何かに巻き込まれて犠牲にされてきたんじゃないか。それからやっと、解放されるかもしれなかったんだ。囚われ続けてきた俺《くるしみ》から抜け出し、やっと人生を取り戻すチャンスを得たばかりだったんだぞ。

そんな当たり前のことが、どうして許されないんだ？

魂の数値化《サイコ＝パス》。そしてシビュラ社会に害あるものを排除する死刑宣告――犯罪係数。

潜在犯――社会秩序維持のため、予《あらかじ》め間引かれる贄《にえ》。罪なき者が裁かれ、殺される。未来を奪われる。永遠に取り戻せない。おかしいだろ、絶対に。

ああ畜生。世界中で人間同士が殺し合っているなかで、どうして平和を、理想社会を維持できるってんだ。この社会を管理する女神は、何かが致命的に狂っている。どいつもこいつも狂ってるんだ。この社会の正気は、俺たち〈外〉の人間にとっての狂気だ。そして俺たちの正気は、この社会では狂気なんだ。そうでなければ、無垢《むく》なる存在が、妹が、殺されていいはずがない。

それを理解したとき、この社会を心の底から否定した。

魂《サイコ＝パス》を誤魔化す必要などない。こんな社会など滅び去ってしまえ、と思った。

「わけ、わかんねえ……よ」

呆然として、怒りさえ燃え尽きて、悲しみだけが残った。虚脱が全身に満ちていく。膝から崩れ落ちた。血の海のなかで啜り泣いた。両腕を上げるのが億劫《おっくう》だ。

諦めるな。しっかり力を込めるんだ。

これを握るんだ。

ああ、これはあいつのどこの部分だろう。細くて、長くて、優美だ。

きっとスソンのすべては、黄金律でできていた。そりゃそうだ、俺と違って下種《げす》の血が入っていない。俺たちの母親は、美しかったもんな。父さんは優しかったもんな。

そうか。だから、スソンは、紛れもなく完璧だった。耀きそのものだったんだ。

なあ、もし生まれた時代が、生まれた場所が違ったら、俺たちはもっと美しいものになれたのかな。美しい世界で暮らせたんだろうかな。

あんなまやかしの理想郷じゃない――、本当のすばらしい世界に。

厭《いや》だ。もう何も、見たくない。嗚咽《おえつ》が、抑えても、どうしても漏れてしまう。

「夢……だったんだよ。あいつが、スソンが晴れ舞台で踊ってる姿が、みんながあいつの美しさに魅了されるはずだったんだ。なのに、なのに……、どうして、あいつはここにいないんだっ、なあっ、なあ……っ」

「……お前たち全員、この社会にいちゃいけないんだよッ！」

公安局員が、雪上を突っ切り、転がっていた漆黒の銃を手に取った。

銃が告げるのは、聞くまでもなく死刑宣告。犯罪係数は三〇〇超過——執行対象。だが俺は、俺の手で自らの死を決定する。命は、死は、すべて、俺だけのものだ。

渡さない。委ねない。もうなにひとつ、残っていないとしても。

まず右の眼を、ズブリと骨の破片で、刺した。するどい切っ先が世界の半分を刻み、葬った。次は左だ。眼球から頭の奥まで突き通し、そのまま脳もぐちゃぐちゃに掻き回せば……。それで世界のすべてが消える。おさらばできる——。

公安局員が、機械に命じられるまま、引き金を引こうとした。

だが、そのとき強い風が吹いた。雪がわっと噴き上がって視界を覆った。グソンも公安局員も、光の目晦《めくら》ましに動作を阻《はば》まれた。

半分に欠けた世界で、無慈悲に耀く青白の月光が舞って、

《脅威判定が更新されました・執行対象ではありません・トリガーをロックします》

月と雪とが交わって生まれたような美しい男が、銃口の前に立ちはだかった。

「――『いったい神さまは何を望んでおられるのか？　神は、善良であることを望んでおられるのか、それとも善良であることの選択を望んでおられるのか？　どうかして悪を選んだ人は、押しつけられた善を持っている人よりも、すぐれた人だろうか？』」

美しい青年は、片手に古風な剃刀を、片手に本を持っていた。流麗な銀色の髪が月光に映えて、白い喉が震えてまた言葉を紡ぐ。

「たいへんに深遠でむずかしい問題なんだよ、とアントニイ・バージェスは、読者に述懐する。でも、神が何を望んでいるかは知らないが……、僕は思うんだ。悪を選んだ人間は押しつけられた善を持っている人間よりずっと人間だろう、と」

「――そんな」グソンは呆然としたまま彼を見上げた。「――マキシマのダンナ」

「やあチェ・グソン。前に言ってた本を貸す約束だけど――、別の本を渡したい。さっき偶然に手に入れた一冊だ。アントニイ・バージェスの『時計じかけのオレンジ《A Clockwork Orange》』。君に、ぴったりくると思うな。できれば、読んでほしい」

マキシマは、一冊の小説をグソンの眼前に掲げた。

何が起きたのかさっぱり分からなくて、グソンは手に骨を握ったまま動けなかった。

先に反応したのは公安局員の男だった。

「……どいつもこいつも頭がイってやがる……。だから廃棄区画には関わりたくないんだ……色相が濁ってしまう……、この屑どもっ！」

公安局員は絶叫し、血走った眼でドミネーターをマキシマに向けた。

だが、

《執行対象ではありません・トリガーをロックします》

再び女神は、彼の処刑を禁じた。それどころか、一切の実力行使を制限した。

「――つまらないな、君。本当にさ」

マキシマは本を小脇に挟んだまま、散歩でもするみたいに悠々と公安局員へと接近していった。公安局員は、目の前で起こっている事態を理解できないのか、少しも動けず棒立ちになっていた。まるで命じられなければ、指一本動かせない機械じかけの人形のように。

「さっき読んだことだけどさ」マキシマは前置きした。「――『善というものは、選ばれるべきものなんだ。人が、選ぶことができなくなった時、その人は人であることをやめたのだ』――だから君は、人間なら当然選ぶべきこと、死なないために生き、足掻くことさえできない」

マキシマは、ドミネーターを構えたまま硬直している公安局員の腕に剃刀を奔らせた。腱を断たれて銃が落ちた。そのままマキシマは手の内で剃刀を返し、逆手《さかて》に持った。今度は腕の太い血管を切り裂く。ぼとぼと血が零れ、公安局員はようやく抵抗しようと暴れたが、もう遅かった。マキシマが肩で猛烈なタックルを打ち込み、相手の腰を折らせた。そして再び剃刀をくるりと一回転――剃刀の刃は、喉笛を鮮やかに切り裂いた。

それで終わりだった。敵は瞬く間に屠《ほふ》られた。

グソンは呆然とするしかなかった。

「……ダンナ、マキシマ、なんで――」

「さっき電話したんだけどな。仕事の依頼。腕利き《ホットドガー》の逃がし屋《アウティスト》に逃がしてもらおうかと思ったんだけど、取り込み中って言っていたからさ。仕方ないから自分で何とかしたよ」

ほら、とマキシマはグソンに携帯端末を見せた。そこに映っているのは、初老の男の亡骸。目玉をひん剝き、そこで転がる公安局員と同じように喉笛を切り裂かれ、死んでいた。

こいつは――手配師《ディーラー》か。椅子に座り手足を拘束されている。机の上に置かれた手首は太い釘で打ちつけられ、第一関節から先がない指もあれば、根元から断たれている指もあった。それだけでも執拗な拷問の跡が見て取れた。だが、それにしても、この男の恰好は何だ？　撫でつけられた髪。地味なスリー・ピース・スーツ。太い鼈甲縁《べっこうぶち》の眼鏡。まるで企業勤め、カタギの仕事をしている人間みたいで、すぐには手配師だと気づけなかった。

「こいつはつまらなかったな」マキシマは端末をポケットに仕舞った。「半世紀近くの間、罪を犯しながらもシビュラ社会に身を置いてきたというから、彼もきっと疎外者なのかと思ったけど……。何のことはない。彼は押しつけられた善を持つ人間に過ぎなかった。OW製薬の外部委託工作員《エージェント》。社会に飼い馴らされ、犯す罪も他人任せ。命じられるままに、ただ間引きを繰り返し、生き永らえるだけの家畜だったよ」

ふいにマキシマが膝を着いて、グソンと視線の高さを合わせた。

いけないよ、ダンナ。グソンは、彼の装いが、自分の血で汚れてしまうのはいけない、と思った。美しいものは、美しいままであってほしい。

けれど、気づいたときには、マキシマに肩を貸され、立ち上がっていた。

マキシマが、グソンのレザー・パンツのポケットに残っていた錠剤をひとつ失敬した。血が滲んだそれを、まるで砂糖菓子を摘むみたいに口に放り込んで嚥下した。

「……へえ、こういうふうに世界の視え方が変わるんだ」

マキシマは瞑想するように目を細く弓にして、やがて愉悦の吐息をこぼした。

「――『ああ不思議な事が！　こんなに大勢、綺麗なお人形のよう！　これ程美しいとは思わなかった、人間というものが！』。……これのほうがよっぽど収穫だな。まるでミランダになったみたいだ……」

……それから、マキシマに肩を貸され、段々と白んでいく空の下を歩いた。

都市に投影されるホロなんかより、昇る朝日のほうがよっぽど眩かった。マキシマの白い肌、白い髪、白い装束、すべてが陽光を反射し耀いていた。とても神々《こうごう》しかった。瞳を焼かれてしまうほど強い光を纏ったマキシマを、隻眼で、いつまでも見つめ続けた。

　この美に匹敵するものは、妹以外にあり得ない。

　だが、それはもう、喪われ、取り戻せない。

「悲しいかい……」

　するとマキシマの、黄金に耀く眸に捉えられた。

「え……」

「さっきからずっと泣いているからね、これで拭いたら？」

　頬には幾筋もの涙が伝っていた。涸れきったはずの嘆きは、滾々《こんこん》と自らの裡より湧き、雪原に熱量の残滓《ざんし》を刻んでいく。それは透明な墓標。永遠の別れのしるし。

　死んでしまった。戻らない。

　もう俺の魂は、かけがえのない耀きの喪失を、理解してしまったんだ。

「……いいんです、これで……、このままで……」

「そう」

　マキシマが差し出したハンカチを、そのまま返した。涙を拭うことはしなかった。このままでいい。この悲しみが、誰かの支えがなければ泣き崩れ、ずっと動けなくなってしまうような、世界の、残酷な重みが、今は何より貴かった。

「——なんで、ダンナは俺を助けてくれたんですか」

自らを支え、世界に立ち向かわせてくれる相手に問いかけた。マキシマなら、自分が抱える問いのすべてに答えてくれるような気がした。

「君は換えの利かない本物の価値を知っているみたいだから」

マキシマは、事もなげな様子で言った。どこか嬉しそうだった。

「くだらないことに廃棄区画の住人たちのなかには、いつか自分が元いた場所に戻りたいと願う連中がいる。自分から背を向け、捨て去ったものを、どうしてまた手に入れられるのだろう。捨てても取り戻せるものになんて、最初から価値がないのも同じだ。もし、それに価値があると思っている人間は、本当に無価値だ。何に価値があり、何が幸福であるか。それを決めるのは社会でも、他者でもなく――自分自身の意志だけだ。だから、そうして選び取られたものは、どのようなものであれ、正しく、貴い」

「……違いますよ。俺は、何ひとつ幸せになんてしてやれなかった。何ひとつ幸せになんてなれなかったんです」

「その人生が幸いか、否か――、それは、すべてが終わる最後の瞬間を笑顔で迎えられるかどうかで決まる」マキシマは、そして告げた。「笑ってたじゃないか、君の妹さん。きっと換えの利かない素晴らしい宝物を手に入れて、そこで終わっても構わない完璧な瞬間を見つけたんだろう。うらやましい。あんな笑顔で、僕も人生という旅路の終わりを迎えたい」

「そんな、俺は、あいつを――」

「これは報酬だよ。誰もが孤独で、虚《うつ》ろで、他人を必要としなくなってしまった世界――退屈な無限の砂漠に飽いた僕が、一輪の美しい花を見つけられたことへの、さ」

遠く、深い闇に閉ざされていた空が、幾重にも装飾を織り込まれた絨毯のように色彩《いろ》を帯びていく。

「……幸せだったんでしょうか」

「君にとって、幸せとは何だったのかな？」

「……愛されたかったんです」

自らが希《ねが》ってきたものを吐露した。

そう、だから俺は、

「……愛したかった」

妹を、母さんを、父さんを、父を、親友を――そして、故郷を。

けれど、最後まで、俺は、そのひとつさえ、愛せなくて。

ぜんぶ、うしなってしまった。

目の前にいる、すべての光を統《す》べる者。無限の寵愛を受ける相手が、うらやましかった。

「いいな……、ダンナは、女神《シビュラ》に、愛されて……」

「そうかな？」マキシマが首を傾《かし》げた。「愛されているというより……、眼中にないっていうのが正しいんじゃないかな。愛でもなく、憎しみでもなく――、徹底した無関心」

答えはとてもあっさりして予想と違った。なんだか拍子抜けした。顕現した神のようにも思えた相手が、急に近しい位置に降りてきたような気がした。

「――神託の巫女は、僕を裁かない。どれだけ人を殺しても、罪を犯しても。だから僕は、この社会の罪そのものと言ってもいいかもしれない」

それはまるで、完璧だと誰もが信じ、幻想を共有する社会のために無視され、存在を否定された……虚無。自分は今、その深淵を覗きこんでいる。だが、そこで眼が合ったのは怪物ではなく、きっと俺と同じような――、孤独になりたくなかったのに、孤独にしかなれなかった――普通の、人間。

「……なら、シビュラは裁かれるべきだ。そうじゃなきゃ、救われない」

そんな普通である者たちが、疎外される社会があるとするならば、全員の幸福を謳い、しかし現実には、誰かの幸福を奪い去る社会など、一体何の価値がある。

「そっか、なら僕と一緒に、来なよ」

「……え？」

「欲しいな、君の技術《テク》」

マキシマの言葉は、口説き文句にはあまりに具体的だった。

その気軽さ。俗悪さに、俺は――、

「――はは、何ですか、それ。妹を喪った兄にかける言葉じゃないでしょ……」

嗤った。涙は、もう零れていない。

救われた。救われちまったんだ。

それっぽっちの言葉で。

だから、これからは、笑って生きてゆこう。軽やかに人生を過ごそう。自分が手にしたもの、喪ってしまったものすべてを愛《いつく》しんで、最後の、その一瞬まで。

「ひとつ」

「何だい」

「ダンナについてって、この社会は――、偽りの楽園は裁かれますかい？」

「それは僕らの頑張り次第」

マキシマは、いたずらっぽく、子供みたいに微笑んだ。

ずっと昔、こんな顔をしていた親友《チング》に、手を差し伸べられたんだっけ。

誰かに必要とされることが、こんなにも嬉しかったのに、ずっと忘れてしまっていた。

「でも……、ああ、きっと君が力を貸してくれれば、ね」

それで、こうやって握り返したもんだ。

助けて、助けられて――今、再び、そういう相手に巡り合った。

往けるだろうさ、あんたとなら。この終着駅の向こう。線路もない荒野だって。

そう——、俺は、今、孤独ではない。

「——やりやしょう」

右手で、差し出された手を握った。左手で、誓いの剣に見立てた骨を握り締めた。刹那に瞬くすばらしい世界の光景《すがた》は、もうくすんで遠ざかりはじめており、真実の美を永遠に留めるには、こうするしかなかった。そして、切っ先を残った瞳に突き刺した。眼ン玉を十字に切り裂き、そして到来する闇の奥底へ嬉々として、飛び込んだ。

恐れなど、どこにあるものか。

5

二一一三年二月六日——その日は、彼に救われたときのように寒かった。

しかし、ノナタワーの地下深く、存在しないはずの区画に築かれた女神《シビュラ》の中枢部は、常春の楽園として、外の世界と隔絶されている。マキシマとともに、かつて自らの故郷が消え去ったときと同じ手法によって、秩序を混沌へと叩き込んだチェ・グソンは、ようやく至るべき場所に至っている。

そこに、ひとつの世界の真実があった。世界最後の楽園——包括的生涯福祉支援機構

〈シビュラシステム〉を司《つかさど》る中枢が、今、眼前に拡がっている。

黄金色に染まった培養層のなかに収められ、忙しなく出し入れを繰り返される処理ユニット——手も足も肉体のすべてを削ぎ落とされ、脳髄だけになった人間の成れの果て——なるほど、これが女神《シビュラ》か。

湧き上がる感情は、歓喜というより、失望だけ。おかしさが込み上げ、盛大に嗤った。愚かしくて、滑稽な、この社会に対して。そうか。やはり、これも違ったか。理想社会なんてものは、妄想の産物でしかない。人間の手ではけっして生み出せないものなのだろう。全能の神のまがい物《フェイク》だ。

まったく、駄法螺《だぼら》じゃねえか。

くそったれめ。

スソンを殺せと命じた女神さえ、地上最後の楽園の管理者さえ——、例外ではなかった。こんなもんが人を幸せにするはずがない。終わりだろう。この真実が、すべて曝《さら》されるとしたら。それは、きっと、せいせいするんだろうな——。

傍らに執行官の坊やが追いついていたが、やはり驚愕に顔を歪めていた。まあ、そうだよな。人間だったら、そういう顔をするはずさ。ましてや、こんなものに、不適切だと弾かれて、人生を終わらなければならないのならば。なあ可愛い坊や、あんたは人生が否応なく終わるってときに、笑えるかい？　俺は——、笑っているぜ。

そう、だから何も恐れることはない。背部より忍び寄る緑燐光《ドミネーター》の一撃さえ、自らの負けを悟って惨めに暴れる動物の断末魔に他ならない。肉体は、生を欲し、反射的に反撃を試みようとした。

しかし、魂は、もはや自らの行く末を受け入れている——自分で選択し、ここにいる。

自分の死は、今もこの手から離れたことはない。ここが、終着駅を越え、辿り着いた本当の死に場所《ラスト・スタンド》だ。後は、往くべきところへ往くだけ。

肉体は弾け、魂が飛び立つ。一瞬の暗闇。そして、とてつもない閃光。

マキシマのダンナ。あなたに仕えて以来、俺は畜生以下に成り下がった。屑中の屑になった。けれど、楽しかった。もうずっと昔の、馬鹿やってた時間に戻れたみたいで——。

だから、ねえ、ありがとうございました、ダンナ。

そして、さようなら。お互い、愉しみの絶頂で——、おさらばといきましょうや。

○

耀く川面が視える。空には鮮やかな虹が架けられている。それは流れに分断された二つの場所を繋ぐ橋の別名だ。原野にひとり、立っている。誰かが自分の名前を呼んでいる。

これは心の中にある故郷の姿だろうか。思い出のなかに埋もれてしまった美しい日々の—

――、分からない。これが現実であるか、まやかしであるかさえ。

けれど。

ただ、美しいことだけは、真実だった。

――大いなる江の流れ　高き空を映し　虹の架かる日
歌が聴こえた。

河に隔てられた対岸には、どこまでも咲き乱れる木槿の花。

風が吹く。花弁が無数に舞った。それが変じて、喪われたすべてが、いま正しいかたちを取り戻していく。無限に拡がる花園に、人が生じ、道が敷かれ、街が築かれていく。

――いとしき人らが川辺にあって　我が名を呼んでくれたとき
母がいた。不思議だ。生きていれば経た年月の分だけ年老いていて、けれど美々しさは少しも喪われていなくて。傍らには二人の老いた男。全身に無数の傷を負った老人は、いつまでも土に穴を掘り続けている。もうひとりは椅子に腰かけ、山と積まれた本を読んでいる。彼女らが自分に気づき、手招きをしてくる。他にも、ひと、ひと――沢山のひと。

対岸の縁で、従者のように、恭しく待つ男の姿がある。思わず苦笑すると、親友は顔を上げて、不敵に笑った。変わらないな、まったくさ。それでいいんだよ。

――この心のなかにあった　故郷の姿が　思い出の中に消えようと
そして、川辺に咲く一輪の水仙の花を、摘み取った。すると、思わず呼吸を忘れるほど、美しい女性に変わった。ああ……、悪かったね、待たせてしまった。
往こうか。手を取ったお前と二人で、踏み出した。すっかり背が伸びたな。早く早くと
手を引かれる。そう急ぐものじゃない。転ぶと危ないから。川を越え、花園へ。
自然と息継ぎが重なっていく。やがて、どちらからともなく歌い出す。
ふたりで、妙なる旋律を奏でよう。いつまでも。いつまでも。一緒に。
——大いなる江《かわ》の流れさえ　われらを　分かつことはできまい

PSYCHO-PASS LEGEND 朦秀星

レストラン・ド・カンパーニュ

執行官——縢秀星《かがりしゅうせい》にとって、今日は、なかなかの休日だ。

公安局庁舎前の広場は、晩秋に暮れ、風は冷ややかだが、歩道に沿って植えられた樹木の枝は天を突くように力強く、剝き出しの肌は訪れようとする冬の寒さに微塵もたじろぐ様子がない。木々は、育つ場所を選ぶことができないが、その場所で精いっぱいの生をまっとうする。

抱えた紙袋は、ぱんぱんに膨らんでいた。どれも馴染みの店の品々だ。気に入ったもの、季節のものを存分に買ってきた。雪のように白い大根は太く逞《たくま》しかった。鍛冶師《かじし》に鍛え上げられたように大きく鋭い秋刀魚《さんま》はよく脂が乗っていた。秋茄子は丸々として紫が鮮やかだった。どう料理したものか。大根は焼き魚に合わせて卸すのもいいが、分厚く切って煮るのもいい。秋刀魚は勿論、そのまま焼くに限る。七輪《しちりん》はあったろうか。茄子は素揚げにしてから出汁《だし》につけてあげ浸しにしようかと思ったが、冷蔵庫に残っているトマトが熟しすぎていたことを思い出した。やっぱり茄子は、たまねぎ、パプリカと一緒に煮込んでラタトゥイユにしよう。つまみ用に漬けておいた黒オリーヴの残りも刻んで入れる。あれが入ると味に驚くほど奥行きが出るのだ。和食一辺倒にこだわる必要はない。人の数だけ料理があり、料理の数だけ人がいたのだから――。

献立が決まると、自然と速足になった。

前を歩く小柄な女性に追いつく。彼女に頼み込んだおかげで、久しぶりに足を運んで、自分の眼で食材を選ぶことができた。感謝のあかしにメシのひとつでも振る舞ってやろう。

常守朱《つねもりあかね》――つい最近、刑事課一係に配属されたばかりの新人――ひよっこの監視官。

そのとき、ふいに、ひとつの事実《こと》に気づいた。

足を止め、振り返る。まなざしは、過去に。

そうか、あれからもう、一年以上、過ぎていたのか――。

1

千代田区神田神保町は、旧《ふる》い街だ。かつては古今東西の古書が集まる場として栄え、飲食店も多かった。しかし、どれも二二世紀現在では、廃れて久しい。紙の本を購入し、薄暗い灯りの下で珈琲を啜《すす》り、煙草を喫《の》む者などどいない。ましてや、その後に、人の手で作られた料理を食べる者など――、すべて精神衛生を第一とする社会において、破棄されていったものばかり。

街路を連れ立って進む人影は、三人ともに喪服めいた装いだった。

都市の治安業務に従事する公安局の監視官・執行官は、季節を問わず、黒を基調としたスーツを着用する。両者を外見だけで区別するのは難しいが、割合、思い思いの格好に着崩しがちなのが執行官だ。

昨年一〇月づけで刑事課一係に配属された新人執行官――縢《かがり》秀星《しゅうせい》も例外ではない。ざっくりと開襟《かいきん》した黒のシャツに映える赤紫のネクタイ。デザイナーズ・ブランド製のカジュアル・スーツを細身の躰に着こなしており、念入りに整えられた茶色の髪に挿されたヘアピンが陽光に煌《きら》めいていた。

「――事件つっても、あのマズいオートサーバ飯を作る機械に異物が混入されたくれーでしょう？　殺人に較べりゃ、いまいちマジになれないなー」

〈オートサーバ〉とは、人々に食事を供給するため、飲食施設・家庭を問わず普及している自動調理機械のことだ。遺伝子組み換えによって生み出された万能麦《ハイパーオーツ》由来の加工食材や、各種添加物を付与し、食品を出力する立体印刷機《3Dプリンタ》。

各ユーザーに最適化された配合比率《レシピ》を実現するという謳い文句だが、縢の脳裏に思い浮かぶのは、栄養学的に完璧とかいう理由でこさえられた、見た目もイマイチで、食ってもやはり微妙だった料理の記憶。いや、正直――不味《まず》かった。味気なかった。

「まぁ、そう言うな。食事はすべての基本だぞ。お前だって、ガキんとき、目いっぱい遊び回って、腹いっぱいに飯を食ったもんだろう？」

前を歩く大柄な初老の男が振り返り、にやっと渋い笑いを浮かべた。白シャツにスーツズボン。落ち着いた色合いのジャケットは手で持ち、肩に引っかけている。劇画調の漫画に出てきそうな刑事そのものといった風貌の男は、ベテラン執行官――征陸智己《まさおかともみ》だ。

親子ほども歳が離れているが、交わす会話は気軽なものだ。

「元気に遊び回れるほど、自由だったことねーんスけど」

縢は、五歳のときに潜在犯認定され、昨年に執行官としてスカウトされるまで、ずっと隔離施設で生きてきた。そこにいるだけで周囲の人間の精神を汚染する有害な存在――潜在犯。その存在が許されるのは、厳重に隔離された施設の中《おり》か、あるいは、こうして公安局の執行官となって、自らと同じ潜在犯たちを狩り立てる猟犬となるか――。だが、計測される犯罪係数が規定値――殺処分境界：３００――を突破すれば、対処《エリミネート》される。ガス室で処分されるか、ドミネーターの集中電磁波で吹き飛ばされるか――いずれにせよ、碌《ろく》な死に方はできない。潜在犯の人生など、そんなものだ。

「――ああ、そういや、そうだった。気ィ悪くさせちまってすまねえな」

征陸は、縢が厭味《いやみ》も含んで自らの生い立ちに触れても、鷹揚《おうよう》に笑って流すだけだった。

縢も怒りが湧くことはない。征陸は、かつて警視庁と呼ばれる組織に所属していたが、潜在犯として認定され、執行官へ堕ちた経歴だと聞いている。詳しい話は知らないが、けっして安楽な過去を送ってきたわけではないはずだ。

「しかし、まあ、お前の気持ちも分からんわけじゃねえな……。潜在犯収容施設ってのは、食事の管理についても厳格だったのを思い出すよ。固形食《キューブ・ミール》……あいつはひどかった」

「うへえ、とっつぁん。その話はナシナシ」

飼育箱のような狭い部屋。定時で医療用無人機《ドローン》によって配給されるのは、四角い形状の必須栄養素を圧縮した食事。味つけを変えたといっても、結局は風味添加《オーグメント・フレーバー》だけで、中身は変わらない。腹が膨れるだけ。施設暮らしの間、とにかく食事が苦痛だった。対処方法は割り切ることだった。食事なんてのは燃料補給に過ぎない――だが、そんなことを続けているうちに、食事へのこだわりを喪った。執行官となり、ある程度、食事を自由に選べるようになった今でも、固形食・流動食・ゼリー飲料など最低限で済ませている。

「ちなみに、とっつぁん。今日の聞き込みっての、どんぐらいで終わるんスか？」

「そうだなあ……、早けりゃ昼過ぎ。遅けりゃ――、夜まで延びるかもな」

「うへえ、勘弁してほしーなー」

「いつもゲームばっかして遊んでんだ。仕事のときくらい、文句を言いなさんな」

執行官の仕事は、はっきり言ってそう多くない。

厚生省隷下《れいか》の治安維持機構――公安局は、都市の公安・警察業務を執り行う。無人機《ドローン》が普及しているとはいえ、たった二十人程度の監視官と執行官で首都の治安を賄《まかな》えるのは、そもそも刑事事件の発生が極めて稀だからだ。

特に執行官は、報告書類に始まるお役所業務や入念な精神《メンタル》ケアなど為すべきことが多い監視官と違って、基本的に捜査をすることだけが仕事だから自由な時間も多い。もっとも、潜在犯である執行官の行動範囲は制限されている。収容施設も内包する公安局庁舎の外に出るためには、監視官の同行が必須だ。

「――縢くん。今回の連続異物混入事件は、深刻な事態を引き起こすかもしれないと懸念されているわ」

「へー、何でさ？」

縢と征陸の会話に加わったのは、女性監視官の青柳璃彩《あおやなぎりさ》だ。本来は別部署の二係所属だが、連続する自動調理機《オートサーバ》への異物混入事件が広域捜査指定になったため、一係と二係が共同捜査に当たっている。

「青柳の言うとおりだな」征陸がうなずいた。「欠かすことのできない食事のたびに、異物が混入されているかも……って疑念を抱き続けるのは、結構な負荷《ストレス》になる」

「実際、一連の異物混入事件のせいで、都内各所のエリアストレスが上昇傾向にある。厚生省も事態悪化を懸念して、報道管制を敷き始めているし、市民の精神衛生維持のために、事態は早急に解決されなければならないわね」

「犯行が広域に拡散し始めてるからなあ。今のところ、思考汚染《サイコ・ハザード》に発展する恐れはない、と言われてはいるが……、用心するに越したことはないわな」

征陸は手首に巻いた携帯端末から捜査資料を呼び出し、次々に表示させた。指向性ホロは設定された人間の視覚以外には視ることができない。

半年ほど前から起こっていたオートサーバへの異物混入は、当初、色相悪化によって自《や》棄《け》になった人間の突発的な犯行とされてきた。理由は、拘束された実行犯同士の交流履歴などが一切見つからなかったからだ。しかし、ここ一ヶ月で発生件数が激増するとともに、実行犯たちが、ある政治思想を共有していることが分かった。一転して公安局は、連続異物混入事件を広域捜査指定し、これ以上の犯行の拡散阻止と実行犯たちに思想的根拠を与えたとされる首謀者逮捕の両面で、事件捜査を進めている。

「〝加工食材による不健全な食事を撲滅せよ。未加工の天然食材を摂取する人間本来の食事を取り戻せ〟――か」征陸が嘆息した。「〈天然食材復古主義〉なんて、訳分かんねえ政治主張を奴らは掲げやがって。やれやれ、オートサーバのメシがマズイってのは同意するが、それで天然食材一辺倒の食生活に回帰しろなんざ、無茶を言いやがる」

「そうね。ハイパーオーツ単一種に限定した供給体制によって、国内の完全食料自給が成立している現在で、生産数が僅少なうえに色相悪化リスクも懸念される天然食材で、市民の食事を賄うなんていうのは……、ナンセンスだわ」

征陸たちの会話を聞きつつも、縢は、今一つ危機感というのが抱けなかった。

それほど異物混入が気になるなら、栄養サプリで食事を賄えばいいだろうし、犯人連中も好きなモン食って他人のことなんざ気にしなけりゃいいじゃないか、と思う。

「――で、結局、指導者探しってことで、俺らはどこに向かってんですか？　ギノさんは、コウちゃんやクニっち連れてハイパーオーツの加工工場に行ってるみたいだけど。わざわざ二手に分かれた理由――あるんスよね？」

「ああ、もうすぐ着くぞ」

征陸が捜査資料の投影を消すと、周りを見回した。旧い外観の商店が立ち並ぶが、どこもシャッターを閉じたままだ。廃棄区画に隣接する地域では、珍しくない光景。

「――あそこだ」

シャッター街のなか、一軒だけ営業中と思《おぼ》しき商店を、征陸が指差していた。

「……うわっ、きったね」

まず、その店に入るなり、縢はそう呟いた。年季の入ったレストランだった。玄関に架けられた緑のプレートは傷だらけで、『洋食店〈カンパーニュ〉』と彫金された装飾文字が辛うじて読める程度だが、そもそも洋食とは、いったい何だ？

店内は、ひどく狭かった。カウンター席が一〇席ほどで、奥に四人掛けのテーブル席が二つ。どれも間隔が詰まっていた。厨房はホールと一体化しているが、これがまた極めつけに古びている。天井に備えつけられたステンレス製の巨大な排気ダクトの内部は、油で真っ黒に煤《すす》けていた。

「……さーせん、とっつぁん。俺、やっぱ帰るわ」

「一目見ただけで物事を判断しちまうようじゃ、刑事失格だぞ」

回れ右をして店から出ようとした縢だったが、先に席に着いた征陸に肩を摑まれ、無理やりカウンター席に座らされた。合成皮革の椅子は、クッションが潰れていて硬かった。横に青柳が続いた。店は盛況なのか、それですべての席が埋まった。

着席すると、カウンター越しに厨房から声を掛けられた。

「いらっしゃいませ」

高く潑剌《はつらつ》とした声色《こわいろ》。若い女だった。黒い髪を結んで纏《まと》めており、着ている調理服は、よく洗濯されているようだが、ソースや油の跳ねで、すっかり汚れている。しかし捲《まく》られた袖だけは、白く清潔だった。腕は、重い調理器具を扱うためか、逞しかった。

「やあ邪魔するよ。そうだ、注文の前にひとつ訊いていいかい？」

「え？」女性が首を傾《かし》げたが、その手は忙《せわ》しなく動き続けている。「わっ、もうカツ揚がってる⁉　すみませんっ、向こうのお客さんたちの分を出してくるので、注文、ちょっと待っていてくださいっ！」

「え、おい――」

女性は、狭い厨房を縦横無尽に動き回る。

滕は、何となく、その様子を眺め、目を見張った。彼女の調理は、機敏で無駄がなかった。ネットで、神がかった連鎖《コンボ》を決めるプロゲーマーのプレイ動画を閲覧したときに似た昂揚を覚えた。

フライヤーでは、カツやクリーム・コロッケ、白身魚《ヒラメ》のフライがジュワジュワと踊り、音を立て、次々と揚げられていく。頃合いを見て、彼女は、すぐ横にある五合炊き炊飯器の蓋を開けた。熱せられた油や肉の香気のなか、ふわっと甘い米の匂いが立ちのぼる。大きなしゃもじで白飯を豪快に皿へと盛っていく。手際よく、真っ白な山が築かれる。

揚げ上がりを告げるタイマー音が鳴った。揚げ物たちを掬《すく》い、バットで手早く油を切ると、その場で反転《ターン》した。背面の壁には金属架が据えつけられている。上段には、胡椒《こしょう》など香辛料の大きなアルミ缶がズラリと並んでいる。下段に設置された俎板《まないた》に揚げ物が手早く並べられていく。薄い肉を幾層にも重ねたカツが、小気味よい刃音に合わせ、ざくざく裁断されていく。すっと包丁をカツと俎板の間に通し、さきほど盛ったご飯が作る丘陵に、そのカツが敷かれた。そして、業務用のコンロに置かれた巨大な寸胴鍋からおたまで掬われた黒に近い深い色合いのカレーが注がれる。皿の対岸のキャベツの千切りが織り成す芝生が鮮やかだった。

女性は、一丁上がりといった具合に見事な出来栄えの料理をカウンター上に置いた。しかし、配膳となると、先ほどまでの機敏な動作が嘘のように鈍った。ホールは狭く、客たちで犇《ひし》めき合っていた。細身でも大柄な彼女は、動きづらそうにしながら、ようやくテーブル席の客に皿を供した。

「やっぱ、旦那もいないと大変かい？　嫁ほっぽって何してんだか」

馴染みらしい客が、まあ仕方ないといった風情《ふぜい》で問い掛けた。

「アイツくらいいちっちゃいと、ウチのホールで動きやすいんですよねえ……。というか、何度も言ってますけど、ミツバは旦那じゃないですってば」女性は苦笑した。「何だか、最近ちょっと仕事が立て込んでるらしいんですよ……って、料理が冷めちゃいますから、ささ、どうぞ」

そして女性は、ホールを窮屈そうに抜け、次に供する料理の皿を取りに厨房へ戻る。

そのとき、滕は、ケツを征陸に叩かれた。

「滕、行け。手伝って来い」

「お前が一番、小柄で店内を動きやすいだろ？　俺じゃあ他の客にぶつかっちまう」

「まあ、そうッスけど」

膝は、釈然としなかったが、動いた。混み合った店内をすいすいと進み、女性の近くまで歩いて行った。

「なあ、ねーちゃん。こいつを運べばいいのか」

「え？」

「どの客？」

膝が、女性から料理の皿を預かると、彼女は驚いた顔をしたが、

「う、うん。あそこのひと」

奥のテーブル席。こっちこっち、と客が手を上げている。

「ご承知」

すぐに配膳に向かった。狭い店内は繁忙を極めており、客の背中にぶつからないようにするには、動作の選択に見極めが必要だが、膝にとってはゲームをやるときの要領で十分に対応可能だ。動作を予測し、移動し、攻撃を加える――ACT《アクション》の要領。すぐに配膳完了。

「そんで、次は？」

膝はカウンターに戻る。先ほどの調理の手際からして料理は慣れているようだから、配

膳担当が休みなのだろう。

「――手伝ってくれるの？」

「ま、何となく」縢は説明も面倒なので、省略した。「人手、足んないっしょ？」

「それは確かに……」と女性はうなずいた。「君、名前は？」

「縢秀星」

「あたしは、高家《たかべ》六雁《むつか》。それじゃ、縢くん。よろしく頼んだよ」

女性調理人――六雁は、にっかりと笑った。互いに視線を交わし、うなずいた。

そこからは目まぐるしく時間が過ぎていった。突然の闖入者《ちんにゅうしゃ》に客たちは寛容なのか、むしろ、試してみようというふうに、次々と注文をしていった。メニューはカレーに、コロッケやフライ、ハンバーグの定食が揃っていた。それらが続々と調理されるのを、どんどん配膳していった。注文は、ひっきりなしで、調理は連続するどころか、いくつも同時並行だ。配膳のタイミングは見極めなければならない。初見では、なかなかの高難度だったが、縢は、大いに楽しんだ。待ち時間は、およそ三分から五分で客たちに食事を供する。彼らが一心不乱に食す姿を見るのが小気味よかった。

とはいえ、会計が厄介だった。何と、この店は旧時代的な現金決済しかなく、主流の電子決済がなかった。紙幣と硬貨を受け取り、おつりを返す。やることは簡単だが、暗算に手間取ると給仕のオペレーションに支障が出てしまう。助け船を出してきたのは征陸だった。青柳とともに会計を受け持ってくれた。気づくと、なぜか三人で店を手伝っていた。

そして。

「——ありがとうございました」

六雁が最後の客を見送ったときには、実に二時間が過ぎていた。

昼下がり。店先のプレートは裏返され、〈準備中〉となった。

すっかり腹が減っていた。


賄い料理が出来上がるまで、しばらく時間が掛かると言われ、滕たちは、奥のテーブル席に腰を落ち着けた。自動調理機《オートサーバ》の調理であれば、ものの数十秒で調理が完了するが、ここは調理器具の一切が人力だから、相応に時間がかかる。昼食のメニューが迅速に作られるのも、それまでにしっかり仕込みが行われていたからだ。

「——しかしまあ、高家のおやっさんが亡くなったってのは、残念だったね」

「すみません、常連さんが久しぶりに来て下さったのに……」

女性——六雁は、厨房でサラダ用に野菜を刻みながら、頭を下げた。

「いやあ、いいんだよ。こっちこそ、いきなり押しかけちまったんだから。そうだ、後で線香を供《そな》えさせてくれないかい」

「ええ、ぜひ。祖父も喜ぶと思います」

六雁が笑みをこぼした。その横顔は少しさびしい。

「それにしても、おやっさん……、自分は天涯孤独だなんて嘯《うそぶ》いてたが、ホントはかわいいお孫さんがいたってわけかぁ」

「一〇歳のときに両親が事故で亡くなって引き取られたんです。おじいちゃん、お前のことは俺が育ててやるから安心しろって言ってくれて……、亡くなったのは、ちょうど、あたしが学校を卒業したくらいで――」

六雁は、六・四・四制の義務教育課程を修了すると、食品関連企業に就職したが、三年ほど前に退職し、祖父の没後、閉めていた洋食店〈カンパーニュ〉を再開したのだという。

「おやっさん、職人気質《カタギ》って感じだったよな……、シェフっていうより、板前さんみたいでさ……」

「昔、そういう仕事もしたことがあるって言ってましたよ。お友達と調理器具を担いで全国を旅して、行く先々でいろんな料理を作って回ったとか何とか……」

「へえ、どうりで何を作っても上手だったんだなあ。新人だったころ、先輩によく連れてこられたっけ……。もう、三〇年近く前になっちまったんだなあ……」

「あたしが生まれるちょっと前ですね……って、そんな常連さんだったんですか!?」

「間が随分と空いちまったがね。さっきの感じじゃ、六雁ちゃんも相当に腕が立つみたいじゃないか。賄いメシ、期待してるよ」

「うー、常連さんに褒《ほ》めてもらえるか、ちょっと不安ですけど、がんばります……」

ちょうどオーブンのタイマーが鳴った。

「それじゃ、もうちょっとだけ待っててください。汚い店ですけど、ゆっくりしていってくださいね」

そして、六雁が厨房に戻っていくのを横目に、滕は、征陸に話しかけた。

「……もしかして捜査ってウソついて、メシ食いにきただけとか？」

「いやいや、捜査の一環だ。ここの店は廃棄区画も近いだろう。それで、ここのおやっさんには、俺が警視庁にいたころ、何度か力を貸してもらったことがあるんだ。情報屋ってえ奴だな。面倒見がいいひとで、顔が広かったんだ」

征陸は声を落とし、厨房の六雁には届かない程度の音量で喋った。

「今回の事件は、飲食絡みだからな。何か話を聞ければと思ったんだが……。俺が執行官堕ちする前でも高齢だったし、それが今となっちゃあ仕方がないわな。ま、折角だからメシ食って帰るとしよう」

「結局無駄足じゃないスかー」

滕がテーブルに、ぐてーっと上半身を投げ出した。

「……そうね。できれば早く戻ったほうがいいかも」青柳が表情を曇らせた。「ここ……、あまり衛生的ではないというか……」

「オートサーバ全盛の時代じゃ、こういう店はほとんどないからなあ」

公安局庁舎の食堂や、市街の商業施設の飲食店舗《フードコート》といえば、調理場とホールは完全に分かれ、ほぼ無人化《オートメーション》されている。衛生管理も徹底されているため、この〈カンパーニュ〉のように雑然とした店構えというのは、まず有り得ない。少なくとも、一般的に食事をするのに相応《ふさわ》しい場所ではなかった。

「ま、汚いのは事実だが、それよりも、ちょっと意識を向けてみろよ。ほら、この油が弾ける音。肉が焼ける匂い……」

ちょうど厨房では、六雁がオーブンを開け、中で火入れをしている料理の確認をしていた。匂い立つのは、複雑な肉と焦げの香気《アロマ》。それを鼻で吸い込むと、ぐう、と縢のお腹が鳴った。思ってもみない反応で、戸惑った。

そんな縢の様子を見て、征陸が賭けに勝ったプレイヤーのように、ニヤリと笑った。

「――楽しみにしとけ、これから本当のメシってやつを体験させてやる」

やがて、六雁が、料理を運んでやってきた。

「さっきは助かりました！　お礼ってほどのものでもないですけど、お腹いっぱい食べていってください。これ、賄いのハンバーグです。自由に取ってくださいね。私、ご飯盛ってきますから！」

店奥のテーブル席に六雁が置いたのは、大きな鉄のフライパンに満載になったハンバーグだ。こんがり焼けた肉、じゅわじゅわ脂が弾け、食欲を刺激する。滕は、お預けを食らった犬のように、それに意識を奪われていた。早く、これを食ってみたい。

「いいのかい？　賄いにこんな豪勢なもん出しちまって」

「いえいえ、そうでもないんです。仕込みで肉を掃除《トリミング》するとき、端肉がけっこう出ますから、それをこう……たたたーって切って、ぽーんって放り込んでますから」

「へえ、そうなのかい。にしても、こんなでっかいハンバーグは初めて見たな。どうやって焼いているんだい？」

「フライパンとオーブンの両使いです。肉種《パティ》をひっくり返すのが難しいので、まずフライパンで表面を焼いてから、後はオーブンで全体をじっくり加熱。火入れが終わったら、庫内にそのままおいて最後まで火を通すと、いい感じに仕上がるんです」

「なるほど。実に旨そうだ。それじゃ、冷める前にいただこうか」

「よっしゃあ！」

　征陸が言うなり、滕は、獲物に飛び掛かるように、真っ先にフォークとナイフを手に取ると、巨大な巌《いわ》のようなハンバーグを切り割った。軽い抵抗だけで、すうっと刃が通った。透明な肉汁《ジュース》が流れ出す。大振りに切って、すぐにフォークで突き刺し、口に放り込んだ。

　ガツンと肉の風味が来た。これがハンバーグだと？

　自動調理機《オートサーバ》が出力するハンバーグとは比べ物にならないほど食感《テクスチャ》に多様さがあった。鼻を抜ける香気《フレーバー》は、濃いものから淡いもの、あるいはナッツのような匂いまでした。挽いた肉を練って焼いたというより、つなぎに仲介された様々な種類・かたちの肉がモザイク様に織り交ぜられていると言うべきだった。

「……うーわ、うんめえ……」

驚きのあまり、叫ぶことさえできず圧倒された。咀嚼《そしやく》し飲み込み、口から鼻に通る風味がまた食欲を刺激した。そこからは恥も外聞もなく、貪《むさぼ》った。がつがつ食べる。間違いなく、今まで食ったメシのなかで最高だった。一口ごとに旨い、やべえ、と舌が喜んだ。流れ出た肉汁がもったいないから、運ばれてきた白飯で受け止めた。まとめて掻き込んだ。米のねっとりとした甘みがハンバーグの肉味と組み合わさり、味の分布が、とてつもなく広がった。程よく酢《ビネガー》と醤油で和《あ》えられた生野菜のサラダを食べて口をさっぱりさせ、ハンバーグに戻れば、肉味がより一層、対照《コントラスト》された。食べるほどに、新たな発見が舌の上で弾けた。

夢中で食べ終わったとき、全力疾走したような疲労感と達成感を感じた。

縢は、これが食事なのか、と横っ面を叩かれた気分になって、呆然とした。

「なあ、とっつぁん――」

「……うん、うまい」

横を向くと、征陸はしみじみとした顔でうなずいていた。ゆっくり咀嚼し、一口一口を丹念に味わっているようだった。征陸と自分では、食事に対する反応がまるで違った。いや、彼は、これを知っていたのだ。

メシのうまさ。自分が、今まで知らなかった愉しみ――。

「どう？　おいしい？」

六雁が縢の肩に手をやって、笑顔で訊いてきた。

「ごっそーさん！　すっげー、うまかったよ」

「ありがとう。食べたひとに、そういってもらえるのがいちばん」

また、六雁が笑った。よく笑う女性《ひと》だ。調理のときの凛とした笑み。祖父の死を語る儚《はかな》げな笑み。そして、今のような料理の感想を聞きたくてうずうずしている笑み。まるで花のようだ。茎がしっかりして、葉が生い茂り、花弁を賑やかに咲かし、陽に向かってまっすぐに伸びる向日葵《ひまわり》を思わせる。陽光を反射するように眩《まばゆ》い。色相はきっと、透明度の高い黄の色彩だろう。

「マジ、すごかったよ。俺、人生変わっちまったもん」

「そ、そこまで言われると照れるかも……」

「つーか、これ、どうやって作んの？」

「えーとね、ちょっと説明が大変というか、材料を集めるのが大変というか――」

「えー、いいじゃん。教えてよー」

そのとき、店内に電話のベルが鳴り響いた。一五〇年以上前に流通していたとされるダイヤル式の黒電話で、旧いという次元を通り越していた。

六雁は、会話を切り上げ、受話器を取った。

「はい、洋食店〈カンパーニュ〉――、あ、お世話になってます。ええ、明日の分の食材ですね。いつもありがとうございます。すぐに受け取りに行きますね」

六雁が受話器を置いた。チンと音が鳴った。縢に向かい、拝むように両手を合わせた。

「ごめん、縢くん。ちょっと手伝ってほしいことがあるんだけど、いい？」

断る理由はない。縢は、六雁に連れられ、店裏の勝手口へ向かった。


勝手口の扉を開けて外に出た。建物同士に挟まれているため、表通りからは見えない狭い路地だ。錆びついた室外機が唸りを上げ、温風を吐き出し、人ひとりが歩ける程度の路地幅をさらに狭めていた。

そして、スチロールの箱や段ボール箱などを満載した台車が置かれていた。

物資運搬ドローンは、六雁にサイコ＝パス認証による決済手続きを求め、それが済むと食材の箱を置いて帰還していった。

縢は、六雁とともに食材の詰まった箱を抱え、厨房と勝手口を往復した。

「縢くん、けっこう鍛えてるねー」

そう六雁が畳めてきたが、彼女のほうが大きな箱を多く、そして素早く運んでいた。勝手知ったることもあるのだろうが、滕としては何となく癪《しゃく》な感じもした。六雁の身長は一七〇㎝を越しているそうで、歩幅は大きく力強かった。

「――ま、これでも公安局の人間だかんね。体力は資本だよ」

「あれ、滕くんって公安の刑事さんだったの？」

「え、この格好、気づいてなかったわけ？」

「うちは、いろんなひとが出入りするからねー。それにしても刑事さんかあ……。まさか、立ち退き要請――」

「いやいや、そういうわけじゃないって」滕は、慌てふためく六雁に苦笑した。「自分は、公安局刑事課一係執行官の滕秀星であります。現在、広域指定事件の捜査のため、洋食店〈カンパーニュ〉にて情報収集に当たっておりまーす」

滕は、食材の箱を店内に運び終えると、ふざけた調子で敬礼し、自己紹介をした。

「つまり、滕くんって事件の捜査をしていて、ウチの店に来たの？」

「まあ、そんなとこ」滕はうなずいた。「ああ、でも、むっさんのこと疑ってるってわけじゃねーよ？　ほら、あれ――」

「もしかして、自動調理機《オートサーバ》への連続異物混入事件？」

「ご明察。でも、何でわかったの？」

「ほら、ウチの店ってハイパーオーツ由来の加工食材じゃなくて、天然食材を使っているんだけど、最近は異物混入事件のせいで天然食材の流通が難しくなってるみたいでさー。ウチでホールを手伝ってくれてた幼なじみが食材調達係をしてたんだけど、先月くらいから色々と忙しくなって大変だって困ってたのよね。それで店にも手伝いに来れなくなっちゃったし……」

六雁が、箱から玉ねぎを取り出し、見つめた。

「――ほう、そいつは大変だな」

すると厨房側に回ってきた征陸が会話に加わった。

「なあ、六雁ちゃん。おやっさんには、世話になったしよ。どうだろう、ウチの新人を〈カンパーニュ〉の手伝いに使ってみないかい？」

「え？」六雁が征陸の突拍子もない提案に驚いた。「でも、仕事が――」

「そこは心配しないでくれよ。今じゃ、捜査も〈シビュラシステム〉を利用して簡便になっているからな。人手が余って仕方がないくらいなんだわ。市民への奉仕も我々の仕事だし、こいつは、特に時間ばっかが余ってるからよ」

「へ？　とっつぁん。何言って――」

《いいか、縢。俺に任せろ》突如、無線通信越しに征陸が言った。喋る口調とまったく違う低い声色。《これも捜査の一環だ。お前には〈カンパーニュ〉で働いてもらう》

《……いや、ちょっと意味わかんないんですけど》
《この店の客は、天然食材の愛好者だ。情報交換も頻繁に行われてる》
《……つまり、潜入捜査しろってこと？　むっさん、疑ってんスか？》
《彼女はシロだろう。だが、彼女の幼なじみが先月から忙しくなったと言っている。調べる必要はあるだろうな》
無線通信を終了。征陸が人好きする笑みを浮かべた。
「それじゃ、六雁ちゃん。どうだい？　縢の奴は、ゲームばっかしているせいか人一倍物覚えがいいんだ。さっきみたいに、すぐに色々と手伝いできるかと思うんだがね。それに、こいつ、六雁ちゃんの料理にえらく感動してただろう？　これを機会に本当の料理ってのを教えてやりたくってね」
「あ、そういうことなら……、正直、助かりますけど……」六雁が、ふいに真摯《しんし》なまなざしで縢を捉えた。「――縢くん。本当に手伝ってくれる？」
「ああ」
縢は、うなずいた。「料理」をはじめて美味しいと思わせてくれた相手に、何か報いることができるなら、征陸の指示があったとはいえ、手伝えるなら手伝いたいと思うのは、嘘ではなかった。
「――今までさ、メシってのを、正直、バカにしてたんだよ。けど、あんたの料理を食べて思った。バカだったのは、今までの俺だって。だから、なんつーか、手伝う代わりに、料理、教えてくんね？」

「……うん、それじゃ決定。よろしく頼むよ、縢くん」

六雁が差し出した手を、縢は握った。

†

「却下だ」

縢の上司であり、公安局刑事課一係の監視官——宜野座伸元《ぎのざのぶちか》は、即答した。長い前髪の間から覗く眼鏡越しのまなざしは冷ややかで、呆れも露わだ。オフィス天井に据えられた空調機の駆動音ばかりが響く。

「お前には、〈コミュフィールド〉における飲食系のフォーラムの捜査をやってもらう。いつもゲームをやっているんだ。そっち方面は得意だろう？」

「うえ、資料集めてチマチマ推理っての性に合わないんだよなぁ……。やっぱさ、あのレストラン行くべきですよ」

「ならば、事件捜査と何の関連がある？　答えてみろ」

「ええと……」縢は言葉を選ぶように、ゆっくりと口を開いた。「まず、さ。確かに俺が店を手伝うってのは、事件捜査と関係ないですけど、ねえ、ギノさん。〈グストー〉って企業、知ってます？」

「いや、初耳だな」

「専門業者向けに高級自動調理機《ハイ・オートサーバ》と専用加工食材を販売してる企業なんですけど……」

「ほう」

「でさ、例のレストラン〈カンパーニュ〉には、その〈グストー〉のCEOが直接、天然食材を卸してるみたいなんですよ」

縢が手首の端末を弄《いじ》ると、データ群がホロで表示された。

櫛名《くしな》光葉《こうよう》――二五歳。男性。学生時代から実家の万能麦《ハイパーオーツ》加工業に関わり、教育課程の修了とともに、新規事業として高級自動調理機部門を立ち上げる。わずか数年で同部門を基幹事業に据えるほどの辣腕を発揮。間もなく同社を複合食品供給企業《コングロマリット》〈グストー〉に再編し、CEOに就任した経歴の持ち主。

「食品業界じゃ、新進気鋭の経営者。時代の寵児《ちょうじ》って感じ……。でも、かなり独自の戦略を展開してんのと、過激な言動が多いせいで業界内外に敵が多いみたいなんですよ」

「独自の戦略とは何だ？」

「食品調理に対する新機軸のアプローチ」

縢は、表示されたデータ群を目で追いながら、説明した。〈グストー〉製の型《モデル》は、機械化義肢を調理用に転換し、熟練した料理人の調理技術を模倣《トレース》し再現することで、従来の型より幅拡く、高度な技術を必要とする料理を提供できるという触れ込みだ。

「けどま、櫛名CEOが、これを開発した理由について発言したときの内容が、結構問題でして。要約すると、現在の自動調理機の食事は不味い。およそ人間が食べるに値しないしろものだってなわけ」

　滕の言葉に宜野座が反応した。交わる視線に、滕は、勝利の予感を感じる。

「それは、例の異物混入事件で拘束された実行犯たちが、口を揃える天然主義の――」

「そう、〝加工食材による不健全な食事を撲滅せよ。未加工の天然食材を摂取する人間本来の食事を取り戻せ〟――ってのが、犯人連中が掲げる犯行理由でしょ？　どう、櫛名CEOの主張は共鳴し合うところがある気がするんですけど……」

　それに、と滕は、端末を操作し、大量の画像資料をホロ投影で表示させた。

「これ、異物混入事件の現場で撮影された映像や画像なんだけど、ある共通点があるの、ギノさん、わかります……？」

「――櫛名光葉」

「そのとおり」

　滕は、それぞれの画像データにホロで追加の処理を施した。輪郭線が縁取られ、強調される。ほぼすべての画像の群衆や通行人のなかに、櫛名光葉の姿が映り込んでいる。表情はつねに険しく、目に見えて余裕がなかった。

「つまりは――、店を手伝うフリをしつつ、潜入捜査をさせろ、と？」

「……まあ、そんなところですかね。どうも、あの洋食店の店主は櫛名ＣＥＯと懇意な関係にあるようだしさ。彼女を通じて情報を集めるのも手じゃないッスか？　いずれにせよ、事件捜査には役立つと、縢執行官は、愚考いたしまーす」

「――フン」宜野座は納得したというふうにうなずいた。「ならいい。許可する」

刑事課一係の執務室《オフィス》がある四一Ｆのエレベーターホールで征陸が待っていた。

縢は、炭酸飲料を手に声を掛ける。

「さっすが、とっつぁん。言うとおりにしたら、ギノさんからＯＫもらえたっス」

「俺の名前は出してねえだろうな」征陸は缶コーヒーのプルを開け、中身を啜る。「まあ、そうだったら失敗してるか……。けどよ、こうなった以上、遊びに行くわけじゃあないんだからな。しっかり店、手伝ってこい」

「りょーかい」

縢は、炭酸飲料を一気に飲んだ。喉を刺激する炭酸が心地よい。この前の〈カンパーニュ〉での食事以来、口にするものへの興味が前より増した気がする。

「でも、〈グストー〉のＣＥＯだけど、むっさんの幼なじみなわけでしょ？　むっさんがあんなとっぽい感じだし、関係が深い人間が、犯罪なんてするかねえ……」

「これぱっかりは、調べてみねえと分からないからなあ。だが、いずれによ、異物混入事件の解決に繋がる線《セン》が見つかる気がするんだよ。刑事の勘ってヤツなんだが……」

とはいえ、と征陸は言った。

「まずお前は、店の手伝いを真面目にやれ。そうやって六雁ちゃんとの信頼関係を築くんだ。人脈作りも刑事の仕事だぞ。彼女も食品関連企業に勤めて、今は天然食材を使ったレストランをやってるんだ。色々と情報は入っているだろうからな。それを利用――ってのは言い方が悪いかもしれないが、使えるものは何でも使うのが刑事ってもんだ」

「なるほど」

「……うし、それじゃ、俺は部屋に戻って寝るわ。この歳だと夜勤明けが堪《こた》えるな……」

征陸が欠伸《あくび》をひとつ。空き缶を滕に渡し、ちょうど到着したエレベーターに乗り込む。

「とっつぁん、暇だからって、夜勤中に酒飲んでないッスよねえ？」

「……バカ野郎。酒は仕事の後だから旨いんだよ。これから一杯やって寝るのさ。ウィスキーで珍しいのが手に入ったんだ。開けるのが楽しみでなあ……」

「ああ、いいッスねえ……」

「――ま、今の事件が一段落したら、お前にも分けてやるから一生懸命やるこったな」

そうやって苦笑する征陸は、扉の向こうに消える。

2

〈カンパーニュ〉は、一時開店で休憩時間を挟まず夜まで営業するが、最近は、調達できる天然食材が減っているため、日が暮れる前に閉店することも多かった。

といっても、それで一日の仕事が終わるわけではない。食器の洗浄に始まり、ホールの掃除、調理器具の整備、ゴミ出しなどが続く。それらが済むと、明日の営業のための仕込みに入る。

滕は、料理経験が皆無だから、雑用見習いとして働いた。つまりは掃除だ。皿洗いと調理器具の手入れをする。これが想像以上の重労働だった。

厨房の店奥側、ホールから壁を隔てて見えない位置に業務用の冷蔵庫と洗い場がある。シンクは、野菜などの食材を洗浄するものと食器類を洗うものの二槽に分かれている。食洗機はあったが、フライパンや寸胴鍋は手洗いのため、スポンジやたわしを手に格闘した。

〈カンパーニュ〉の厨房は、縦に長いが、横幅がひどく狭い。調理器具も突出していて清掃ドローンを入れられないため、どの調理器具の手入れも、人間の手で行わなければならない。滕は、六雁と一緒にコンロやオーブンの清掃をした。天板は古く重いため、引っ張り出すのが容易ではなかった。丹念に磨き終えるころには、腕と背中の筋肉がパンパンに張っていた。腰も痛くなった。しっかりと支えるために脚にも力を入れるから、結局、全身を酷使する。

それで、六雁が細身なのに、筋肉が引き締まった逞しい躰である理由がわかった。料理人にとって肉体が重要であることを思い知らされた。

最初のころ、すべての仕事を終えると膝は疲労困憊《こんぱい》だった。全身が筋肉痛になり、翌日昼の営業時には給仕として役に立たず、馴染みの客に手伝ってもらう始末だった。

けれど、おかげで常連客から話を聞くことができた。

〈カンパーニュ〉の客の多くは、天然食材の愛好家だ。総じて年齢が高い。すべての食事がハイパーオーツ原料の加工食品に切り替わる以前の食生活を体験している世代なのだろう。比較的富裕層で立ち居振る舞いに余裕が感じられた。なかには食後にサイコ＝パスケア剤を服用する者もいた。オートサーバ全盛の現代では、天然食材由来の食事は、色相を濁らせることがあるとして推奨されていないからだ。

それでも、こうした食事を好むのは、オートサーバ普及以前の「食事」において、その体験が豊かであったことを舌が覚えているからだろう。

ある客が言う――〝まずひとえに〈カンパーニュ〉の料理が美味い〟。

また、ある客が言う――〝天然食材は稀少で扱いが難しく、信頼できる相手に任せたい〟。

そして、客が口を揃えるのは――〝〈カンパーニュ〉の味は、家庭的で落ち着く〟。

また一方で、近隣の廃棄区画からやってくる客もいた。世俗から離れた自由人といった雰囲気の人間たちは、ぶらっと現れ、店頭量り売りでカレーをお玉一杯分、コロッケを一個単位で購入していく。六雁の祖父の時代から通っている客もいるそうだった。時おり、顔見知りを見つけ、店内の客と談笑する姿も見受けられた。皆、基本的に、〈コミュフィールド〉などを利用せず、現実での交流を好んでいた。

とはいえ、少し奇妙なのは、これまでの二週間で多くの客と話をしたが、〈天然食材復古主義〉といった単語を一度も耳にしなかったことだ。実行犯たちと親和性がありそうなものだが、ひとつとして接点が見つからなかった。やがて縢は捜査のことは忘れ、六雁の手伝いに専念することにした。

店主である高家六雁の精神色相は、極めて良好《クリア》だった。

一般常識からすれば、廃棄区画と隣接する立地、客として訪れる雑多な人間、天然食材の調理。色相を悪化させるに十分な条件がいくつも揃っているが、彼女の〈サイコ＝パス〉は健全値《クリア・カラー》を維持している。

それが、縢をほぼ常態的に派遣することが許可された理由のひとつでもあった。

捜査の一環として潜入捜査に妥当性があると判断されたが、執行官の単独行動は服務規程違反になる。そのため、縢は定時で報告を、店近くに停めた執務車輛で仕事を片付けている青柳など二係の監視官に送っている。

とはいえ、手伝いを始めてから、ここ二週間は、落ち着いた状態が続いている。おかげで店の手伝いと料理を習うのに集中できていた。

「それじゃ、今日はお出汁を取ってみよっか？」

片づけや清掃が終わり、仕込みも一段落したところで、六雁が声を掛けてきた。

テーブル席のひとつを講義スペースに利用する。ビニルのクロスが敷かれた食卓のうえには、波打つ暗緑色の板のような昆布と、ふんわりとおが屑の山のように盛られた鰹節、乾燥させた椎茸が並べられた。どれも希少な品々だ。自動調理機と食材別の加工カートリッジが食品流通のほぼすべてを網羅している現状で、原材料のままの食材――つまり、天然食材を入手することは難しい。

取扱店は、都内で四店舗だけ。どこも専門店向けの業者で、個人で注文を頼んでも受けつけてもらえない。唯一、六雁の幼なじみが経営し、縁深い〈グストー〉傘下の店舗は、個人客も利用できるが、色相悪化のリスクが懸念される品々だけあって、〈グストー〉側から取り扱い可能と判断されないと食材の取引はできないし、数に限りもあるから、注文して即座に入手というわけにはいかない。

だから料理教室のためだけに、わざわざ追加注文せず、その日ごとの余りが用いられた。

ハイパーオーツ加工食品に較べ、天然食材は、アシが早い。傷みやすく、刻々と味が変化する。どれも自然の産物なのだ。

最初に米を炊くことを習った。米研ぎの力加減や水に浸ける時間に注意した。炊くことそのものは、炊飯釜でスイッチを押せば終了だった。意外と簡単で拍子抜けした。

六雁の教え方は合理的で、普段使いを重視していた。縢に個々の調理技術より、応用が利く基礎の習得をさせた。

出汁は、あらゆる料理を下支えする——と、六雁は言った。出汁の取り方と組み合わせ方を覚えていれば、他の料理にも役立つ。西洋料理のフォンなら肉と野菜。イタリア料理ならトマトと貝類という具合だ。グルタミン酸とイノシン酸とグアニル酸は乗算で互いの旨みを増強させる。

元々、物覚えはいい。征陸が言ったように、縢はスポンジが水を吸うようにどんどん技術を習得した。試行錯誤を繰り返し、最適解を導くことは苦ではない。ゲーム攻略と同じだ。むしろ、熟練プレイヤーが丁寧にやり方を教えてくれるのだから、誤りようがない。

縢は、六雁の指示通り、水を張った鍋に昆布を入れた。ここから六〇℃まで加熱していき、その温度を維持したまま一時間煮出す。その間に米を洗い、水に浸けた。今日は、あと卵を焼くといっていたが、これも出汁を取ってから準備を始めても十分間に合うので、材料を準備するに留めておく。

しばらく、待ちの時間ができたので雑談した。六雁が祖父から料理の仕方を仕込まれていたときの思い出話を聞いたが、彼女は幼なじみと一緒に料理を習ったそうだった。

「――ミツバって、味の分析は、すごいんだけど料理をするとなると、からっきしでねえ。結局、あたしが作って、ミツバが味見をするって感じで役割分担していったなあ……」

ミツバとは、櫛名光葉の愛称で、六雁の話にもっとも高い頻度で出現する言葉といってよかった。

「そうそう、むっさんってさ。ぶっちゃけ、櫛名光葉とはどんくらいの仲なの？」

常連客から夫婦扱いもされていたし、まあ、深い仲なのだろう。雑談がてら二人の恋愛事情なんかも聞くと楽しいだろうと思ったが――

「……え？」

六雁が少し、呆けたように答えた。完全に虚を突かれたという顔だった。

滕は、ふと、自分の問いかけが詰問めいてしまったことに気づいた。六雁は、こちらの素性を知っている。執行官――公安局の人間だ。探りを入れていると思われたかもしれない。そういうつもりはなかった。滕は、慌てて言い訳めいた言葉を継いだ。

「いや、さ。今って、恋人とか結婚相手とか、一緒にいる相手をシビュラの解析に基づく相性診断で決めるわけじゃない？　それでさ、ちっさいころから、ずっと親しい誰かと一緒にいるのって、どんなものなのかなって思って……さ」

嘘ではない。滕にとって、それは縁遠く、一度も経験したことがないもの。

隔離施設育ち。親しい友がいたことはあるが、そういう関係の相手は、いなかった。

「……そうだね。何もしなくたってずっと一緒にいられる、と思ってたかな」

「え？」

「あいつとあたし、そういう関係に、なれなかったなあ……」

「でも、ちょっと前まで、店、手伝ってくれてたんじゃないの？」

「まあ、そうだけど……、ああ、これが縁の切れ目になっちゃうかもって、さ。ほとんど連絡も寄越さなくなっちゃったし……」

六雁は苦笑した。力のない笑みだった。どこか苦しげで、直感的に、自分が地雷を踏んでしまったと理解した。失敗を取り返そうとして、さらなる失敗を重ねたことに気づき、バツが悪かった。

「……ごめん」

「ううん、別に、謝らなくてもいいよ。大丈夫だって」

「いや、マジ、ごめん」

滕は、両手を腰に添え、頭を下げた。そうしないといけないと思った。

「……ん、じゃあ、許そう」六雁がぽんと肩に手を置いてきた。「それじゃ、お出汁を取る間、滕くんの話をしてくれないかな。時間は、たっぷりあるわけだし。そういえば、もう結構な時間、手伝ってもらってるのに、あんまり知らないから」

意外なものを求められたが、断るわけにもいかない。

「あー、いいけど、そんな楽しいもんじゃねえよ……？」


膝にとって、自覚ある人生の起点は五歳のときだ。全国民に義務づけられている〈サイコ＝パス〉の定期検診において、事もあろうに潜在犯として認定された。なぜ、そうなったのか両親は分からないようだった。別段、荒《すさ》んだ家庭や生活環境に置かれていたわけでもない。ただ、茫然としていた両親の顔。注がれるまなざしは当惑と慄《おのの》き。それはすぐにガラス越しになり、端末越しになり、やがて、絶えた。

潜在犯は、隔離施設に収容され、外部との接触を遮断される。飼育小屋のように仕切られた独居房が世界のすべてだった。医療用ドローンによって配給される栄養食や、垂れ流されるセラピー・チャンネルの動画。精神安定のためと希望すれば、コミックや音楽に映画などの娯楽だったり、物品を支給してもらうことができないわけではない。しかし、五歳の膝にとって自分には何が必要なのか、そもそも何が欲しいのかさえ、把握できていなかった。

だから、暴れた。我ながら、とんでもない問題児だったと思う。

檻に入れられた獣も同然に、無茶苦茶に暴れ、物品の配給時にドローンが機械腕を入れてこようものなら猛然と掴み、引き千切った。それを武器に強化ガラスを叩き割ろうとした。いつしか武器になりうるものは、一切、遠ざけられるようになった。物資の支給口は二重にされ、反逆の機会を、ことごとく奪われた。

獣と飼育係の知恵比べは続いた。滕の手口は年齢を重ねるごとに狡猾《こうかつ》になっていた。やがて暴れるために相手を出し抜くというより、いかにして相手をだし抜けるかについて考えることが楽しくなっていた。いつのまにか、無闇矢鱈《むやみやたら》に暴れることを止めていた。

それからしばらくして、転機が訪れた。

執行官適性――猟犬となれ、と施設を訪れた痩軀の男――宜野座伸元が告げた。自分は、檻から出ることを選んだ。

そして今、気づけば、二〇歳《ハタチ》になっていた。普通なら、義務教育を終えて、職業適性に応じて進路が決まる年齢――妙な部分で足並みが揃うこともあるもんだ、と思った。

「何か、悪い……、つまんねーこと話しちまったかも」

……自分の生い立ちについて掻《か》い摘《つま》んで話をするつもりだったのに、気づけば多くのことを話していた。それを聴き終えた六雁は、無言で、しばらくの間、滕のことをじっと見つめた。潜在犯の生涯を聞かされて楽しいはずもない。それどころか、色相が曇ってしまったかもしれない。そんなことになれば、〈カンパーニュ〉での手伝いなんてのは、即刻取り止めになってしまうだろう。

「……大変だったねえ」

一言、それだけ告げて、肩をぽんぽんと叩いてきた。それ以外に言葉はなく、まるで労《いたわ》るように、優しく、何度も、何度も肩を叩かれた。

予想外の反応だった。縢の過去を聞けば、まず五歳で潜在犯となった事実から、どれほど兇悪な人間なのかと畏怖され、あるいは、猛獣のように遠ざけられる。それはつねに恐怖を向けられることに等しかった。だが、この女性《ひと》は何ら臆することなく近寄ってきた。

「ねえ、縢くん。どうして執行官になろうと思ったの？」

彼女の言葉は、ただ純粋に、自分が檻を出た理由を問うもので――。

「……わかんねえ」

けれど、口から出るのは、ぼんやりとして、かたちも定かではない、ことば。

執行官になることを躊躇《ためら》わなかった。善良な市民を守るとか、法秩序の守り手であろうとか――そんなご立派な理由は、これっぽっちも考えたことはない。ただ、外に出ようと思った。鎖に繋がれていたとしても、それが叶うなら――。

だが、俺は、外に出たかっただけなのか？　過去の選択に理由を求めるなら、それだけだ。しかし、それだけではない、という何とも言えないざらつきがあった。目隠しをされ、真っ黒な箱に手を突っ込まされ、中身を言い当てなければならないような、もう少しで辿りつけそうなのに言葉にできないもどかしさ。

「むっさんは、どうして料理人になったんだ？」

そして気づけば問い返している。

「そうだねえ……」六雁が腕を組み、少し思案した。「最初、シビュラの適性診断に従ってある仕事に就いたの。それは、とても遣り甲斐があって、楽しくって……、でも、あるとき、トラブっちゃってさ。やってきたことが信じられなくなったの。それで自分を見つめ直したくなって、お爺ちゃんのお店を継ぐことにしたの。美味しい料理を作って、お客さんに食べてもらって……そこから再出発しようって。もちろん、周りからも反対されたけどね。色相悪化したらどうするんだって。それこそ、幼なじみのアイツにも……ね。でも、さ。〈カンパーニュ〉で料理をしているとき、ふと思ったの。自分にできるのは、これだけなんだって。多分、そういう納得が、あたしは欲しかったんじゃないかな」

その言葉は、傍《はた》から聞けば、諦めのようにしか聞こえないだろう。

だが、朧は、〝自分にできるのは、これだけなんだ〟と、これほど誇らしげに言える人間と出逢ったのは、初めてだった。

なにかひとつ、光が差しこむような気がした。

〝自分にできるのは、これだけなんだ〟――その言葉は、俺にとって――。

なぜ、自分は檻から出ようと思ったのか。自由を欲していたのだとすれば違う。軛《くびき》は、今も外れることがない。自分が望んでいたのは、ただの自由ではなく――。

そのとき、ふいに無線通信が起動した。

《シェパード1からハウンド4へ》冴え冴えとした宜野座の声。《再び異物混入事件が発生した。お前は青柳監視官とともに現場へ向かえ》

朧は、六雁に「事件が起こった」とだけ伝え、すぐに店を出た。こんがらがった思考は、事件を追う猟犬のものへと切り替わり、迷いの一切が消える。しかし、どこか頭の片隅で、問いかけは、残響を続けていた。


現場は、港区麻布の飲食店舗だった。一見すると古民家のような佇《たたず》まいだが、完全予約制を取っている高級飲食店だ。そして円筒形の公安局のドローンが整列し、封鎖線を敷いているのは、その飲食店からすぐ傍の通りだった。住宅街。深夜となれば人通りはない。青白い街灯が点々としている。色相悪化を懸念しているのか、それとも事件が頻発しすぎて興味を引かなくなったのか、野次馬もいなかった。

朧は、青柳とともにドローンに近づき、公安局員であることを認証すると、現場に入った。すでに異物混入の実行犯は拘束され、現行犯逮捕《ゲンタイ》で施設に送られている。犯罪係数は一〇〇を超過していた。

「今回は不幸中の幸いね」青柳が安堵のため息を吐いた。「異物は混入されていたけど、人の口に入る前に食い止められたわ」

「へえ、そりゃ何で？」

「市民からの通報よ」

「そりゃまた、熱心な自警野郎《ビジランテ》もいるもんっスね」籐は、ネット経由で入手した旧いアメリカンコミックを思い出した。「まさか、そいつ、大富豪で夜な夜な黒いコスチュームを身に纏ってたりするとか？」

「――当たらずとも遠からず、かしら」

「……マジで？」

するとと、路地に仁王立ちする人影を見つけた。古風な三つ揃え《スリーピース》のゆったりとした造りのスーツに身を包み、髪は後ろに撫でつけていた。視線は鋭く、こちらを睨みつけている。

「貴方たちが公安局か」青年は糾弾するように声を張った。「これだけ異物混入事件が頻発しているというのに、なぜ未然に防ぐことができないのかね？」

とはいえ、青年は、籐と同じ程度の小柄な体軀のため、威圧感は、さほどではない。

「本件について、捜査が立ち遅れていることは謝罪いたします」青柳が慇懃《いんぎん》に頭を下げた。

「ですが、ご承知のとおり、潜在犯は、周囲の人間の色相に悪影響を及ぼします。自警活動として犯罪捜査を行えば、不測の事態に遭遇する危険性も――」

「承諾しかねる。貴方がたのご指示どおり座して待っているうちに、我々、食品流通企業は、致命的な打撃を被《こうむ》っている。それに国営企業による食品流通一元化の流れが進んでいると聞く。――であるなら、これ以上は、もう我慢ならない」

「お気持ちは重々、お察しいたします。ですが——」

「……え、ちょい待ち、あんた、櫛名光葉？」

そこで、滕が二人の会話に割って入った。捜査資料をざっと閲覧。以前に宜野座に見せた画像データに映り込んでいた人物と、外形の近似値を比較——間違いなく本人だ。

「——なんだ、君は」

光葉は、露骨に警戒したまなざしを滕に向けてきた。

「ああ、俺は滕秀星っつー執行官なんだけど……、まあ、最近は、洋食店〈カンパーニュ〉の見習いやってるんだけど……、高家六雁ってご存知？」

そう告げると光葉が、さっと表情を強張《こわば》らせた。紛れもない——目の前の男は、櫛名光葉——〈グストー〉CEOにして、高家六雁の幼なじみ。

†

滕は、光葉とともに公安局庁舎へ向かった。

「こんな場所で言うのも何ですが、まあ、楽にしてください」

取調室に入った光葉を待っていた征陸は、出迎えるなり、そう言った。隣室では、監視官の宜野座によるモニタリングが行われている。

簡素な机にスチール椅子が二脚。天井は低く、壁が四方から迫ってくるような圧迫感があった。机には陶器のカップが三客、供されていた。獅子を象《かたど》った緻密な装飾が施されたコーヒーカップとソーサーは、無味乾燥とした部屋との対比で、とても鮮やかに映る。

カップの中身は、きめ細かく密度のある泡《ホイップ》で蓋がされていた。

「とりあえず、一杯どうぞ。お疲れでしょうし」

「……いただきます」

光葉が征陸の勧めるまま、カップに口をつけた。

壁に背を預けることになった滕も続いた。一口啜り、呼気をふっと吐いた。

かあっと口の中が燃える舌触りがした。

「――アイリッシュ・コーヒーですか」

「ジェムソンのピュアホットスティルがちょうど手に入りましてね。前は、ウォトカでブラック・ルシアンをやっていたんですがね。こいつもまあ、ちょっとした好奇心ですわ」

「ほう……」光葉が興味深そうに居ずまいを正した。「ちなみに豆はどこで？」

「いやあ、実は自家焙煎なんですよ」征陸が照れくささうに頭を掻いた。「ちょいと酒やコーヒーを齧《かじ》った程度ですから、専門家の方からするとご不満な点もあるでしょうが……」

「とんでもない。僕は、食材を扱う専門家ではありますが、料理の腕はからきしでして……」

…。それにしてもご自分で焙煎を——」

征陸との会話の遣り取りで、光葉の緊張が解けるのが分かった。表情が和《やわ》らいでいた。青柳が運転する車中、光葉とほとんど会話らしい会話を交わせなかった縢は、素直に征陸の手管に感心した。けれども、酒を持ち出しているあたり、事件調査にかこつけて自分の趣味を披露しているような気もした。

縢は、配属早々に執行官宿舎の征陸の部屋に呼ばれ、したたま呑まされたことを思い出す。油彩絵具と松精油《テレピン》の匂いのなか、口腔で燃え上がる酒の味——。

「さて、櫛名さん。夜分遅くにお呼び立てしたのは、ちょいと理由《ワケ》がありましてね……」

「……今回の実行犯が使用したのは、我が社が取り扱う天然食材の廃棄分ですね。腐敗によって処分されたはずの食材がカートリッジに装填されてしまった。しかし——」

「ああ、いえ」征陸が光葉の言葉を遮《さえぎ》った。「私らは、〈グストー〉の……ましてや、櫛名CEOの事件関与を疑っているわけじゃありませんよ。ここ最近、連続して現場に出没なさっていたのも、独自に事件を追っておられたからでしょう？」

「ええ」と光葉がうなずいた。「言っておきますが、公安局が捜査に本腰を入れないから、僕は、しかるべき自衛措置を取ったに過ぎません」

「そいつは申し訳ない限りです。しかし、どのようにして異物混入されたカートリッジを特定なさったので？」

「追跡可能性《トレーサビリティ》の応用です。天然食材は色相悪化を懸念することから厳密な管理が求められます。わが社の顧客が、購入した天然食材について生産地や流通経路を参照するため大量のデータ取得をしています。今回、この流通過程において、データ取得に一時的な断絶が生じたなど、不審な点がある食材や担当業者に目星をつけて追跡調査しました。そして、予定《スケジュール》に記載のない品質チェックが行われた食材カートリッジを発見し、ギリギリのところで食い止めたのです」

「なるほど。ですが、天然食材の残飯については、どのようにして……」

「都内で天然食材を取り扱う業者のうち、わが社だけは、一般客向けにも販売を行っています。カートリッジであれば回収しますが、天然食材となるとそうもいかない。廃棄物となった食材の管理までは行えませんから、そこを狙われたんでしょう」

「我々の立つ瀬がないほど鋭い洞察です」征陸が軽く頭を下げた。「ところで、門外漢の質問をお許しください。一連の異物混入事件の結果、〈グストー〉の株価にも影響が出ているらしいですね」

「――ええ、業界内でも紛糾していましてね。僕は……何と言いますか、感情的な物言いの多い男です。年齢が若いせいもあってか気持ちが逸《はや》り、敵もかなり作りました。〈グストー〉の技術再現型自動調理機が、約半世紀前からのハイパーオーツ一辺倒の食品流通体制に、よくも悪くも風穴を穿《うが》ってしまったからです。今日の会合でも、ここぞとばかりに保守系の企業体から、完成された食料自給体制に、余計なリスクを持ち込んだしっぺ返しだ――と批判されましてね……」

「その、余計なリスクというのは？」

「調理技術の復興です。二一一一年現在、ハイパーオーツ以外の食材の生産数は激減しています。今では天然食材は、未知のウィルスを保菌《キャリア》する危険な野生動物のように扱われています。精神保護を至上とする観点から、完全栄養食であり全国民に平等な供給が可能なハイパーオーツ以外の食材一切について流通を禁止しろ、という意見は根強い。まっとうな正論と言えるでしょう」

「ほう」

「僕も、彼らが本当に国民の精神保護のみを考え、意見しているなら納得します。ですが、保守派の連中は、結局のところ自らの既得権益を脅かす存在が疎《うと》ましいだけなのです。今回の連続異物混入事件についても、新興企業を潰す口実としか捉えていない。事は天然食材の流通を禁止すれば済む問題ではないのです」

「……では、櫛名ＣＥＯは、天然食材の取り扱いは、全面解禁されるべき、と？」

「それは違います」光葉は首を横に振った。「異物混入を実行している連中は、自らを天然食材復古主義者と称しているそうですが、現時点の国内で生産される天然食材の総量と国内総人口を比較すれば、それが不可能であることは馬鹿でもわかります。そして天然食材は、加工や摂取方法によって、毒にも薬にもなる。だからこそ、しかるべき人間によってのみ取り扱われ、限定消費されるのが最善の策でしょう」

「だとすれば、櫛名さん。あんたはなぜ、技術再現型オートサーバの普及を推進なさるので？　〈グストー〉の最新型には天然食材を調理できるモードもあると聞きますが……」

「すべての人間には幸福を追求する権利がある。ならば、食の美味しさを追求してはならない理由はないでしょう？　そして、僕は優れた技術を残したい。どれほど精緻を極めた技術とて、受け継ぐものがいなければ衰退し、やがて消えてしまう。ハイパーオーツの確立以来、確かに食の安定供給は成し遂げられましたが、その影でどれほど多くの料理が消え、調理方法が廃れてしまったか……。僕は、子供のころに、幼なじみのお爺様が作ってくださった料理がとても好きだった。それを遺したい――単純な理由です。しかし、だからこそ譲れない」

光葉は、恥じ入るように苦笑しながらも、はっきりと言った。

「……わかりました。今日は、専門家のご意見を伺えて助かりました。差し支えなければ、今後、事件解決にご助力を願えますか」

征陸が席を立ちつつ、光葉にホロ投影で連絡先のデータを送信した。

「構いません。僕も一刻も早い事件解決を願っています」

光葉も席を立った。

「……ありゃあ、完全にシロだな」

光葉が取調室から出て行くなり、征陸がぼやくように言った。

「まあ、そんな感じしましたねえ。ところで、さっきの雑談っぽいけど、尋問でしたよね？」

「今回の異物混入の阻止ってのも、捜査線上から外れるための手かと思ったからよ。一応の揺さぶりを掛けてみたんだが……、彼は、ことごとく実行犯たちと意見が噛み合っていない。あれだけ天然食材と、それを用いた料理にこだわりがあるってのに、冷静な現状認識ができている。熱に浮かされたような実行犯連中とは真逆って感じだ。やれやれ、……この事件、俺たちが思っていたのとは、全く違う性質のものかもしれねえな」

「……なあ、とっつぁん。ちょっと話してきてもいいかな？」

征陸が肩を竦《すく》め、残っていたアイリッシュ・コーヒーを一気に煽った。

「櫛名氏とか？」

「はい、ちょっと野暮用で」

そして縢は、征陸の返答を待たず、取調室を出た。

「おーい、ちょい待ち！」

光葉が乗り込み、扉が閉じようとしていたエレベーターに滑り込んだ。地上に着くまでの時間は短いが、完全にふたりきりで会話できる。

「……何か用か？」

膝を見据える光葉のまなざしは妙に攻撃的だった。

「いや、あんたのほうが、俺に用がある気がして」

すると、光葉は、何度か躊躇し、やっと決心したというふうに告げた。

「……君は、〈カンパーニュ〉を手伝っているんだったな」

「ああ、うん」

「——六雁は、元気にやっているか？」

「まあ、そこそこ」

「……ならいい」

光葉は、頬を緩めた。その表情は、今日見たなかで最も柔らかいものだったが、そこには裡に秘められていた寂寥《せきりょう》が、分かりやすいほど滲み出ていた。その笑みには、見覚えがあった。六雁が光葉との関係を語ったときの——大きな後悔と、それでもなお、諦められない未練を大いに含んだ苦い笑み。

どちらも、よく似ていた。

羨ましいと思うより——よっぽど微笑ましいものを見たような気がした。

何というか、助けてやりたいな、と思った。

「なあ、あんた」滕は訊いた。「やっぱ、〈カンパーニュ〉の手伝いには戻れねえの？俺ら公安局も捜査には本腰入れ始めてるし、とっつぁんの言葉じゃねえけど、色相曇っちまったら元も子もないし……」

「それは……、僕が決めることじゃない。六雁が決めるべきことだ」

「じゃあ、逢って話し合ったほうがいいよな」

「――何だと？」

ちょうどエレベーターが地上階に到着し、扉が開いたが、光葉は床に縫いつけられたように動かない。滕が背中を軽く押した。それで玄関ホールに辿り着いた光葉が、こちらを振り向いた。口を開け、何かを言おうとしていたが、扉が閉まり、答えは保留された。

滕は、上昇を始める階数表示を見つめた。

3

六雁の店に通い始めてから、一ヶ月が過ぎようとしていた。

早朝、公安局庁舎内の執行官宿舎の自室で滕は、忙しなく動き回っている。月を跨《また》ぎ、給料が振り込まれたため、すぐに私室にキッチン・スペースを導入した。調理台には、光葉から譲ってもらった食材が積まれていた。一連の事件の煽りを受け、天然食材取扱への締めつけが強まり、注文キャンセルも相次いでいるとのことで、有難く頂戴した品々だ。

扉を開け、廊下に立て看板を置く。謳い文句は――〝オートサーバより旨いメシ〟。

「うっし、これで完成」

今日、滕は、完全な休日《オフ》だ。休暇日と〈カンパーニュ〉の休みが重なったため、店の手伝いはしなくていい。午後は用事で出かけなければならないが、午前中は自由にできる時間がある。そこで、ここ一月半ほどで、六雁から習った料理のおさらいをすることにした。さすがに潜在犯が作った料理を、〈カンパーニュ〉の客に食わせるわけにもいかない。そうなると、供する相手は自《おの》ずと決まってくるものだ。

「――何やってんだ、滕」

しばらくして通りがかったのは、自室から出てきたばかりの執行官だ。シャツは第二ボタンまで開襟し、ネクタイは緩い。火の点いていない煙草を咥《くわ》えている。

「うっす、コウちゃん。昼飯食ってかない？」

「ん？ ああ、構わないが……。こうやって店を出していると、まるで『王さまレストラン』みたいだな」

一係の先輩執行官である狡噛慎也《こうがみしんや》は、そう言って苦笑した。元は監視官であり、学生時代は宜野座と同期で首席卒業。監視官時代は、征陸を部下に別の係で率いていたこともあるという経歴の持ち主だ。いかなる理由で執行官堕ちしたのか、縢は、知らない。執行官同士、互いの過去は、語られでもしないかぎり、お互いに深入りしない。

そんな狡噛が過去を垣間見せるのは、こうして本のはなしをするときだ。

「ふうん。何よ、それ？」

「小さい頃に読んだ児童書だな。子供みたいにわがままな王さまが主人公で、毎回いろんなトラブルが起こる。『王さまレストラン』の最初のはなしでは、ちょうど今のお前みたいに、王さまが城の庭にレストランを開くんだ。ただ、料理の腕はからきしだから客が来ない。やがて、王さまは、冷蔵庫から現れたウサギにバラの花のサラダを頼まれたり、蝶から蛙の涙のスープを注文され、慌てふためく。そういや、蛙が注文した蛇の丸揚げが結構、奇妙な話でな。揚げられる蛇が自分で衣をつけて油に飛び込む。ああ……いい温度だ、なんて言ってこんがり揚げられ、蛙はそれを一飲みにする。まあ、すべては夢の出来事だった、というオチだがな」

「……つーか、それメディカルトリップの幻覚症状みたいじゃね？」

「かもしれん」狡噛が苦笑した。普段は鋭さを見せる容貌が、こういうときは少し柔和になる。「児童書ってのは、道徳を教え込むだけじゃなく、不条理なものも多い。けれど俺は、説教くさい真面目なはなしより、こういうほうが好きだったな。そうそう、俺がこの本で好きなのは、『王さまのくいしんぼう』って話だな……。

一どに　たくさん　たべるの　いやよ
かみより　うすい　たまごせんべい
あつさ　二ミリの　いものコロッケ
はりより　ほそい　にんじんスティック
いつも　いつでも　たべててね

……懐かしいな。おふくろに作ってくれって、せがんだことがあったっけ」

そう語る狡噛を見て、親に愛されて育てられたんだろうな、と縢は思った。

多分、それはこの国で暮らすほとんどの人間が、幼かった頃に体験することだ。無条件で注がれる愛情というものを、縢は知らない。暴れ回り、猛り吠える自分は、動物も同じだった。施設の職員たちは、獣を人間にしようと躍起だったようだが、結局、幼獣が狡賢《ずるがしこ》い獣になっただけ。そうして自分がマトモになることはなかったが、一応、感謝はしているつもりだ。確かに連中は人間扱いしなかった。しかし、闇雲に殺処分しようともしなかった。〝まだ子供だ。可能性はある〟――昔は、そういう言葉に反抗しっぱなしだった。

けれど、何となく、この社会は、基本的によいものなのだろう、と思う。

自分は、その社会に相応しい人間ではなかった。ただ、それだけのことだ。思い出す過去は、時として恥ずかしく、時として苦い。くだらない後悔は、何度も繰り返してきた。けれど、やがて忘れる。所詮、人間なんてそんなものだ。

テンション下げるとメシもまずくなる。アゲて行こう――。

「へえ、じゃあ、それ作ってみよっか？」

「折角だが、遠慮しておこう」

狡噛の返答は、意外だった。

「物語に描かれた食事は、想像力に補正され、どうやっても現実には味わえないから、旨いんだ。それでいい。けっして手に入らないものを読んで味わうってのが、ひとつの醍醐味なんだ」

狡噛の言葉は、時折、とても示唆的だ。手に入らないものは、手に入らないからこそ、価値がある。そんなこともあるものか――。

「ふうん。じゃあ、コウちゃん、何にする？」

「そうだな……、ハンバーガーを頼もうか」

「ええ、そんなんでいいの？」

「わかってないな、滕」狡噛がやれやれというふうに首を横に振った。「ハンバーガーってのは、一種のコース料理なんだ。穀物のバンズ。フレッシュなレタスのしゃきっとした歯触り。酸味と甘みが爽やかなトマト。焦げ目をつけた香ばしいオニオンスライス。牛一

○○%のずっしりとしたパティをグリドルで焼き、塩と胡椒で肉の旨みを引き出すんだ。チーズもいいな。風味豊かで濃厚なチェダー。そいつらをぎゅっと押しながら両手で持って……、ガブリと食う」
狭噛が犬歯を剝いた獰猛《どうもう》な笑みを浮かべた。縢の腹がぐーっと鳴った。

「ハンバーガーは、豊かな食感と味が幾層にも重なってこそ旨い。縢、お前――、もちろん作れるよな？」

「……やったろうじゃねえの」

厨房へと向かった。足は、自然と、早足だ。

それから午後になるまで、客として来たのは、狡噛だけだった。ハンバーガーは肉種《パティ》から作って焼いた。肉は中挽き程度に挽いて、野趣溢れる肉の味を前に出すやり方にした。なかなか好評だった。縢も同じものを食った。火入れは、まだ改善の余地があり、バンズについても、いつかは自家製を試そうと思った。

そして他の買い込んだ材料は、アシが早いものについては下処理を施して、冷蔵庫に放り込んだ。そうこうしているうちに出掛ける時間となった。

†

〈グストー〉は、台東区上野恩賜公園内に社屋を構えている。

新鋭たる複合食品供給企業《コングロマリット》という触れ込みだから、どれほど巨大なビルかと思いきや、築二〇〇年は経つという旧めかしい西洋建築を改装して使っているとのことだった。正面玄関から、エントランスへ入る。敷かれた紅の絨毯は、長い年月の経過を感じさせる深い色合いだった。年代物の椅子が各所に配され、巨大な樹から切り出したのであろう分厚く木目も鮮やかな長テーブルが置かれている。

ガラス張りの展望窓から望むのは、不忍池と緑に茂った木々たち。すでに散ってしまったが、初春のころには、薄桃色に染まった桜の海原を見渡せるという。

「いやー、むっさんの店も古いと思ったけど、こっちのほうがパなくない？」

滕は、私服姿だった。口の広いTシャツに上着を羽織り、裾をロールアップしたサルエルを穿いている。靴はカジュアルなスニーカー。左手首に巻かれた手錠を模した無骨な形状の執行官デバイスだけが異彩を放っている。

「失敬ねー、ウチの店が入っている建物は、築一五〇年よ？」

そう呟いたのは六雁だ。滕がこっそり手配したサマー・ドレスに身を包んでいた。筋肉がついているから見栄えが悪いと彼女は言っていたが、鍛えた身体つきのおかげで、欧米系準日本人向けにデザインされた服を難なく着こなしている。

だが、どこか居心地が悪そうだった。容姿に自信がないというより、この場所にいること自体を拒んでいるかのようだった。しかし、こちらの誘いを断らなかった以上、完全に拒絶しているわけでもない。なら、きっと大丈夫だろう。

久しぶりに光葉と逢って、話のひとつでもすれば気が晴れるはずだ。

「ふうん、大して変わんなくない？」

「五〇年の差は大きいわよ。赤ん坊とおじいちゃんくらい違うじゃない」

「――おいおい、五〇でおじいちゃんは勘弁してくれよ。今年で俺、五三になるんだぜ」

声を掛けてきたのは征陸だ。服装は、いつもの暗色系のスーツ姿。馥郁《ふくいく》と香るのは、焙煎し立ての珈琲豆の匂い。

「わわ、ごめんなさい。征陸さん」

六雁が頭を下げた。

「いやあ、そこまでしなくていいって」

「そう、ですか……？　でも、征陸さんって、ちょっとお爺ちゃんに似てる感じがするんですよね。穏やかなんだけど……、なんか動作の機微とか、シャンとしていて」

「はは、そうかい、ありがとな。にしても、いいねえ、孫に誇らしげに語られるおじいちゃん……みたいなものも、さ」

「そういえば、お子さんとかって……」

「息子がいるよ。とはいえ――、孫は俺が生きているうちにゃ、期待できねえかな」

　征陸が視線をエントランスの左側に遣った。大きな木製の扉を開け、やってくるのは宜野座だ。几帳面に前を留めた細身のスーツに銀縁眼鏡。長い前髪から覗くまなざしは鋭く、征陸に向けられている。

「動作データの収集は、済んだのか？」

「ええ、このとおり」征陸が珈琲豆の入った紙袋を掲げた。「頼めば、調理スペースを貸してくれるらしいですがね。どうですか、一杯……」

「遠慮しておこう。今は職務でここを訪れている。遊びではない」

「それは残念」

「ふン。櫛名ＣＥＯがお待ちだ。二人ともついてこい」宜野座が前髪を指先で軽く弄った。

「──高家さん、申し訳ないな。一時的とはいえ、彼らと一緒にさせてしまって」

「いえいえ、お構いなく。ひとりで待ってても退屈でしたし」

「後で心理療法士《セラピスト》を手配しますから、どうかご容赦を」

　そして、六雁の返答を待つことなく、宜野座は、再び扉の向こうに消えた。

「……なんか気難しそうな上司さんでしたね」

「困ったことに、そのとおりなんだよなあ」

　やれやれ、と征陸が頭を掻いた。その様子を尻目に、滕は、ふと、自分が親になるなんてことはないんだろうな、と思った。潜在犯は隔離されるべき存在だ。つまり、他者との接触を基本的に断絶されるわけだ。こうして執行官をやっていて、同じく潜在犯である人間と仲間になって一緒に行動することは稀少だ。ましてや、一般市民《カタギ》とここまで親しくなるなんてのは、偶然も偶然。自分の人生がこの先、どれだけ続くか知らないが、再び訪れる可能性は、かなり低いだろう。

潜在犯の子は潜在犯――なんてのが、遺伝的に立証されているわけではないが、忌避されるのは事実だ。潜在犯になってから子供を儲けるなんてことは、ほとんど不可能。

だとすれば、親父やそのまた親父、数多の先祖が受け継ぎ、俺にまで至った遺伝子は、ここで途絶えるのか。悲しいとか、悔しいとか、そういう感情は、湧かなかった。ゲームの最中に電源がフッと落ちて、データがすべて消えてしまったときのような、何とも言えない虚脱感があるだけだ。代わりに、こう、想った。

なら、俺には、何か遺せるものがあるのだろうか――、と。

†

「調理技術を持続的《サスティナブル》に発展させていくためには、いくつかの必須要素があります」

光葉の主張は、大きく分けて三つだ。ひとつは、考案されたあらゆるレシピをデータ化
・自由開示《オープンソース》して秘匿化を防ぐこと。そして、料理に興味を持つ人間を積極的に参加させ、

集合知《グループ》によるレシピの絶え間ない更新を続けること。さらに調理という技術に、異分野を導入することを躊躇わないこと――。

「今日は、征陸さんのおかげで、よいデータが収集できました。感謝します」

「俺みたいな素人でもよかったのかい？　しかも……」

「健常者であろうと潜在犯であろうと、そのひとが持ち得る技術が優れているなら関係ありませんよ。技術は思考汚染を媒介などしませんからね。それに……唯一無二の傑出した技術も大切ですが、そうでない在野の才能といったものも次代に譲り渡すべき遺産です。そして何より、我が〈グストー〉が最終到達目標としているのは、人間《ユーザー》の料理の腕前が手軽に登録でき、誰もが参照可能なプラットフォームの確立なんです。ゆくゆくは、料理以外にも、あらゆる分野の技術継承に役立てるよう、範囲を拡大できるといい」

　光葉と公安局の関係は、親密になっていた。自衛活動をされるくらいなら、と捜査協力者に近い立場を与えているからだ。そうした経緯で、先日、征陸のコーヒーの淹れ方を技術データベースに記録させてほしいと依頼されたのがきっかけだった。そこに滕も、六雁を伴った同行を願い出たのだ。光葉は、少し厄介そうな顔をしたが、返答は、ＹＥＳだった。

〈グストー〉社の社屋は、〝工房《アトリエ》〟と呼ばれ、両翼に機能が振り分けられている。正面から見て右翼側が、先ほど征陸が赴いていた〈入力工房《インプット》〉だ。

そして滕たちは、光葉に先導され、左翼側――〈出力工房《アウトプット》〉と呼ばれる広大な調理スペースを進んでいった。明治期から続いていたという西洋レストランの内装を改築し、厨房と客席を隔てていた壁をぶち抜くことで広大な空間が確保されている。

それぞれのオープン・キッチンで求められる食材を提供するため、ひっきりなしに動き、下ごしらえもしているドローンに見覚えがあると思ったら、隔離施設で利用されている医療用ドローンと同型だった。確かに繊細な動作を行うという点では合理的だ。

「へえ、こっちには、人間がいないんですなあ」と感心するように征陸が呟いた。「〈入力工房〉のほうじゃ、大勢の調理師が働いていましたが……」

「元々、二つの工房は、それぞれ担当責任者が管理することになっていましてね。〈出力工房〉は僕が責任者。〈入力工房〉は共同創業者がやっていたんですが、そちらの方針で、なるべく人間の手を増やしているんですよ」

「その方はどちらに？」

「……今は退職してしまい、自分の店をやっているそうです」

光葉の視線が、一瞬、六雁に向けられたが、彼女は無言のまま、何も返さない。

「ただ、彼女の方針は、今でもスタッフたちに引き継がれています。毎年、料理に興味を持つ人間を一定数雇うことにしているんです。白い調理服が常駐スタッフ。青い調理服が研修生ですね」

「なるほど、食品関連供給企業という名にふさわしいもんですなあ」

「お褒めいただいて恐縮です」光葉がはにかんだ。それから〈出力工房〉を見渡した。

「だからこそ、こちらでは新規主力商材である独自自動調理機《オートサーバ》の実証試験を入念に行っているんです。今、稼働しているのは、今夏に一般販売を開始する新型の〈gaNeza-4〉です」

「つーか、すっげえ。マジかっけえ！」

縢は、調理場ごとに配置された〈グストー〉の技術再現型自動調理機〈gaNeza-4〉の形《フォ》状《ルム》に見惚れた。その構造は、複数の可動式出力器《ヘッド》とカートリッジの装填スペースで構成される自動調理機とは、根本的に異なっている。四つ腕をした上半身だけの骨格標本といった形状。脊椎状の主柱から延びる象の鼻のような伸縮自在の味覚感知機構〈舌《ゼツ》〉と、二対の上肢――機械腕《マニピュレータ》で構成されている。今もインストールされた調理技術を模倣《トレース》し、生命が宿ったような滑らかな挙動で四腕を駆使し、天然食材を調理したものと見紛うほどのハイパーオーツ食を作り出している。

「こいつはたまげたな、腕部の動作制御が疑似神経伝達方式《ニューロ・トレース》じゃないか」

征陸も、ホロで表示される性能表《スペック》を見て感嘆の声を上げた。

「へえ、それ凄いんスか？」

「本来は、最先端の義肢技術に用いられているしろものだ。俺の左腕と同じ方式だぜ」

征陸の左腕は、肩から先が機械化されている。過去、ある事件の捜査中に深手を負ったせいだと聞かされているが、詳細を訊いたことはない。

「開発会社から、動作の実証試験を行うことで提携《パートナーシップ》を結んでいます」

「意外なところで繋がってるもんだなあ」

征陸が、しみじみと感心するように言った。

「彼らは、喪われた人体の復元を目指し、僕たちは、喪われようとしている調理技術の保全を目指しています。そして、開発中の〈gaNeza-4〉で特に注目していただきたいのは、〈舌〉の搭載です。人間の味覚とは、食品中の味要素を味蕾《みらい》が受容し、各味に応じた味覚神経が脳に情報を伝達することに他なりません。そこで、味覚神経索の反応パターンを電子情報として捉えることで、人間の味覚を再現します。これにより、僕たちの技術再現オートサーバは、完全なものになる」

やはり、光葉が六雁に視線を遣ったが、無視された——どこか意固地になっているふうだった。さすがに憐れに思い、滕は、助け船を出すように質問した。

「4ってことは、その前があったの?」

「この第四世代に辿り着くまでは大変だったよ……」光葉が昔を懐かしむように言った。

「最初の機体は、学生時代に組んだんだ。僕が試作機を組んでプログラムを書いて——技術パターンは六雁のものを使わせてもらった」

「へえ、仲良かったんじゃん。ねえ、むっさん」

「……あー、うん。まあ、そうだね。小学校からずっと一緒だったし……」

さすがに、膝まで無視することはできないのか、六雁は、たどたどしく返答した。光葉と会話したくないというより、どうにも、技術再現型オートサーバの話題に立ち入りたくないという様子だった。

しかし、六雁は、表情を変え、笑みを浮かべると光葉に話を振った。

「——ねえ、ミツバ。昔の技術データ、ちゃんと消去してくれたわよね？　あれが、私の料理の腕だって記録されるのは心外だわ」

「残していないよ。それに……初期型にインストールされていた彼のデ、、、ータも、すべて消去した。〈グストー〉のクラウドサーバに厳重に保管してある」

「……そう」

六雁は、会話を終え、さも興味深いというふうに調理場の各所に視線を移していくが、どこか演技じみていた。根が正直なのだろう。平然さを装おうとしているが、逆に不自然さが際立った。直感的に、二人の仲違いの原因は、これなのだろう、と理解した。

「——どうです、最新型の売れ行きは？」

征陸もふたりの間に流れる硬い空気に気づいたのか、話題を振った。

すると光葉は、痛いところを突かれたというふうに顔を顰《しか》めた。

「……実は、大量の発注キャンセルが続いています。すでに工場ラインでの組み立てに入っていたところで、一連の異物混入事件だ。天然食材を使用した料理に限りなく近いレベルまで作り出せるというのが、逆に徒《あだ》になってしまいました。世論的にも、もしまた人々が天然食材を食べるようになったらどうするんだとさえ言われ、風当たりは正直、よくありません」

「ああ、いや……立ち入った話で申し訳ないんですが、〈グストー〉としては、大丈夫なんでしょうか？」

「業界団体が援助を申し出てくれています」光葉は一層、表情を曇らせた。「条件は、現CEOの解任と技術再現型自動調理機部門の廃棄……。要は、生意気な新参者の排除ですね」

「そいつは……、何とも」

征陸がばつの悪そうな顔をした。

そのとき、六雁が躊躇いがちに、光葉のもとに近づいた。

「……ミツバ、いい機会よ。もう……、技術再現は止めるべきなのよ」

「――何だと？」

「あたしは、ミツバみたいに難しいことは、よくわかんない。でも、技術を残すとか、そういうんじゃなく、美味しい料理を出すお店を続けていくだけじゃ、だめなのかな…

……？」

「六雁、何度も説明しているだろう。今この瞬間も、優れた料理技術は消えようとしている。だからこそ、誰でも参照可能なようにアーカイブ化し、後世に残して――」

「……それでまた、おじいちゃんが、あんなふうに使われるの？」

「それは――」

言葉が交わされる度に鋭さを増した。話せば理解し合えるどころか、さらなる泥沼に突き進みそうだった。また、失敗しちまったのか――いや、そうはさせない。

（やれやれ、気遣いなんて柄じゃねえのにさ）

滕はため息の代わりに、問いかけた。

「――そういやさ、ミッチー。ここで作った料理ってどうすんのよ？」

「……ミッチー？」

光葉が滕を睨みつけた。だが、感情の矛先をずらすことはできた。

「いや、ほら光葉で、ミッチー」

「君は……」光葉は呆れるようにため息をついた。それで少し落ち着いたようだった。

「調理された料理は、上の階を訪れている客に提供している。筋金入りの天然食材好きの人々だ。君も食べていきたいか？」

「そりゃあ、ね」

「では、行こう」

一行は、〈グストー〉二階の食堂フロアへ向かった。

しかし六雁は、調理スペースに立ち尽くしたままだった。彼女のまなざしは、調理スペースの壁面——各世代機が鎮座するなか、初代の機体に向けて、じっと注がれていた。

〈gaNeza-1〉と名称が記載された機体は、第二・第三世代機に較べ、やけに錆びつき、酷使されたような跡があった。見つめるほど、六雁の表情が曇っていった。悲痛とさえ言えるほどに。

「——むっさん」

話しかけ、階上のレストランへと誘うと、慌てたように階段を昇って行った。

滕は、物言わぬ調理機械を見やった。〈gaNeza-1〉の形状は、より人間を模しており、古いＳＦ映画のロボットのようだった。

「なあ、あんた、何か知ってるのか？」

滕の問いかけに答える者はいない。老いて朽ちた残骸は、微動だにせず、頭部下の各種センサーが備えられた開口部が、永遠の微笑みを宿すように柔和な曲線を描くだけだった。

明治期の装いを残すホールでは、二つのテーブルに分かれて座った。

滕は、光葉らと卓を囲んだが、お互いに生真面目なタイプだから、場が堅苦しく、六雁と征陸の席が、仲の良い親子が食事をするように気楽な雰囲気なのが羨ましかった。

「……ハイパーオーツによる食糧自給体制は、メタンハイドレートの採掘によるエネルギー自給体制と同じく、日本の鎖国体制の確立に密接に関わってきました」

「つーかさ、ミッチー。ハイパーオーツが出来るまでって、みんな何を食ってたわけ？海外との貿易も完全にストップさせちゃったわけでしょ？」

縢は供された料理を口に運びつつ、質問した。とにかく種類が多い。テーブル袖にホロで浮かび上がっているコース・メニューは、優に三〇皿を超えている。特に砕いた氷を混ぜた冷凍ミカンとオリーブのアイス・ビネグレットが美味かった。一皿あたりはわずかな量だが、これだけ多く供されれば、十分に満足できるものだった。

「二一世紀の前半、紛争当事国からの大量の難民流入を防ぐため、早々に日本は、中国やフランスなどの農業国からの輸入を全面禁止としたんだ」

宜野座が縢の質問に答えた。監視官らしくサイコ＝パスケアに余念がなく、ケア剤を服用するために貰っていた水を軽く含み、喉を湿らせた。

「相手が食料輸出と難民受け入れをセットで提案してきたからな。こうなると、一億三〇〇〇万相当の国民を養っていくのに十分な食料を供給することが実質、不可能となった」

それ以降、生産から加工、調理に至るまで、あらゆる食品産業が衰退し、政府が一元管理する配給制に移行するまで、さほどの時間は要さなかった。

「唯一、国内自給されていた米《コメ》のおかげで何とか飢えを凌ぐことはできていたが、あるときウイルスの爆発的感染《パンデミック》が発生し、国内で生育されていた稲のほとんどが死滅した」

「宜野座監視官、お詳しいですね」

光葉がさも、意外というふうに目を見張った。

「いえ、子供の時分、庭園デザイナーの資格を取得しようとして、少し齧った程度です。植物へのウイルス感染の問題は、園芸分野においても同じですから。——と、門外漢が高説を垂れてしまい、失礼いたしました」

「とんでもない、私としてもよい復習の機会になりました」

宜野座の指摘したとおり、稲の大量死滅は、ぎりぎりだった配給制の完全崩壊を引き起こした。鎖国政策実施から間もない三〇年代の日本は、折からの長期不況も合わさって貧困が蔓延《まんえん》していたが、ついに飢餓による死者が各地で出てしまったのだ。

これに対処するため、当時の政府は、実用化されつつあったサイマティックスキャン技術によって国民の適切な再配置を行いつつ、気候変動やウイルス感染にも耐え得る遺伝子《バイオ》組み換え《・テク》作物の品種改良を推進したのだった。

そして、三〇年近くにわたる長期研究のすえ、生み出されたのが、食物への加工性が高く配合栄養の調節まで可能であり、書き換え容易な善玉ウイルスを組み込むことで疫病にも高い対応性を併せ持った、究極の遺伝子改良麦〈ハイパーオーツ〉だった。

万能麦《ハイパーオーツ》の導入は、国策として速やかに行われた。

サイマティックスキャンによる職業再配置は、農業や漁業、畜産業といった第一次産業に適性ある人間は存在しないとして、全自動化《オートメーション》が推進され、北陸一帯を中心とした大規模な穀倉地帯が出現した。加工工場や自動調理機の開発が矢継ぎ早に進められた。現在の食品供給体制は、この頃、一気に確立したといえるだろう。

「鎖国体制の確立のため、ハイパーオーツ単一種による食糧自給体制を採用したことが、間違いであったとは思いません。むしろ……人類の調理史上において革命的な出来事であったと高く評価すべきと考えます。元々、日本には、高野山の精進料理などに代表されるように、見立ての技術が培《つちか》われてきましたし、二一世紀の分子調理学においても、日本由来の加工食品は多く貢献しました。そして万能麦たるハイパーオーツを収穫後、様々に加工する際、ほぼすべての食材の似姿を作れるところまで技術精度が高まった……」

しかし、そこを頂点《ピーク》として、調理技術の衰退が始まったのだ。

〈サイコ＝パス〉を基準とする新たな社会的価値観は、精神の安定を第一とすることで合意形成が図られるようになったため、食事は、美味しさよりも、徹底した安全性が偏重されるようになった。そして扱う食材もハイパーオーツのみとなった。扱う食材の単一化と調理人口の減少は、新たな料理が生み出される可能性を喪わせ、技術は停滞する。

「今や、人々は、調理するという営為を捨て去ろうとしています。前世紀の人類学者リチャード・ランガムは、人間は、調理を発明したことで、他の動物に較べ摂取カロリーを大幅に増やし、脳の拡張と進化を可能とした、と述べています。その言質《げんち》に従うなら、調理の消滅は、長期的に、人類という種の衰退へと繋がりかねない」

「……何か、やけに壮大な話になってね？」

滕は、ちょっと圧倒された。

「それだけ、事は、重大なんだよ」

光葉は、あくまで本気のようだった。その真摯さは、十分に尊敬に値するものだった。

〈シビュラシステム〉の解析によって提示される職業適性――光葉の適性は、分子調理学という学問分野だったそうだが、なるほど六雁とは、ピッタリの相性だろう。

まったく、だとすれば、なぜ、光葉と六雁は、仲違いをしてしまったのか――。

ふと、彼女の席に視線をやった。

「……あれ、むっさん？」

「展望テラスに行くって言ってたぞ」征陸が滕をじっと見つめた。「……滕、お前、何か余計なこと企んでねえだろうな。俺たちは、あくまで捜査を介して関わりを持ってんだ。あまり深入りすべきじゃない」

「――わかってますって」

「ほんとかよ」

「ええ、マジ、超マジ」滕は席を立った。トイレに行くとか適当に理由を作って。「俺は、手伝うことしかしねえっスよ」

「……まったく」

†

高等教育課程――つまり、六・四・四制の義務教育に基づく最終段階において、六雁と光葉は、恋人同士も同然に扱われていた。少なくとも周囲はそう思っていたし、彼ら自身も、お互いに何となく一緒にいて、いつか本当に付き合う関係になって、やがて結ばれるのだろう、と考えていた。シビュラシステムに基づく相性判定は申し分なかった。好相性の見本とも言うべき数値を、初等学校の頃からずっと出し続けていた。破綻など有り得ないはずだった。

高等教育の四年間において、ふたりは、二人三脚で研究をした。技術再現に特化した新型オートサーバは、実験段階では、六雁の動作パターンを収集《キャプチャ》していたが、最終的な卒業研究では、より練度の高い技術が必要になった。

六雁の祖父が、データの提供者となった。自分の孫と、若い頃からの盟友の孫の頼みを、彼は快く受け入れた。とっくに引退していていい年齢なのに、〈カンパーニュ〉の厨房に立ち続けていた彼は、すべての仕込みを終えてから、光葉たちのために調理の腕を披露し続けた。

そして、完成した第一世代技術再現型オートサーバを置き土産にするように、旅立った。

光葉が、六雁と〈グストー〉を興して、すぐのことだった。遺された技術を元に、〈入力工房〉の責任者として六雁は、数多くの料理人たちと交流しながらその精度を高める日々を過ごした。なによりも充実した日々だった。自分たちが集めた技術は、きっと人々の役に立つだろうと思っていた。

「――本当はね、わかってるの。ミツバが悪いわけじゃない。〈グストー〉が悪いわけじゃない。ただ、不幸な偶然が重なっただけなんだってこと……」

六雁は、〈グストー〉社屋の展望テラスにいた。陽が沈もうとしていた。

「まあ、自分じゃどうしようもないこと、あるわな」

滕が見つめるのは、自分の左腕に嵌《は》められた執行官デバイスだ。GPS情報をつねに発信し、衛星とリンクして居場所を公安局の中枢サーバへ転送する。これが執行官という、本来なら隔離されるべき潜在犯を猟犬として行使するための鎖だ。

滕にとって潜在犯である事実は、自分では、どうしようもないことだ。

兇悪な少年犯罪者。情緒を解さない異常殺人児童――そういう分かりやすい理由などなかった。物心ついたときには、隔離施設にいた。これを不幸と言わずして、何と言うべきか。どれだけ自分を省みたって、こんな目に遭う理由がわからない。ただ、運がなかったんだろう。潜在犯の形質が遺伝するなんてのは眉唾で、実際、両親は、健常者だ。自分だけがおかしかった。もしかしたら、前世の業《ごう》とでもいうべきものがあるのかもしれないが、滕にとって神や仏は、まやかしだ。ゲームの世界にいるだけの奴らが救いをもたらしてくれるわけもない。

「けど、人生なんてそんなもんだろ。過去はどうやっても変えられないなら、思い出したくない過去だって振り返って、それで前を向いていくしかねえ……」

「強いね、滕くんは」

「そんじょそこらのガキよりは、人生経験積んでっから」滕は鼻で笑った。「だから、話してよ。俺は、どんなこと聞いたって動じねえくらい強えし、色相が濁るのだって何でもないからさ」

意外なところで執行官という立場も役立つものだ。

六雁がうなずいた。再び、語り始めた。

……三年も前のことだ。その日、光葉と六雁は、一軒のレストランを訪れた。店の名は〈アルルカン〉。光葉が〈コミュフィールド〉の天然食材を取り扱うアングラなフォーラムで聞きつけた情報によれば、熟練の腕を持ったシェフが、天然食材を使った料理を格安で提供しているとのことだった。

技術再現型オートサーバへの技術提供者は、必ず光葉が足を運び、その味を確かめてから、直接交渉するスタイルを取っていた。いつもは、光葉ひとりだが、その日に限っては、六雁を誘ったのだ。事前情報のとおりなら、かつての六雁の祖父のような高潔な人物だろう、と訪問前から光葉は、意気揚々としていた。

だが、六雁は、何となく変な気がしていた。〈アルルカン〉は、独自の食材入手経路を確立しているというが、〈グストー〉や他三社とまったく未取引の生産者など、どうやって見つけたというのか。

それも含めて、教えてもらおう。とはいえ、料理人と話をするのに、相手の料理を口にしないなど無礼にも程があるから、と光葉は、六雁の懸念を一蹴した。

まず店に入り、眉をひそめた。空調機を通じて送られてくる強い香気成分。ひっきりなしに流れる環境音。店の案内には、五感で料理を味わうための演出だと記載されていたが、それにしたってやり過ぎだった。違和感は増した。気を取り直し選んだのは、シェフのおまかせコース。この店には、決まったメニューがなく、その日に仕入れた食材を調理するという触れ込みだった。

今になって思えば、そこでおかしいと気づくべきだったのだ。

シェフのおまかせとはいえ、普通なら、その日に仕入れた食材について説明する。どのように調理するのか開示する。天然食材が、色相を濁らせるものとして一般に扱われるからこそ、その取扱いには慎重さが要求されることは、天然食材を調理する料理人であれば常識だったのだから。

程なくして運ばれてきたものは、説明された食材の原形を留めていない奇妙な料理だった。分子調理ですか、と光葉が合点《がてん》したように言った。六雁には、よく分からなかった。料理を運んできた店主らしき男も、ポカンとしていた。

まあ、とにかく食べてくれよ、と店主が勧めた。調理服はどこまでも真っ白で、油跳ねやソースの染みひとつなかった。天然食材なんて貴重なモン、この値段で食べられるのは、ウチくらいなもんだ。やけに自信満々で、光葉が思い描いていた人物とは、まるで違うようだった。怪訝《けげん》に思いながら、六雁は、料理を食べた。

そして。

一口で、すべてを理解し、泣いた。腐敗に満ちた味。だが、それでも辛うじて食べられる状態にまで持っていく技術は、確かに卓越した腕だろう。

そう、この料理をどうやって作り出したのか――その技術を、知っていた。

その調理技術は――祖父のものだった。

滕は、六雁を帰宅させてから、展望テラスに光葉を呼んだ。ひとまず彼女は体調が悪いということにした。お互いに逢い難い状態だろう。光葉が追及してくることはなかった。

そして、六雁から聞いた話について告げると、光葉は、少しずつ語り始めた。

不忍池の向こう、市街は夜の到来に、ぽつりぽつりと灯りを点し始めていた。

「――すべて、僕が悪かったんだ。〈グストー〉を企業化してすぐのころ、技術再現型オートサーバは、なかなか販売台数が伸びなかった。そこで、僕は、六雁に黙って〈gaNeza-1〉を都内の各飲食店に無償で提供したんだ」

「その型って、むっさんのじーさんの技術がインストールされてるヤツっしょ？」

「……六雁のお爺様は、僕の求めに応じて、自分が専門とする洋食や和食以外にも、様々な料理の調理技術を提供してくれた。昔、全国を行脚《あんぎゃ》していたころ、ジャンルを問わずに作っていたそうでね。本当に多才な方だった。六雁のお爺様が残してくれた技術が、〈グストー〉のオートサーバを駆動させる技術すべての起源といっても、過言ではない」

「つまり〈gaNeza-1〉は、オールマイティに料理ができる調理器具だったわけ？」

「ああ……、そういう謳い文句にした。あらゆる調理を、安全・完璧に行い、味を格上げ《アップデート》できるまったく新しい自動調理機、としてね」

「結果は？」

「……上々だったよ。無償・無期限で貸与したが、本来の顧客層として狙っていた高級料理店は、より高度に専門化された調理が可能な機体が欲しいと言ってきた。六雁のお爺様は、無論、天才的な料理人だった。しかし、本当の意味で彼が特化していたのは、洋食というジャンルだ。それ以外は、あくまで卓越した技術で模倣をしていたに過ぎない」

〈グストー〉は、より技術再現の精度が高く、かつオプション換装で各専門料理用に最適化できる〈gaNeza-2〉を提示した。高級専門料理店は、それを購入した。

「正しい顧客たちは、より優れた製品があるというなら、その導入を躊躇わない。結果、販売台数は爆発的に伸びた。しかし僕は、ひとつ致命的な過ちを犯していた。人を信じすぎていたんだ。食に携《たずさ》わる人間に悪人がいるなどと、想像もしていなかった」

それこそが、ふたりの関係に亀裂を生んでしまった原因。だが、シビュラ社会は、性善説を前提とする社会だ。他者を疑わず、互いを信頼し合う――それは、社会構造として理想的だ。そして実際、この社会を構成するほとんどの人間は、悪を捨て去った善人たちなのだから。そんなことは、潜在犯の自分でも、よくわかる。

だが、あらゆる物事に例外はあるのだ。完璧に設計されたはずのゲームにだってバグが必ず発見されてしまうように。

「あの店は――、〈アルルカン〉は、元は別の飲食店を鞍替えしたものだった。居抜きという手法だ。設備や内装もそのままに、営業する店だけが入れ替わる。そのなかに貸与していた〈gaNeza-1〉も含まれていた。そして、あの店主が悪用したんだ」

六雁の祖父の技術によって作られた料理は、極めて精緻だった。フェランやブルメンタール、デュカスらが発展させた、分子ガストロノミーの手法で仕立てられた料理たち。

だが、執拗なまでに分子調理を行っていた理由は、想像もしなかったおぞましいものだった。

「奴は——、廃棄されるはずだった残飯を加工調理していたのだ」

光葉の言葉は、一言一句が怒りに震えていた。

「〈gaNeza-1〉には、第四世代機と違って味覚感知機構《セィフティ》が備わっていなかった。その卓越した調理技術は、扱う食材がどんなものであろうと完璧な作業をこなしてしまう。六雁のお爺様の調理技術は超一流だ。普通なら手の施しようがない廃棄物でさえ、食える程度に味を底上げできてしまった。だが、そうやって作り出されたものがマトモな料理であるはずがない。なのに、〈アルルカン〉の客たちは、それが美味いと誉めそやした。さすがは天然食材、ちょっと癖があるが、自分は嫌いじゃない——、何を、馬鹿な。あれは、料理のかたちに継ぎ接ぎされた怪物だ……」

そこで、光葉が取った行動は迅速だった。すぐに〈アルルカン〉の厨房へ向かった。店主が押し留めようとしたが、突き飛ばした。混乱に陥るホールを突っ切って、厨房へ繋がる扉を蹴り開けた。

「……最悪だった。あれほどひどい光景は、きっと生涯で二度と見ることがない」

調理台に積み上がった肉片に白と暗緑の黴《カビ》が繁茂していた。長期熟成過程《ドライ・エージング》で肉表面に黴を定着させることは、必要な行為だ。だが、その肉の提供時には、多くの部分を不可食部位として掃除《トリミング》する。特に黴のついた表面部位は、廃棄以外ありえない。野菜や果物を浸していたマリネ液のようなものは、黒く溶けだした腐汁。ひどい悪臭だった。

絶句し、立ち尽くした光葉に追いついた店主が、これは廃棄処理中なんだ、と薄ら笑いを浮かべた。嘘だ。厨房とホールを仕切る扉は二重で、腐敗臭が漏れ出ないように気圧調整が行われていた。

そして何より光葉の目の前で、〈gaNeza-1〉が――鉄の墓標に収められた六雁の祖父の技術が、積まれた残飯ゴミの山から辛うじて使えそうな部分だけを取り出し、再加工し、黙々と調理を続けていた。長期間、メンテナンスもなしに酷使された機体は、各所が、ぎいぎい軋《きし》んでいた。嘆き、苦しむように。

背後で、啜り泣く声が聞こえた。光葉の後を追ってやってきた六雁は、その光景に、ただ、泪を流すだけだった。

悲しみを口にせず、怒りを露わにせず、ただ、彼女は、泣いたのだ。

それは、光葉にとって、すべての自制を焼き切るに十分な理由だった。

「僕は、即座に衛生局に通報した。店主の男は、懇願してきたよ。それだけは止めてくれ。うちの客は、みんな、美味しいと言ってくれている。天然食材なんてゲテモノなんだから、別にこれでもいいじゃないか。嫌なら来なければいい。俺にも生活があるんだ。頼むから見逃してくれ――、と」

「ミッチー、どうしたのさ」

「聞く耳なんて持たなかった。絶対に店を潰す。この男を二度と飲食業に関わらせない。それだけは固く誓った。だが、信じられなかったのは、奴に実刑が下らなかったことだ」

「何でよ？」

「天然食材を食することは、色相を濁らせかねないリスクを承諾した上で行われる、脱法行為のようなものだから、だそうだ。現行法では、新鮮な天然食材も腐敗した天然食材も、まったく同じものなのだ。要は程度問題として片づけられた。該当店舗では、結果的に食中毒なども発生していないため、シビュラの奨め《レコメンド》により規定額の賠償が適用されただけだった」

「……マジで」

「それが、この国の食を巡る現実だ。〈ハイパーオーツ〉の加工食材のみで完結し、閉じた食品流通環境を作り、そこだけで完璧な安全を実現する。その外のことには触れない、扱わない、関知しない」

だから、光葉は、拡大しつつあった自らの影響力を行使し、業界に可能な限り圧力をかけた。〈アルルカン〉の店主が、飲食産業に関われないよう、徹底的に。それで敵を増やそうとも、関係なかった。やらずにはいられなかった。

「これを機に天然食材の取り扱いの完全撤廃や、技術再現オートサーバの流通禁止を推し進めようとした連中さえいた。いつしか、僕たちのほうが悪かったことになっていた」

いや。

「――確かに、僕は、過ちを犯した。六雁のお爺様の技術を……、先人たちが生涯をかけて築き、磨き上げてきた結晶を、僕が穢《けが》してしまった。そして、六雁を傷つけてしまった。きっと、僕を恨んでいるに違いない……」

六雁は、この一件からすぐ、精神《メンタル》ケアを理由に〈グストー〉を去った。

「しゃーないわ、しゃーない」

滕は、言葉を詰まらせた光葉の肩を叩いた。慰めの言葉をかけるつもりはない。そんなこと、光葉も望んでいないし、今すべきは、もっと別のこと――。

しかし、そのとき、滕の手首に巻かれた手錠型の携帯端末が、呼び出しアラームを発した。猟犬の本能だ。すぐに意識を切り替え、無線通信に応じる。

《シェパード1からハウンド4へ》宜野座からの無線通信。指向性音声によって滕にのみ聴こえる。《すぐに動いてもらう》

《事件スか？》

《――都内複数箇所のショッピングモールで異物混入が確認された。今回は多数の被害者が発生している。征陸は俺に同行させる。お前は、〈グストー〉に急行中の青柳監視官とともに、事件現場に急行しろ》

《マジかよ、了解ッス》

　滕は、光葉に向き直った——畜生、なんて間の悪いときに。

「悪イ、ちょっと出かけなきゃなんねえ」

「……また、事件が起こったんだな」

「ああ、またバカが事件起こしやがった。けど、これを片付けたらすぐに戻ってくる。だからさ、今のうちに言っとくぜ、あんたは間違ったかもしんねえが、それだけだ。一回くらいでクヨクヨしてんじゃねえ」

　そしてテラスを駆けた。電動車輛の甲高い駆動音が聴こえる。

†

　現場は、すでに隔離されていた。三頭身にデフォルメされた公安局のマスコットキャラクター〈コミッサちゃん〉が、膨らんだバルーンみたいに投影されており、現場周辺をぐるりと囲っている。ホロによって完全に事物を覆い隠すためだ。

　確かに、これは健全な精神を望む市民にとっては、視るに耐えないものだろう。

　場所は、都内のショッピングモール。三層ガレリア式の一般的な間取りの中規模商業施設だ。フードコートは一階。吹き抜けになったテラス席で、周囲の飲食店舗で購入した食事を楽しめるが、今やここはちょっとした野戦病院といった様相だった。

ずらりと並んだ簡易ベッドは、それぞれ小さなテントのように覆いを展開している。虫の翅《はね》のように薄く半透明の覆いによって一時的に無菌室を構築できる。そして医療企業OW製薬のロゴがゆっくりと回転する下で、小さい躰の子供たちが横たわっていた。

専属の医療用ドローンたちが忙しなく動くなか、断続的な呻《うめ》き声が聴こえる。泣き喚《わめ》く子供は、いなかった。それすらできる余裕がないのだ。ある女児のシーツから覗《のぞ》く肌は、紅斑が拡がり痛々しかった。ある男児が嘔吐を繰り返すため、看護ドローンが吐瀉物《としゃぶつ》の回収と口腔の洗浄を行いつつ、点滴で水分を補っていた。他にも、喘息症状が出て、呼吸が上手くできない子供に呼吸器がつけられていた。即時性のアレルギー症状が数多く出ているのだ。

「……ひどいわね」

青柳が意識を向けたのが、今の惨状についてか、それとも被害児童たちの色相悪化についてなのか──突発的な事態の発生によって、ストレス値は特に大きくなりやすい。彼女自身、この状況に直面するだけでストレスを普段より感じていることだろう。

「──ガキンチョたちは、隣接する保育施設《クレードル》の児童か。晩飯まで食わせてから親が迎えに来るプラン……。ふうん、最近じゃ、こんなふうにメシ食わせるってわけか……」

食事は、提携先のフードコートで出される。セントラル・キッチンに据えられたオートサーバが、児童の生育状態から算出された最適な献立《レシピ》を元に料理を出力する。

無論、児童ごとにアレルギーについても参照済みだ。ハイパーオーツ単一の食料体制において、幼少時から、摂取する食物の種類が極めて限られたものになるため、子供のアレルギーリスクは、注意喚起が徹底されているはずだが、現実に集団アレルギー症状が発生した。やはり原因は——異物混入だ。アレルギー発生要因を持つ天然食材が、遠心分離機などによって成分抽出され、凝集・濃縮した状態で、調理に使用された食材に紛れ込んでいたことが、検視ドローンからの報告で分かっている。滕がセントラル・キッチンに入り、オートサーバの仕様を走査した。〈グストー〉製の第三世代技術再現オートサーバが並んでいた。

「オートサーバ側でチェックはできていなかったの？」

「無理っスね」光葉の言葉を思い出す。調理後の味の分布解析や成分確認が可能になったのは、現在開発中の第四世代からだ。「オートサーバの自動調理ってのは、入力された料理データどおりに調《アウトプット》理するってことですから」

印刷機が、自ら出力する色味について吟味せず、あくまで命令《コマンド》通りに出力するようなものだ。カートリッジに充塡されて出力可能であれば、中身に何が混ぜられていようと機械の側に止めるすべはない。

それは、〈グストー〉製の技術再現型でも同じだ。

「……どう仕込みやがったかは、本人に訊くしかねーんじゃないっスか……」

携帯端末を介し、ホロで尋問の実行が認可された。

実行犯は、すでに拘束済みだ。モールの清掃作業員。犯行後、色相悪化が著しいため、施設内のスキャナに検知され、急行した捜査ドローンによって取り押さえられたのだ。

「俺がまず調べます」

……拘置場所は、食料保管庫——オートサーバ用のカートリッジ倉庫だ。箱詰めされたカートリッジがうずたかく積み上がっている。

実行犯の男は、晴れ晴れとした顔で、縢たちを迎えた。

「——我々の行いは、後世の人間たちの手によって、必ず評価されるだろう。加工食材による不健全な食事を撲滅せよ。未加工の天然食材を摂取する人間本来の食事を取り戻せ。人間から食の自由を奪う社会に断固として抗議する！」

「あー、ひとりで盛《オ》り上が《ナ》っちゃってるところ悪イんだけどさ。オートサーバへの異物混入の方法は？　どうやって天然食材を入手したのか教えてくんね？」

「私を捕まえたところで、この抗議の大波は押し留めることなどできない。なぜなら——

——」

「……うるせえよ」縢は、舌打ちをした。本当に、苛々《いらいら》させてくれる。「俺が質問してることに答えろってんだよ……、誰に入れ知恵されたッ!?」

実行犯は、まったく反応できなかった。それほど、滕の動作は俊敏だった。硬く握りしめた拳は、男の鼻っ面を強《したた》かに捉えた。めしりと鼻骨を砕く感触があった。男は椅子に座ったまま背後に転がり落ちた。

脳裏に、苦痛に呻く子供たちの姿がよぎる――この怒りは、本物だった。

「……メシってのはな、楽しくて、嬉しくなれるものなんだよ……」

それを――。

「答えろ、てめえらにとってメシってのは何だッ⁉　他人から幸せ奪って、くだらねえ御託並べてご満悦ってか⁉　っざっけんのも大概にしやがれってんだ……ッ‼」

襟首を摑み、無理やりに引き起こした。再び握った拳を叩き込もうとした。

「――止めなさい、ハウンド４。それ以上の暴行は看過できないわ」

銃器型の執行兵器――ドミネーターを手にした青柳が、冷厳とした面持ちで倉庫に入ってきた。

「アオさんッ、こいつらは――」

「滕執行官」

青柳と眼が合った。彼女は、実行犯に気取《けど》られないよう、軽くうなずいた。それで、意図を察した。オーケイ。わかったよ……アオさん。

「――彼の犯罪係数は１３７よ。あなたのような殺したがりが何を考えているか知らないけれど……、すぐに彼から離れなさい」

「……けっ、監視官殿は、仲間より畜生犯罪者のほうをお助けになるってか？」

「少なくとも、あなたの犯罪係数は、彼をはるかに上回っているわよ」

青柳がドミネーターを向けてくる。睨み合い。滕は、両手を上げて降参、という風な仕草をしてから、実行犯の許を離れた。すれ違いざま、青柳を睨みつける。両手をポケットに突っ込み、肩をいからせて倉庫から出て行く。壁を思いっきり殴ることも忘れない。憎々しげな動作を心掛けた。廃棄予定のカートリッジを蹴飛ばそうとしたが、それは躊躇われた。たとえ、演技であっても、食べ物を足蹴《あしげ》にするのは、気が引けた。

「ごめんなさい。あなたの主張も筋が通っているのに、あんな恫喝《どうかつ》を――」

背後で、青柳が同情も露わという声色で、実行犯に語りかけた。


案の定、小芝居が役に立った。青柳が自分の理解者だと思い込むや否や、実行犯は、熱心に自らの犯行について話し始めた。青柳は、彼の主張すべてに同意した。そして実行犯が饒舌になってくると、徐々に話題を誘導し、尋問を行った。

自分の出番が終わった滕は、従業員通路で無線通信を起動する。

一係《オール・ハウンド》の面々と情報共有。薄青い照明が視界を染めていた。閉鎖された施設内は静まり返っていて、物寂しい。

《なるほどな……》端末が映し出すホロ越しに、征陸《ハウンド1》が唸った。《そっちもか》

「……ってことは、とっつぁんのほうも？」

《相変わらずの天然主義の演説を打《ぶ》たれちまったよ。にしても、こいつは妙だぜ。同じ日に捕まり、掲げる犯行理由も同じだってのに、まるで接点が見えてこない……。政治的主張ってのを共有している連中は、普通、その共有する思想とは、また別の、どこかしら繫がりがあるもんなんだ。だが、どいつもこいつも接触したことはおろか、ネットでのメッセージの遣り取りすらないと来た。

　こいつらは群れているくせに孤独だ。単独犯の集合であって連携している様子もない。それどころか捕まっても、平然としている。まるで連中——犯罪を行うことそれ自体が目的であったかのように振る舞っていやがる》

　実行犯たちの身勝手さに、怒りが再燃する。天然食材の混入によってアレルギー症状に陥ったガキたちは、きっと、もう万能麦以外の食事を口にしようとは思わなくなるだろう。いや、それどころか、食事という行為を忌避するようになるかもしれない。自分が、かつて抱えた鬱屈を投影し、そこに関連付けされた食事というものを無意識に避けて考えていたように。その度合いは、被害者の子供たちのほうが、より大きくなる——。

（……あれ？）

　すうっと波が引くように怒りは遠くに消え、代わりに訪れるのは、やけに冷たい思考。

　滕は、実行犯たちの奇妙な矛盾に気づいた。

　異物混入の実行犯たちが掲げる目的は、人々に天然食材による食事を取り戻すことだ。しかし、今回の一件はどうだ。アレルギーを起こした子供たちは、絶対に天然食材など口にしなくなる。そして流通規制は、いっそう強まる。

　これまでもそうだ。むしろ、犯行を繰り返すたび、奴らは自分で自分の首を絞めている。実行犯たちは、異物混入によって天然食材への忌避反応の増長という本末転倒な結果を招いた。実行犯たちは自らの目的を果たせず、ハイパーオーツ単一食の食料体制は、むしろ以前より堅固なものになろうとしている。

（……俺たちは、実行犯たちの共通点が、天然食材復古主義という政治主張だと思っていた）

　だが、もし、そうではなかったとしたら。この、実行犯たちを繋ぐ唯一の線と認識されていたものこそが、偽装《フェイク》であり、本当の線が別にあるのだとしたら。

　頭のなかで反響する征陸の言葉——〝まるで連中——犯罪を行うことそれ自体が目的であったかのように振る舞っていやがる〟。

　こちらこそが、実行犯たちを繋ぐ〝線〟であるとしたら。

　なら、そんな連中を動員するため、天然復古主義という政治主張を唱えた指導者——教唆犯の目的は何だ？

ハイパーオーツ単一の食料体制を強化したいわけではないだろう。この天然食材の廃棄物を利用した連続異物混入事件によって、食品流通産業全体が大打撃を受けている。得るものより喪うものが大きすぎる。現に、光葉の〈グストー〉も、悪くすれば倒産の危機にまで陥っている。

(……いや)

だが、もしも、教唆犯の目的が、〈グストー〉を、櫛名光葉を窮地に追い込むことだとしたら——目的と結果は、一致している。

ならば、犯人の可能性がある者は絞られる。〈グストー〉の台頭によって売り上げを奪われた業界団体か、あるいは、個人的な恨みを抱く者のいずれか。しかし前者は、業界全体への被害規模から否定できる。だとすれば、追うべき犯人は後者の——。

《とっつぁん〈アルルカン〉ってレストランと、その店主について調べてくれませんか。実行犯たちの背後にいる教唆犯は、多分——そいつのはずです》

4

執行官護送車輌《コフィン》備えつけの没入端末に接続。脳裏に拡がる〈コミュフィールド〉の仮想空間――政治／飲食――どちらでもない。それどころか、どこでもいい。そいつは、特定の領域《フォーラム》ではなく、ある特定の発言傾向の人間の許にこそ這い寄ってくる。
《子供ン頃から隔離施設暮らしだったからさ。外には、素晴らしいものしかないと思ってた。そこにいれば、誰だって幸せになれる。何もしなくったって、シビュラが幸せにしてくれるって思ってた……。けど、外《シャバ》に出たってロクな眼に遭わなかったんだ》
《――話を聞いたよ。君の考えは正しい。ええと……》
来た。
《シューセイ》
冷静に――いや、必死に縋るような声色で返答する。
《そう、シューセイ。いいね。間違った世の中を正しくするに相応しい名前だ。君の言うとおり、シビュラは私たち全員を幸せにしてくれる。いや、幸せにしなければならないんだ。包括的生涯福祉支援システム――そういう名を冠しているなら、例外があってはいけないんだ。なのに、事実、私たちのような落ちこぼれが生じる理由は何だろうか？》
拘束した実行犯の言動を模倣《トレース》／設定《ステータス》を更新――自らの似姿《アバター》を奴が食いつきそうな撒餌《まきえ》として再構築する――来い、俺に食いついてこい。
《それは――、俺が……潜在犯だったから……》
《違う、それは違うんだ。いいかい、シューセイ。機械は人が造り出したものであり、徹

底して平等なんだ。差別や依怙贔屓《えこひいき》なんてことは絶対しない》

確かにそりゃそうだろうな。機械は、善も悪も考えず、ただ自らの役目をまっとうする。

《悪いのは、社会《システム》を動かしている連中なんだ。政府に官僚、一部の企業経営者たち。彼らは既得権益を守るために、いくつもの卑劣な策を弄しているんだ》

そうとも、善も悪も人間が為すことだ。機械の犯した罪ってのは、命じた人間の罪だ。

《そう、たとえば食料供給体制だ。万能麦《ハイパーオーツ》は、様々な遺伝子操作が可能なことは知っているだろう? 連中は自分たちを脅かすような前例のない、創造性に富んだ、まったく新しい考え方を持った人間を抑圧するために、毒を混ぜ込んでいるんだ。頭の働きが鈍くなる化学物質でも何でもいい。活躍し過ぎる人間を葬り去るために、特別に計算されたレシピが存在していて、僕たちは小さなころから、じわじわと毒を盛られて、本来の能力を発揮できないようにされてしまっているんだ》

《そんな》と滕は馬鹿馬鹿しいことを百も承知で、薄ら寒い演技をした。《じゃあ、俺が五歳のときに潜在犯になってしまったのも――》

《嘆かわしいことだ。子供は無限の可能性を秘めているはずなのに、一部の薄汚い性根の腐った連中が、その未来を奪っているんだ》

《でも、どうして、あんたは、そんなに頭がいいんだ。色んなことを知ってるんだ?》

《ハイパーオーツ食を止めること。そして、天然食材だけを食べること》

そう、こいつは特定の発言パターンを嗅ぎつけ出現する姑息野郎《ハイエナ》――もしかすると自動応答のパターンを組まれたAIプログラムなのかもしれない。だが、公安局の解析システムの支援を受ければ、それでも出所を掴むことができる。逃がしはしない――食らいつけ。

《すげえ》

滕は、現実の躰で思わず中指を立てつつ、〈コミュフィールド〉から離脱した。執行官護送車輛に舞い戻る意識。すぐさま無線通信を起動。

「センセイ、アクセス元は？」

《オーケイ、取れたわ。豊島区の集合住宅。見込み通りよ》

装具《ギア》を外した滕の視界にホロ投影される公安局庁舎分析室――センセイと呼ばれた女性――分析官＝唐之杜《からのもり》志恩《しおん》が嫣然《えんぜん》と微笑んだ。深い襟ぐりの濃い赤のスーツに白衣姿。まるで薔薇のブーケのような華やかさ。

《――ってわけで、ラボからシェパード1へ。聴こえてる？　今しがたシュウくんに接触してきたアカウントの発言傾向が、〈コミュフィールド〉を対象とした横断解析の結果、実行犯たちそれぞれに接触を試みた各アカウントのものと一致したわ。対象アカウントが一連の異物混入事件の教唆犯に間違いないみたいね》

「よし、制圧に出る」宜野座が携帯端末を操作。「ハウンド1と4は、俺と一緒に来い。ハウンド3は、2とともに事態変化に対応するため待機」

《了解》

執行官護送車輛の後部カーゴに鎮座する墓石のような黒い構造体から、銃型のデバイスが迫《せ》り出してくる。宜野座／征陸／縢が、それぞれ銃把を握った。

漆黒の銃型執行兵器から指向性通信で響く電子の声――シビュラの囁き。

《携帯型心理診断・鎮圧執行システム・ドミネーター・起動しました》

《使用許諾確認・適正ユーザーです》

ドミネーターを携行し、展開する後部カーゴの隔壁から外へ。現在位置――豊島区の集合住宅前。捜査権限により、正面ゲートを強制解除。階段を昇っていく。

「――まったく、こいつは盲点だったぜ」

舌打ちしつつ、征陸が先頭を進む。すぐ後ろに宜野座と縢が続く。

「〈カンパーニュ〉の客で気づくべきだったんだ。本来の天然主義者ってのは、自分たちは好きなものを食べているのだから放っておいてくれってな内向的な趣味人たちなんだ」

《確かに、俺の監視官研修時代の恩師も天然モノを好んで食ってたが……》無線通信でハウンド3＝狡噛が同意した。《人里離れた田舎に隠居してたな》

階段を駆け抜けるように昇っていく。二階／三階……目的階に到着。同時に、エレベーターが開き、強襲用の支援無人機が滑るように動作音を抑え、廊下を進んでくる。部屋の前で合流。ドローンは、すぐさま扉に取りつくと、下肢を床面に固定し、上半身を伸長させ、ジャッキに似た形状の四つ腕で、扉の上下四隅にピタリと狙いをつける。

「突入《ブラスト》!」

宜野座の号令とともに、ガン! と轟音が鳴り響き、横開き《スライド》の扉が根元から折れて室内へと吹っ飛んだ。すぐさまドミネーターを携えた征陸と縢が俊敏な動作で内部へ侵入。輒から解き放たれた猟犬さながらの獰猛かつしなやかな動作――互いに背中合わせにカバーしながら、廊下／洗面室／簡易調理スペース／寝室／リビングを制圧《クリア》していく。

だが。

「どうなってやがる!」縢は声を荒らげる。「いねえぞっ!」

「いや、待て」征陸が冷静な声で返答。「稼働中のマシンを一台発見した。〈コミュフィールド〉へのアクセス端末はこいつだな。奴《やっこ》さん、遠隔操作《リモート》で別の場所からこいつを動かしていたらしい。――ハウンド1からラボへ。例のアカウントのログイン状態はどうなってる?」

《突入と同時に接続が途切れたわ》

「通信履歴を辿れ」と征陸。「この施設内の管理業者に情報開示を請求しろ。あれだけの数の教唆を行ってきたんだ。サイコ＝パスが相当に濁ってるはずだ。だとすれば、自由に動ける範囲は限定的になる」

《了解……、集合住宅の3D設計データをデバイスに同期《リンク》するわ》

一瞬のちらつき《ノイズ》——すると手首の携帯デバイスが、集合住宅の構造を表示する。緑の格子で編まれた集合住宅の軀体《くたい》の合間を縫うように、無数に瞬く赤の軌跡。

《公安権限により、各戸の情報通信使用状態が開示されたわ。赤い糸のように耀いているのが、視覚化された情報通信の遣り取りよ。今、ハウンド1と4が踏み込んだ部屋から延び行く先は……見つけた。同じ集合住宅の二〇三号室》

「逃がすかよ」

膝が踵《きびす》を返し、吹っ飛ばした扉の残骸を飛び越え、廊下に躍り出る。

だが。

《——駄目、逃げられたわ》

デバイスからのホロ投影に新たな視点が同期される。二〇三号室の監視機構に干渉し、室内の映像が表示される。稼働状態にある卓上PCと机に放っておかれたままの携帯端末——そして、アクセス状態のまま放置された仮想装具《バーチャ・ギア》。

「ハウンド1からラボへ。施設の出入情報をすぐに参照しろ！」

《わかってます……って、出たわ！　一五分前に二〇三号室の住人が外出している》

「くそ、こちらの突入を予期していたか……」

《けど、相当に焦っているわ。監視映像じゃ、着の身着のままの部屋着姿が映っているもの》

「街頭スキャナの記録映像を参照しろ。まだ遠くに行っていないはずだ」
《……ああもうっ、ここから先は管轄外!?　公安権限で国交省から街頭スキャナの監視映像をぶん捕れるけど、ちょっと手間ね……》
「野郎、進退窮まって何しでかすか分からんぞ」征陸がため息を吐いた。「――どうします。宜野座監視官」
「決まっている」宜野座の冷厳たる指示。「――シェパード1からラボへ。ありったけの捜査ドローンを周辺一帯に急行。捜査対象は――元〈アルルカン〉経営者の真谷《まみや》五郎《ごろう》。三八歳。連続異物混入事件の教唆犯だ》

　三年前に廃棄食材の不正使用により、営業停止処分となったレストラン〈アルルカン〉の経営者――真谷五郎にとって、光葉によって飲食業界を追放された事実は、大いに憤懣すべき事態だった。義務教育課程をそこそこ優秀な成績で修了した真谷は、飲食業への適性をシビュラから提示された。特に愛着はなかった。彼はシビュラの導きのままにオートサーバの使用済みカートリッジ回収業に就いた。当時の同業者からの証言を引用すれば、こんな仕事は踏み台だ、と周囲につねに吹聴《ふいちょう》していたそうだ。だからこそ、カートリッジの回収で赴いた飲食店から居抜きで店を引き継いでくれないかと提案されたとき、新たなステップアップの瞬間が訪れたのだ、と思った。すぐに了承し、店と調理道具一式を引き継いだ。レストラン〈アルルカン〉は、限られた物流量だが、高単価であり、かつ劣化《アシ》が早いために廃棄ロスも生じやすい天然食材を転用し、居抜きで手に入れた技術再現型オートサーバを使って調理させた。これが当たった。好事家《こうずか》というのは、どこにでもいるもので、本来なら極めて高額の金を出さなければ食べられない〈天然食材〉を使った料理が格安で食べられると、一部の悪食《あくじき》連中の間で評判になったのだ。

そのころから、真谷の羽振りは、急に良くなった。彼は、自分は目の付け所が違うのだ、と廃品回収の同業者に得意げに語った。

そして、破滅した。

「——一〇〇%《ヒャクパー》自業自得じゃねえかよ」

縢は、志恩がネットに放った捜査用の情報収集エージェントプログラムが引っ張ってきた、真谷五郎に関する捜査資料を読み、呆れる以外になかった。征陸も資料を閲覧し、眉をひそめた。

「だが、奴さんにとっちゃあ、青天の霹靂《へきれき》だったんだろうな。誰も損をしておらず、客も喜び、売り上げも上々——、本人のなかじゃ、順風満帆な人生だったんだろう。廃棄物を転用したレストランをやってたころのほうが、廃品業だけやっていた頃より、サイコ＝パスの色相が好転していたってんだから始末が悪いぜ」

光葉によって、飲食業から完全追放された真谷は、廃棄物の無断転用に対する和解金を支払った後は、短期雇用の仕事に就いた。いつも不平不満を口にした。こんな仕事は誰でも換えが利く。自分がわざわざやる価値はない、と言っては職を転々とした。やがて働くことを止めた。サイコ゠パスは悪化を続け、外出をしなくなり、引きこもった。

「自分が鬱屈していくのに、その原因を作った張本人は、食品業界の新鋭、時代の寵児って持て囃《はや》されるのを見て、復讐を決意した――と、そんなところだろうな」

「いやいや、完全に逆恨みでしょ、それ」

「犯罪の動機なんてそんなもんさ」征陸が嘆息した。「特に人間同士のトラブルなんてのは、認識の非対称性が原因になることがほとんどだ。ある事実について、自分の認識と現実の状況が乖離していることに耐えられなくなった奴が、犯罪行為に走る」

真谷が、自らの復讐のために実行した計略は、狡猾だった。街頭スキャナに引っかからないように、自宅に引きこもった状態でネットを介し、自らの手駒となる人間《アカウント》を探した。

「真谷は、接触した相手に天然食材復古主義っていうありもしない架空の政治思想を植えつけ、手駒を増やしていやがったんだ。……ある意味、政治思想ってのはそういうものなのかもしれねえな。荒唐無稽な理屈を、それらしい事実の断片を組み合わせることで、正当性があるように理論《ロジック》を構築する」

標的は、シビュラの社会で「落ちこぼれ」となった人間たち。適性が得られずに望んだ職に就けなかった者。適性ある職に就きながらも結果が出ずに悩んでいる者。相性適性に阻まれ望んだ恋が叶わなかった者。出自は様々だが、誰もが一様に社会への不満を抱いていた。

真谷は、そこに付け込んだ。用意した偽装用のアカウントを複数に使い分け、〈コミュフィールド〉の各フォーラムで手駒になりそうな人間たちを見つけては、同情や共感する書き込みを行い、彼らを懐柔し、実行犯に仕立て上げていった。

「存在しない政治思想を植えつけられた実行犯たちは、あくまで自発的に、オートサーバ食への抗議として異物混入を実行する。それこそが正義を実現するんだって勘違いしたままな。本当は、〈グストー〉の業績悪化と信用失墜を目論む真谷の操り人形だってのに……、やるせねえな。実行犯たちを庇うつもりはないけどよう……、こいつは胸糞悪いぜ」

「ゲス野郎」

滕は吐き捨てるように言った。こいつは――真谷は、それぞれの理由で社会に不満を持ちながらも、何とか折り合いを付けようと必死に生きてきた人間たちを、個人の復讐の道具として使い捨てにしやがった。

続々と転送されてくる真谷の〈コミュフィールド〉における検索履歴――〈グストー〉に関する虚実ない交ぜとなった無数の批判記事や発言を事細かく保存――常軌を逸した膨大な数。背筋が寒くなるほど罵倒《ヘイト》に満ちた収集帳《スクラップ・ブック》。

「……センセイ、このクソ野郎の居所は、まだわかんねえのかッ!?」

《待って、今、真谷が収集していた〈グストー〉関連の情報を解析しているから。ここ一ヶ月以内に特に頻度が高い単語……、〝櫛名光葉〟、〝スケジュール〟、〝単独〟……、ええと後は、――〝カンパーニュ〟》

「おい、じゃあ、あの野郎、むっさんの店を狙って――」

《――一般市民からの通報でーす》

突如、展開するホロ・ディスプレイ群を押しやり、間延びした口調とともに、にゅうっと押し出てきたのは公安局マスコットキャラクター〈コミッサ〉のホロ・アバターだ。

猛烈に厭《いや》な予感がする。

《千代田区神田のレストラン〈カンパーニュ〉でー、籠城事件が発生しましたー》

†

真夜中の神田は騒然としていた。

宜野座らとともに現場へ急行した縢は、封鎖線を張る円筒型のドローンを蹴り飛ばさん勢いで、公安局の対策テントの下に辿り着いた。

「状況はッ!?」

「――落ち着きなさい」

膝を抑えたのは、一係唯一の女性執行官――六合塚弥生《くにづかやよい》だ。真っ黒な髪を纏めたスラリとした痩身の女性。彼女は、膝の肩を掴んで視線を合わせると、姉が弟に言い聞かせるように、眉ひとつ動かさない冷徹なまなざしのまま、告げた。

「室内に侵入させた情報探査ドローンによる内部情報の走査《スキャニング》では、店内に人間が二人。どちらも緊張状態にあるが、まだ傷害は発生していないわ」

「……むっさんは、無事なのか？」

「戸締りをする直前を襲撃されたようね。犯人は、調理包丁で武装。色相悪化が著しくて、このままだと、そう遠くなく完全な自暴自棄になって兇悪行為を実行しかねない」

店内に潜入させた小型ドローンによる音声通話記録では、ヒステリックに喚く男の怒号ばかりが響く。皿が割れる音や鍋がひっくり返される音が連続する。

「……やべえじゃねえかよっ！」

「落ち着きなさいって言ったでしょ。あなたより、よっぽど頭にキテいるひとがいるわ」

弥生が白い幌が張られたテントを指差した。光葉と青柳が押し問答をしている。

「冗談ではないッ、僕を〈カンパーニュ〉に行かせてくれッ！　奴の目的は僕だッ！　六雁の代わりに僕が人質になれば――」

「落ち着いてください、櫛名CEO。籠城犯の要求は、『〈グストー〉の櫛名光葉CEOを連れて来ること』です。犯人は捨て鉢になっています。今、あなたが人質となれば、命の危険にさらすことになります。市民の安全を守る身として、それは……許可できません」

「なら、六雁の安全はどうなる!?　彼女はただ巻き込まれただけなのに、このまま籠城が続けばサイコ＝パスも否応なく濁ってしまう。そうなれば六雁は――」

思いっきり、横面を引っ叩かれた気分だった。この状況で誰より動揺するのは光葉に決まっている。混乱し、叫び声を上げる権利を持っているのは、彼だけだ。

そうだ。俺が――、滕秀星が為すべきことは、無闇に不安を喚き散らすことであるはずがない。

だから考えろ。

俺に何ができる？　俺は何をしなければならない？

「――わかった。クニっち。とっつぁんとコウちゃんを呼んできてくれ」

「はあ、そのあだ名、どうかと思うんだけれど……」

六合塚が狡噛と征陸を呼び寄せ、状況監視に戻る。

そして滕は、征陸と狡噛に、自らの考えを説明した。

「――ってな具合で行こうと思うんだけど、どう？」

「……なるほどな。だが、そいつは、櫛名氏の協力がなけりゃ――」

「だから、俺が話すんだ。そんで、とっつぁんは、ギノさんに俺の考えを伝えて欲しい」

「いいだろう、根回しは任せておけ。歳を取るとな、そういうもんが得意になる。――おい、コウ。お前が話をつけにいけ。仲元相手じゃ、お前の話が一番通りやすい」

「いいだろう」

そして、各人が為すべきことのため、散開する。


光葉は、サイコ＝パスケア薬剤として鎮静剤を投与され、執行官護送車輛の後部カーゴ・スペースにいた。そのまま自由にさせていては、〈カンパーニュ〉に突っ走って行きかねないと判断されたためだった。

滕は手首の手錠型携帯デバイスを掲げ、ロックを解除。カーゴ・スペースに乗り込んだ。

「――秀星」

光葉が疲労を滲ませ、一瞥《いちべつ》してきた。

「うっす」

滕は、努めて軽い口調を心掛けた。調理において、包丁を使うこと――野菜の皮を剝き、刻み、肉を切り、魚を捌《さば》く工程《こ》には、格別の慎重さが求められる。人の心に割って入っていくときも同じだ。無理やりに抉じ開けようとすれば失敗し、己も傷つける。

(今、俺は、ミッチーの精神安定剤にならなきゃなんねえ)

それはきっと、高家六雁という女性がずっと担ってきた役割だ。いや、互いにそうだったのだ。底抜けの明るさと前向きさは、繊細にすぎる光葉をどれだけ助けてきたのだろうか。その逆も然《しか》りだろう。六雁のどこか抜けた部分を光葉の細やかさが補強してきた。

たとえるなら、それは一皿の料理だ。皿《ディッシュ》のうえで並ぶ主菜と副菜。ハンバーグとニンジンのグラッセ。コロッケと千切りのキャベツ。時に立場を入れ替えながら、自らの存在が、相手の持ち味を底上げし、そして己の持ち味を存分に発揮する。

〝為しうる者が為すべきを為す〟――シビュラ社会が掲げるお題目を、ずっと理解できなかった。隔離され、つがいのないたったひとりでしかない疎外された自分には意味がないもの、無縁のものだと思ってきた。

しかし、人々の最大幸福を導く機械仕掛けの神がいるとして、その采配が世界を動かしており、すべての人が、その導きを得ているというなら――俺が今、ここにいることさえ理由がある。為すべきことを、為すために、ここにいる。

「まったく、ヤベーことになったよな」

「……ああ」

「一応、すぐにどうこうってことには、ならなさそうだ。犯人の野郎は、今までずっと犯罪教唆ばっかりやってきて手を汚す度胸のねえ臆病モンだ」

「……そうだな」

もしかしたら、シビュラ社会において、何かを喪っても容易に取り戻すことができるのかもしれない。誰かと別れ、関係を断ったとしても、〈シビュラ〉はすぐに代替となる誰かを、サイコ＝パス解析に基づき、数理的に最適な友人・恋人――もしかしたら、家族とさえも巡り合わせてくれるかもしれない。

だが、俺には、この偶然《ふたり》が必然だと思うんだ。けっして、喪ってはならないものだと信じているんだ。だから、聞いてくれ――。

「ミッチー。あんた、むっさんとの関係、昔みたいに戻してえか？」

「なんだ、いきなり……」

料理には、時に大胆さが求められる。火の入れ方なんてのは、特にそうだ。焦げるのが厭で弱火でちょろちょろやっていたら、大概の料理は大失敗する。ちょうどいい火加減を知ることだ。それは、俺が学んだことだ。

「答えてくれ。あんたは――、むっさんとまた一緒にいてえのか。それとも、もう別れちまってもいいのか」

「そんなこと、決まって――」

「どっちだ。こいつは、あんたが決断することだぜ」

「……元に戻るなどご免だ」

これは予想外の返答だった。よし、大丈夫だ。間違っちゃいない。

「先だ、僕は、もっと先へ進みたかった」光葉がポケットから出したのは小さな四角形の箱。そこに何が収められているのか、考えるまでもない。「だから、あのとき——」

「よしきた」

滕は、指を鳴らした。パチンと小気味いい音。

これで十分、俺は命を張れる。そして、命を張らせることができる。

「けれど、君は、どうしてそこまで僕たちのことを……」

「男が、ダチらの恋路を助けるのに理由がいるかよ」

「……わかった。だが、僕にできるだろうか……」

「心配すんじゃねえよ。何もビビることなんてねーのさ」滕がニヤリと笑みを浮かべた。

「一緒にむっさんを救うぜ、櫛名光葉」

俺たちで何とかするんだ。だって——まだ何も喪っちゃいない。

†

「櫛名CEOを囮《おとり》にするだと……？」宜野座が低く、怒りも露わに言った。「お前は何も話を聞いていなかったのか？」

滕の提案に対する宜野座の反応は予想通りだった。これで通れば話が早かったが、仕方ない。滕は、征陸に目線を送る。うなずき。狡噛が動いた。

「……さっきは随分と取り乱していたみたいだが、あんた、人質になった女性の恋人か？」

「……いえ、ですが長く、深い付き合いです」

光葉は、緊張した面持ちで、しかし落ち着いた声で返答した。

「そうか」狡噛は表情を消し、告げた。「正直に言っておく。あんたが囮になったとして、ひとつ間違えれば二人とも殺される。あんたの前で人質女性が殺されるかもしれないし、逆に人質女性の前であんたが殺されるかもしれない。最初の例は最悪の事態《ケース》だ。しかし、後の二つも大差はない。サイコ＝パスは大いに曇るだろう。そしてもし犯罪係数が規定を超えれば、俺たちは籠城している犯人諸共、全員に対処をやる」

「構いません。いずれにせよ、このままでは六雁の命が危ない」

「自殺する気……、ないよな？」

「無論です。僕は死にたくない。ですが、それは彼女が生きている場合においてです」

「一途だな」狡噛がうなずいた。「いいだろう。櫛名さん。あんたには代わりの人質になってもらおう。俺たちは、人質交換の隙を突いて強襲する」

「彼を殺すつもりか、狡噛！」と宜野座。「現場を好き勝手にできると思っているなら勘違いも甚《はなは》だしいぞ。お前は、もう監視官ではない。ひとりの執行官に過ぎん」

「知ってるさ。こいつは、あくまで人質を救出するためだ。……それに、このまま事態が膠着《こうちゃく》するほど、籠城犯が無茶をやる危険性も上がっていくぞ。時間がない」

《ハウンド2から各員へ。籠城犯の色相が急激に悪化。予測修正――ごく短時間で危険行為に及ぶ兆候！》

「ギノ！」

狡噛が声を荒らげた。まなざしは、宜野座を貫いた。

「……それは俺たちの決めることではない。シビュラが決めることだ。……監視官から堕ちた執行官に、生まれてからずっと潜在犯だった執行官……。そんな、お前たちの言葉を信用しろというのか？」

「信じてくれ、とは言わない。けどな――」狡噛が一拍置いた。犬歯を剝いて囁いた。

「お前はこの場で何をすべきか理解しているはずだぜ」

「……シェパード1からハウンド2へ。ドローンによる支援は万全か？」

《問題ありません。全装備、いつでも配備可能です》

そして。

《……全員、所定の位置につけ》宜野座が俯きながら、無線通信を起動――捜査一係全員《オール・ハウンド》を対象に、告げた。《これより櫛名CEOを〈カンパーニュ〉へ接近させ、人質の奪還を試みる》

光葉が食材搬入用の台車を押し、通りを進んでいく。長辺が優に２ｍはあり、一番下には台車とほぼ同サイズの巨大な段ボール箱。その上に野菜の入ったスチロール箱が積まれている。特に最下段の段ボール箱がずっしりと重いため、光葉の歩みは遅い。
《シェパード１からハウンド１へ。〈カンパーニュ〉に電話を入れろ》
無線通信越しに滕は、宜野座からの指令を聴く。じっと待つ。動くべき瞬間まで。
《了解だ》と征陸。《それじゃ、始めるとしよう》
そして一拍の沈黙。
《……誰だ》
無線通信に聞き覚えのない男の声が乗った。
《あんたが真谷五郎さんかい？》
《そうだ。……お前は公安局か？》
《鋭いな。そのとおりだ……っと、電話を切らないでくれよ。あんたの訴えを呑むことにしたんだ。あんたが望んでいる〈グストー〉のＣＥＯ、櫛名光葉が、そちらに向かってる》
《……嘘だ。そうやって騙す気だろう》
《いいや、本当さ》征陸は穏やかな声で告げた。《俺たち公安局は、市民のサイコ＝パスが健全であることを第一としている。あんたの要求は、櫛名ＣＥＯと――》

《脱出手段だ。車輌でもヘリでも何でもいい。だが、絶対に追跡をするんじゃない》
《ああ、勿論だ。公安局は、あんたを追跡しない》
《――何？》
　真谷が動揺するのが伝わってきた。征陸が揺さぶりを掛けてきたのだ。
《シビュラは来る者は条件つきで拒むが、去る者は追わない。当然だろう。サイコ＝パスが濁り、潜在犯となった人間は隔離しなけりゃならないが、自ら去ってくれるというなら拒む理由がないじゃないか》
《……本気か？》
《公安局は、市民のサイコ＝パスの健全さを維持するために存在する。最大幸福が実現されるというなら手段は問わないんだ》
　征陸の言葉が演技だと縢には分かっていたが、本気で彼がそう思っている、と錯覚しそうになった。それほど真実味のある感情が、声に込められていた。
《……それでも櫛名光葉は連れていくぞ》
《構わんよ。櫛名ＣＥＯも同意している。こっちとしてもサイコ＝パスを濁らせかねない天然食材なんて、消え去って欲しいのが本音さ。ある意味、あんたの犯行のおかげで国内の食料自給体制の不備は改善され、新たな段階に至るってわけだ》
《ふうん》

《よくまあ死者も出さず、ここまでやり切ったもんだ》
征陸が感嘆するように、深く息を吐いた。見事な演技だった。
《……俺だって人死にはご免だ。殺人をやっちまったら……、色相が致命的に濁るって聞いているから……》
《そうとも、だから互いの妥協点を見つけよう》征陸が一手を指した。《人質を交換しないか。無関係な女性を解放してくれ。そして、お互いが別の社会で生きられる手筈を整えよう》
《……いいだろう》
通話終了。
征陸が、安堵するように、深呼吸した。
《ハウンド1からシェパード1へ。交渉成立だ》
《犯罪者の言葉を鵜呑みにするなよ。真谷が両名を人質にする可能性は否定できん》
《ま、そうならないために各員を配置してるわけだろう、宜野座監視官》
《無論だ。――ハウンド4》宜野座が縢の名を呼んだ。《もうすぐ櫛名氏が真谷と接触する。お前がこの強襲作戦の要だ。絶対にしくじるなよ》
「わーってるって、ギノさん」縢は、身じろぎ一つせず、小声で囁いた。「ダチが命賭けてんだ。絶対にむっさんを救出してやるさ」

「――止まれ」

光葉が〈カンパーニュ〉の前まで来ると、閉ざされていたシャッターが少し上がり、隙間から男の声がした。疲労が滲んでいる。

「……約束通り、僕が人質になる。店主の女性を解放しろ」

声を張った。しばらく待つとシャッターが上げられていく。真谷は、記録にある姿とまるで違った。延びっぱなしの髪は縮れ、頬は鑢《やすり》で削られたみたいにひどく痩《こ》けていた。手足は細く胸は薄い。だというのに、やけに腹だけ膨れていた。地獄の餓鬼のような外見。半開きになったシャッターから覗く眼は、暗く沈んでいる。明白な憎悪が光葉に向けられていた。

「……その箱は何だ」

「……天然食材だ。今日、この店に卸す予定だったものだ。解放された店主に渡す。彼女は料理をしているときが最もサイコ＝パスが安定する」

「料理狂いめ」真谷が鼻で嗤《わら》った。「こんなときまで天然食材とは……、よくわからんね。なんで、そこまで執着するんだよ……。依存症なのか、おい？　異物混入の実行犯たちも、いつのまにか本気になっちまいやがって、手に負えなくなっちまった。くそ……、全部、天然食材のせいだ。そいつのせいで俺の人生は狂っちまった……」

「それは――」

光葉は、思わず否定しそうになったが、必死に自制した。

「……ふん、まあいい」真谷が顎で店内をしゃくった。「中に入れ。シャッターを潜ったら、すぐに閉じるんだ。絶対に開けっぱなしにするんじゃないぞ」

光葉は台車ごと〈カンパーニュ〉の店内へ。幅がギリギリで無理やり押し込むように、中に入ろうとすると、最下段の段ボール箱が引っ掛かり、上に載ったスチロール箱などが崩れていく。そして、無理やり封をしたように盛り上がった段ボール箱の上部が覗いた。

光葉が急いで、箱を積み直したが、遅い。

「――待て」急に真谷は、大振りの調理包丁を握り、振り返った。その視線は光葉が持ち込んだ台車に注がれている。「本当にこいつは食材か？」

「……そうだ」

「確かめる」真谷が乱暴な手つきで、積まれた段ボール箱やスチロール箱を払った。なかに入っていた玉ねぎや一斤の食パンが毀《こぼ》れ落ちる。「こっちはいい。一番下の箱だ。こんなデカイ天然食材は、見たことがない。まるで人間一人分がすっぽり入っちまいそうなサイズだ」

「違う」光葉が、はっとした口調で制止しようとする。「それは――」

「確認するんだよっ！」

ドスリと逆手に握った包丁の切先が、巨大な段ボール箱に突き込まれた。勢いをつけていたから一気に根元まで深々と突き刺さった。それから真谷は包丁を引き抜き、再び刺した。何度も、箱の中身をめった刺しにした。

「この手応えは一体何だろうな……っ⁉」

真谷が両手で箱の覆いを引き破ろうと、腰を屈めた瞬間――。

ズドンと激しい衝撃に店全体が揺さぶられた。不安定な姿勢をしていた真谷が床に転がる。光葉は、この振動を予知していたように、ここぞとばかりに駆けた。真谷の背中を踏み台にして一気に店内へ――

「六雁っ！」

店奥のテーブル席で、猿轡《さるぐつわ》を嚙まされ、両手足を拘束されている六雁を渾身の力で持ち上げ、すぐさま厨房へと飛び込んだ。

直後。

《――ハウンド4》宜野座からの無線通信。《突入しろ！》

「――了解！　任せときな！」

近くの廃ビルの空きフロアから縢が身を躍らせる。目標降下地点――〈カンパーニュ〉の屋根にブチ抜かれた縦穴。密かに配備させた突入支援用の工作ドローンたちが仕掛けた炸薬により、二階の母屋から一階のフロアまで貫通させた突入口に、滕は俊敏な獣となって飛び込んだ。穴は狭かったが、小柄な滕なら通り抜けられる。

着地。足がジーンと痺れた。実質、三階分の高さから飛び降りたのだ。下手をすれば骨折するところだったが、動作に不備はない。

「——公安局だぜ。残念だったが、てめえの馬鹿騒ぎもここまでだ、真谷五郎」

滕はドミネーターの銃口を真谷の背中に向けた。彼はうずくまったまま、動こうとしない。はっ、はっ、はっと荒い息遣い。

「勿体《もったい》ないことしやがって、こん畜生」滕が憎々しげに吐き捨てた。「そいつは貴重な肉だってのに……」

箱には牛の大腿部が骨付きのまま収まっていた。あちこちに刺し傷が刻まれ、液《ドリップ》が漏れ出ている。

「……何なんだよもうっ⁉」

突如、真谷がヒステリックな叫びを上げた。そして肉に突き刺さっていた包丁をひっつかむと、滕に向かって勢いよく投げつけてきた。滕の動体視力はいい。問題なく回避できたが、わずかとはいえ隙が生じた。真谷が渾身の力で〈カンパーニュ〉の扉へ体当たりした。古い木製の扉は枠ごと壊れ、ガラスが砕け散り、真谷の躰が店外へ出た。滕がドミネーターを向けたが遅い。すでに通りに躍り出た真谷は、逃走を始めている。

「ハウンド4からシェパード1へ」すぐさま無線通信を起動。「悪イ、取り逃がした！」

《こちらでも確認している。想定の範囲内だ。ハウンド1と3が配置について奴を待ち構えている。それより、人質二人の状況を報告しろ》

「――大丈夫、すべて問題なしだ」

滕が厨房に視線を遣った。手足が自由になった六雁が、まだ状況を飲み込めていないのか視線を彷徨わせている。傍らには、光葉が寄り添っていた。

このふたりが、こうして揃っている姿を見て、あるべきものが、あるべきかたちとなったと確信できた。笑みさえ毀れた。

だから、二人に伝えるべき言葉は一つだ。

「料理、頼んだわ！　お互い、やることやる。俺は犯人を追う。あんたら二人は旨いメシを作る。いいな!?」

「か、滕くん!?」

六雁が驚き、声を上げた。

「――そうだ、むっさん。ミッチーが渡したいものがあるみたいだからさ、ちゃんと――受け取ってやってよ」

「え？」

「ま、何かは見てのお楽しみってことで。うし、そんじゃ――ハンバーグ。楽しみにしてっから、よろしく！」

　そして店を出ようとする。

「――朦くん。色々とありがとう。帰ってきたら、ハンバーグの作り方、教えてあげるね」

　そこで見た彼女の笑みは、今まで見てきたどの笑顔より、素敵だった。

「ああ、超、楽しみ」

　朦も、にっかりと笑って、走り出した。

《シェパード1から各員《オール・ハウンド》へ。真谷は南下している。近くの廃棄区画は、旧首都高速高架の残骸と増水した運河に隣接している。そこに逃げ込み、住人たちから舟を奪い、さらなる逃走を試みるものと思われる。それより前に確実に仕留めろ》

《ハウンド1、了解。ってことは、白山通りのほうには出てこねえってことだな》

《ハウンド3、了解。旧神田税務署前の路地で迎え撃つ。ハウンド4。きっちり追跡しているだろうな!?》

　耳を震わす仲間たちの声。朦は、神保町の路地を突っ走った。真谷は視界に収めている。獲物を追い立てる猟犬さながらのしなやかな疾駆。

「――ハウンド3が見えたぜ！」

《よし、挟み撃ちにしろ》

税務署前の十字路では、狡噛がドミネーターを構え、待ち構えている。真谷は、右に曲がろうとするが、そちらは征陸が封鎖していた。逆を向く——無駄だ。宜野座がドローンを引き連れ、距離を詰めていく。

真谷が足を止め、振り向いた。絶望のまなざしは、縢に注がれる。

「俺は何も悪くないっ！　みんな……みんな喜んでたんだっ！　誰も損しちゃいなかった。なのに、あいつが……、櫛名光葉が全部を奪ったんだ！」

真谷が必死に訴えるように叫んだ。

「——違うね」縢は、その言葉を一蹴した。「あんたのせいで女が泣いた。そいつに恋していた男がブチ切れるには十分すぎる理由なんだ。それに……、テメエは、自分の人生を放りだした。摑めたはずの可能性を自分の手で捨てちまったことにも気づいてねえ。そして、自分と同じような連中を一緒に泥沼に引きずり込んだ。……救えねえよ、大馬鹿野郎」

ドミネーターを向けた。機械仕掛けの神がもたらす判決が響き渡る。

〈**犯罪係数２３８：執行対象です：ノンリーサル・パラライザー**〉

「……おいおい、マジかよ」

縢は舌打ちし、呆れた。何という悪運か。そのとき、遠くから漂ってくる芳醇《ほうじゅん》な料理の香りに鼻孔をくすぐられた。腹が鳴った。そういえば、もう何時間も飲まず食わずで駆けずり回っていた。お前を捕まえるために大変だったんだよ、馬鹿。だが、まあ——。

「ぶっ殺してすぐじゃ、さすがにメシがまずくなっちまうか」

引き金が引かれる——四つ辻で交差する神経系への干渉パルス——白目を剝き、泡を吹いて気絶する真谷五郎。

「——オートサーバ連続異物混入事件の首謀者を逮捕」

宜野座が告げる声が、真夜中の静寂に響いた。

……路地を歩いていく。少し涼しくなった風が、どこからともなく吹いてくる。風は、匂いを運んできた。一歩ごとにより強まっていく。期待を募らせる料理の匂い。

やがて、廃墟も同然のシャッター街に点った灯りを見つける。月もない夜の海原に一隻の舟が浮かんでいるかのようだった。扉から漏れ出る光が、古びた一枚のプレートに記された剝がれかけの「準備中」という文字を照らしている。

それを手に取り、くるりと反転した。

「洋食店〈カンパーニュ〉開店中——、と」

そして、滕は、馴染みの店に入っていった。

とても、腹が減っていた。

……あれは、たった一ヶ月の出来事に過ぎなかったというのに――。

○

軽く話すつもりが、随分と饒舌になってしまった。昼過ぎには執行官宿舎に到着していたが、食材を冷蔵庫に放り込み、手早く昼食を作って振る舞ったのが、いけなかったのかもしれない。結局、夕方まで、そのまま話しこみ、晩飯まで作ることになった。これほど存分に料理したのは、久しぶりだ。よい料理や酒が会話を楽しくするように、話して気持ちのよい相手がいると料理の味もまた格別になる。

新人監視官――常守朱《つねもりあかね》は、少し不思議な奴だ。

最初は、ただの世間知らずのお嬢ちゃんかと思っていたが、仕事を繰り返すうち、どこか、あのふたりに似ていることに気づいた。多分、執行官――首輪をつけられた潜在犯である自分に対して壁を作らず、臆することなく踏み込んでくる、ある種の怖いもの知らずな部分に。

まあ、好ましいと思う。背中を預ける仲間として、十分に合格。だから同じ釜の飯を食うことにした。一緒に食事をするだけで、不思議と縁が深まるような気がするのだ。

だが、同時に気づくのは、もう一年近く、彼らの料理を口にしていないという事実。

元より執行官は、自由に外を闊歩できるわけではない。あくまで事件捜査の延長線上において、偶然、彼らと巡り合ったというだけだ。

今、〈カンパーニュ〉は、丘の上にある〈グストー〉社に間借りして営業している。事件後、穿たれた風穴も塞ぎ、六雁は逞しく客に料理を提供し続けたが、老朽化が深刻だった建物は、相当にガタがきたらしく、間もなく取り壊さなければならなくなった。

六雁は、名残惜しそうにしつつも店を畳んだ。それから少しして、〈グストー〉の社屋内の〈入力工房〉を改装して店を再開した。出す料理は、以前と同じように心がけた。天然食材を用いた料理は、扱う者によって如何様にも変わり得る。その単純な事実を伝えたくて。そして、料理をすること、食事をすることの楽しさをひとりでも多くのひとに知って欲しい――その評判は、少しずつではあるが、拡がりつつあるそうだった。

そして、当の〈グストー〉も、異物混入事件によって業績回復には時間がかかったものの、公安局庁舎への第四世代技術再現型オートサーバの納入契約によって窮地を脱し、徐々に契約数を取り戻し、再び成長曲線に乗ったという。

光葉は、以前よりも物腰が落ち着いてきたと言われていた。

やはり、所帯を持つと人間、変わるものだろうか。

縢は、朱に手伝ってもらいながら洗い物をしつつ、室内にホロ投影で、写真データをストリーミングさせた。ちょうど縢たち一係の面々が勢揃いしている写真が写った。

確か、事件解決から半年後くらいの時期だ。写真の中央には六雁と光葉がいる。ふたりは、それぞれが純白の装束を着ている——ウェディングドレスとタキシード。シビュラが言ったとおり、二人はお似合いのカップルだった。事件後、二人は正式に付き合うようになり、やがて結婚した。式は、〈カンパーニュ〉で行われた。解体前、最後の営業日——その夜の宴。

そこに一係の面々も招待された。あの日は、大いに飲み食いしたものだ。ちなみに、あのとき振る舞われた料理のなかには、技術再現オートサーバの調理品も含まれており、そこで使用された動作パターンは、縢のものだった。

事件以来、縢は〈グストー〉の〈レシピ・オープンソース〉へ定期的に調理技術をアップロードしている。今もどこかで見知らぬ誰かが、自分の腕前が作りだした食事を口にしているのだろうか。

光葉の言葉ではないが、人間《ヒト》が食事という行為を、調理という営為を捨てない限り、縢秀星の技術は、蓄積される技術の断片の一つとして世界に刻み続けられるというなら、それは途方もない事実《こと》のように思える。

ああ、そうか——ふいに理解がおとずれた——自分がどうして執行官になろうと思ったのか。そう、きっと俺が執行官となることを選択し、檻の外に出た理由はこれだった。欲しかったのは、己の意志で選択し、手にするもの。たとえ自分が消えても、誰かに確かな影響を与え、遺されるもの。そう、これは——。

自らの人生。

執行官は、明日も知れない身だ。事件捜査の過程で命を落とすこともあるだろう。そうでなくとも犯罪係数が規定を超過すれば、処分される。ある日、突然に犬死することになるかもしれない人生は、普通、受け入れがたいものだ。けれど、そこにひとつでも納得があるとすれば、人は自らの人生を手にできる。選べるものは少ない。だが、俺は、自分が選んできたことすべてを悔やむことはないだろう。誇りだけは、けっして曇ることはない。だから、俺は生ある限り、存分に、人生を楽しめる。ああ、世界を憎たらしいと思いつつ、それでも肯定できる——。

そうだ、常守朱を誘って、今度、〈カンパーニュ〉を訪れよう。宜野座の説得が難しいが、朱なら何とかなるだろう。今日の食事で大幅に点は稼いでいる。この味を超える料理を食べられるというなら、二つ返事でついてくるだろう。

……と思ったが、やはり、できるなら大勢がいい。とっつぁんに、コウちゃんに、センセイ、クニっち。そうなると、やっぱギノさんも外すわけにはいかないか。二係も呼ばないといけない。

じゃあ、歓迎会というのはどうだろう。新人監視官の配属祝い。これは、なかなか上手い案だと思う。きっと話が通せる気がする。

そう、みんなで、うまいメシと楽しい会話を楽しもう。

こいつは、楽しみだな。うきうきする。

「なあ、朱ちゃん？　ちょっとさあ、今度、連れてきたい店があんだけど——」

あとがき

この度は、本書を手に取っていただき、誠にありがとうございます。

本書『PSYCHO-PASS ASYLUM 1』は、TVアニメ『PSYCHO-PASS サイコパス』を原作とし、早川書房より刊行されるノヴェライズ・シリーズの第一巻となります。

さて、『PSYCHO-PASS サイコパス』ノヴェライズの依頼を受けたのは、昨年の八月――ちょうどデビュー作の『パンツァークラウン フェイセズ』三巻をようやく書き上げ、刊行に至ってすぐの頃だったと記憶しています。そこで早川書房塩澤氏から「『PSYCHO-PASS サイコパス』のノヴェライズって興味ありますか？」と訊かれたのが始まりでした。

実のところ、この時点で僕は、まだこの作品を未視聴でしたが、放送当初より多大な関心を持っていました。

――なにしろ虚淵玄（ニトロプラス）と深見真による共同脚本の作品なのですから。

僕は、高校の頃に雑誌表紙で『斬魔大聖デモンベイン』のアル・アジフとデモンベインと出逢って以来のニトロプラスファンであり、虚淵玄作品もPhantom／吸血殲鬼ヴェドゴニア／鬼哭街／沙耶の唄／続・殺戮のジャンゴ……とプレイし、そのハードな世界観に否応なく影響を受けました（※特に僕は『ヴェドゴニア』『鬼哭街』の影響がとても強い）。

一方で深見真作品も、高校時代に友人の勧めで『ヤングガン・カルナバル』シリーズに触れて以来、『ゴルゴタ』『疾走する思春期のパラベラム』『ブラッドバス』……と上げれば数えきれないほどで——、両氏の作品群は、間違いなく、今の僕をかたちづくる血肉の多くを占めているのです。

……話が少々、脇道に逸れてしまいましたが、それゆえ返す答えは、ひとつでした。

「やらせてください」と。

すぐさまTVアニメ本篇と小説版（深見真著）を視聴・通読し、最初の打ち合わせに臨んだとき、まず提示したプロットが、チェ・グソン／泉宮寺豊久／唐之杜志恩だったように記憶しています。振り返ってみると、三人中二人が、作中で巨悪として描かれる槙島聖護の協力者であり、しかも作品途中で死亡する人物であったわけです。ただし、これには理由がありました。僕が『PSYCHO-PASS サイコパス』を小説化するにあたり、描くべきは、その世界であると判断していたからです。たとえば、チェ・グソンは国際情勢／泉宮寺豊久はシビュラ統治社会確立の経緯といった具合に。

その後、改めてグソン／滕／志恩・弥生／征陸と他二篇の計六篇のプロットを提出し、そこから連載内容を検討という予定が、「え……全部？　あの……はい。おおっ！　やったるっ!!」という感じで、いつのまにか六篇すべてを書くことになりました。そして、現在のSFマガジン連載と年末に書下ろし単行本を刊行という怒濤のサイコパス・シフトと相成りました。ちなみに、余談ですが、狡噛慎也・常守朱・槙島聖護の三者は、本篇でこそ語られるべき人物たちと判断し、最初からノヴェライズの主人公としては除外していました。また、こうして掲げたテーマからすると、あとひとり「書くべき男」がいるのですが……彼の物語については、今しばらくお待ちください。

このあたりで本書の内容面について触れておくと、本書で多くの紙幅を割き、その人生を描いたチェ・グソンという男は、企画段階の全六篇のうち、最も初期からノヴェライズの主人公として想定されていました。これは完全にこちら側から提案したもので、まさか自分もグソンからスタートできるとは、思ってもみませんでした。とはいえ、結果的に、彼からノヴェライズは始めるべきだったのだ、と今は感じています。なぜなら、彼は〈外〉から来た人間であり、物語の外に拡がる〈世界〉を知っているのですから。

先ほども書いたとおり、僕の役割は、端的に言えば『PSYCHO-PASS サイコパス』の世界を描くことであると定義しています。アニメ本篇では描き切れない、あるいは拡張可能性のある物語の断片たち、それを包み込む世界観――そういったものを考察し、解釈し、そして小説というフォーマットに出力する。

では、『PSYCHO-PASS サイコパス』世界の中心が何かと言えば、それはシビュラ統治社会でしょう。

二二世紀。今から一〇〇年後の未来。多くの歴史改変が起こり、現実とは違う、しかしある部分では地続きの近未来社会。そこに段々と近づくために、世界を視るまなざしは、物語世界の片隅に降り立ち、海を超え、耀く都市——シビュラ統治社会に迫っていきます。

そこで最初に書くべき物語に要請された主人公は、チェ・グソン以外に有り得ませんでした。同様に、本書に収録されたもうひとつの短篇の主人公——滕秀星も、幼少から潜在犯として認定、社会から隔離され、執行官となった後も、事件を通してしかシビュラ社会との接点は持ちえない。社会に属しながらも、半歩ほど疎外された者であるからこそ、次なる物語の担い手は、彼以外に有り得なかったでしょう。

また、この後に描かれる志恩・弥生、征陸然り……誰もが、書くべき物語に要請された書かれるべき登場人物たちなのです。なお、残りの篇については、少し特殊な立ち位置のため、現時点では、内容を明かすことができないのですが、どれも『PSYCHO-PASS サイコパス』の世界に不可欠な、「技術」と「人間」についての物語です。

さて、SF小説とは、現実の世界を考察し、独自の解釈を施し、新たな物語を生み出し、小説という形式に出力するものである、と僕は考えています。

その意味で、短篇集『PSYCHO-PASS ASYLUM』と書下ろし長篇『PSYCHO-PASS GENESIS』は、双方ともに『PSYCHO-PASS サイコパス』の世界を〝SF〟する小説なのです。まだ長い道程を歩み始めたばかりで、その途中に、様々なものと出逢い、認識や解釈が変容していくこともあるかもしれません。しかし、今は、見出したひとつの道筋を一心不乱に駆け抜ける所存です。今回のノヴェライズが、作家・吉上亮にとって望外ともいえるチャンスを与えてくれたことに重ねて感謝するとともに、本書が、新編集版、二期放映に劇場版公開と益々の拡がりを見せる『PSYCHO-PASS サイコパス』を、より盛り上げていく一助となれば、これに勝る喜びはありません。

最後に、本書の刊行に当たり、多大なご助力を賜りましたサイコパス製作委員会さまを始め、早川書房塩澤さま、ニトロプラス戸堀さまに感謝を。そして、ご多忙のなか、設定監修やキャラクター設定監修において、数々の的確なアドバイスをくださった虚淵玄さま、深見真さまに、格別の感謝を捧げます。

二〇一四年夏

吉上亮　拝

■主要参考文献

『北朝鮮14号管理所からの脱出』ブレイン・ハーデン／園部哲訳（白水社）
『北朝鮮秘録　軍・経済・世襲権力の内幕』牧野愛博（文春新書）
『我が朝鮮総連の罪と罰』韓光熙／野村旗守・取材構成（文春文庫）
『韓国映画、この容赦なき人生』（鉄人社）
『図説　拷問全書』秋山裕美（ちくま文庫）
『ニューロマンサー』ウィリアム・ギブスン／黒丸尚訳（ハヤカワ文庫ＳＦ）
『Camp14: Total Control Zone（邦題：北朝鮮強制収容所に生まれて）』申東赫　監督マルク・ヴィーゼ　©Engstfeld Film GmbH/BR/WDR/ARTE 2012　および同映画パンフレット
『Crossing（邦題：クロッシング）』監督キム・テギュン　©2008 BIG HOUSE / VANTAGE HOLDINGS.
『豊山犬（邦題：プンサンケ）』監督チョン・ジェホン　©2011 KIM Ki-duk Film.
『The Great North Korean Picture Show（邦題：シネマパラダイス・ピョンヤン）』監督ジェイムス・ロン、リン・リー　©Lianain Films　および同映画パンフレット

『時計じかけのオレンジ〔完全版〕』アントニイ・バージェス／乾信一郎訳（ハヤカワepi文庫）
『すばらしい新世界』オルダス・ハクスリー／黒原敏行訳（光文社）
『あらし』ウィリアム・シェイクスピア／福田恆存訳（新潮社）
『新約聖書（新共同訳）』日本聖書協会
『ギリシア神話』呉茂一（新潮社）
『料理と科学のおいしい出会い　分子調理が食の常識を変える』石川伸一（化学同人）
『火の賜物―ヒトは料理で進化した』リチャード・ランガム／依田卓巳訳（NTT出版）
『MAKERS―21世紀の産業革命が始まる』クリス・アンダーソン／関美和訳（NHK出版）
『味のなんでも小事典―甘いものはなぜ別腹？』日本味と匂学会編（ブルーバックス新書）
『王さまレストラン』寺村輝夫（理論社）
『エル・ブリの秘密　世界一予約のとれないレストラン』監督ゲレオン・ヴェツェル
©2010 if_Productions/BR/WDR
『Ratatouille（邦題：レミーのおいしいレストラン）』監督ブラッド・バード　©Disney/

Pixar.

作中の『臨津江』の歌詞は各訳詩を参考とし、作者の手で大幅な改変を加えているため、原詩とは内容が異なっております。ご了承ください。

また、作中の一部の造語（およびルビ）については、以下の作品群を参考とさせていただきました。記して御礼申し上げます。『ニューロマンサー』『カウント・ゼロ』『モナリザ・オーヴァドライヴ』（ウィリアム・ギブスン／黒丸尚訳）。すべて早川書房刊。

■初出一覧

「PSYCHO-PASS LEGEND　チェ・グソン　無窮花《ムグンファ》」　SFマガジン2014年8、9月号

「PSYCHO-PASS LEGEND　縢秀星　レストラン・ド・カンパーニュ」　SFマガジン2014年10月号

著者略歴　1989年埼玉県生，早稲田大学文化構想学部卒　著書『パンツァークラウン フェイセズ』（早川書房刊）

HM=Hayakawa Mystery
SF=Science Fiction
JA=Japanese Author
NV=Novel
NF=Nonfiction
FT=Fantasy

PSYCHO-PASS　ASYLUM　1

〈JA1167〉

二〇一四年九月　十五　日　発行
二〇一五年二月二十五日　六刷
（定価はカバーに表示してあります）

著者　吉《よし》上《がみ》　亮《りょう》
原作　サイコパス製作委員会
発行者　早川　浩
発行所　株式会社　早川書房
郵便番号　一〇一 - 〇〇四六
東京都千代田区神田多町二ノ二
電話　〇三 - 三二五二 - 三一一一（大代表）
振替　〇〇一六〇 - 三 - 四七七九九
http://www.hayakawa-online.co.jp

乱丁・落丁本は小社制作部宛お送り下さい。
送料小社負担にてお取りかえいたします。

印刷・三松堂株式会社　製本・株式会社フォーネット社

Printed and bound in Japan
ISBN978-4-15-031167-4 C0193

本書は活字が大きく読みやすい〈トールサイズ〉です。